バートレット英雄譚
〜スローライフしたいのにできない弱小貴族奮闘記〜

2

上谷 岩清

CONTENTS

バートレット英雄譚

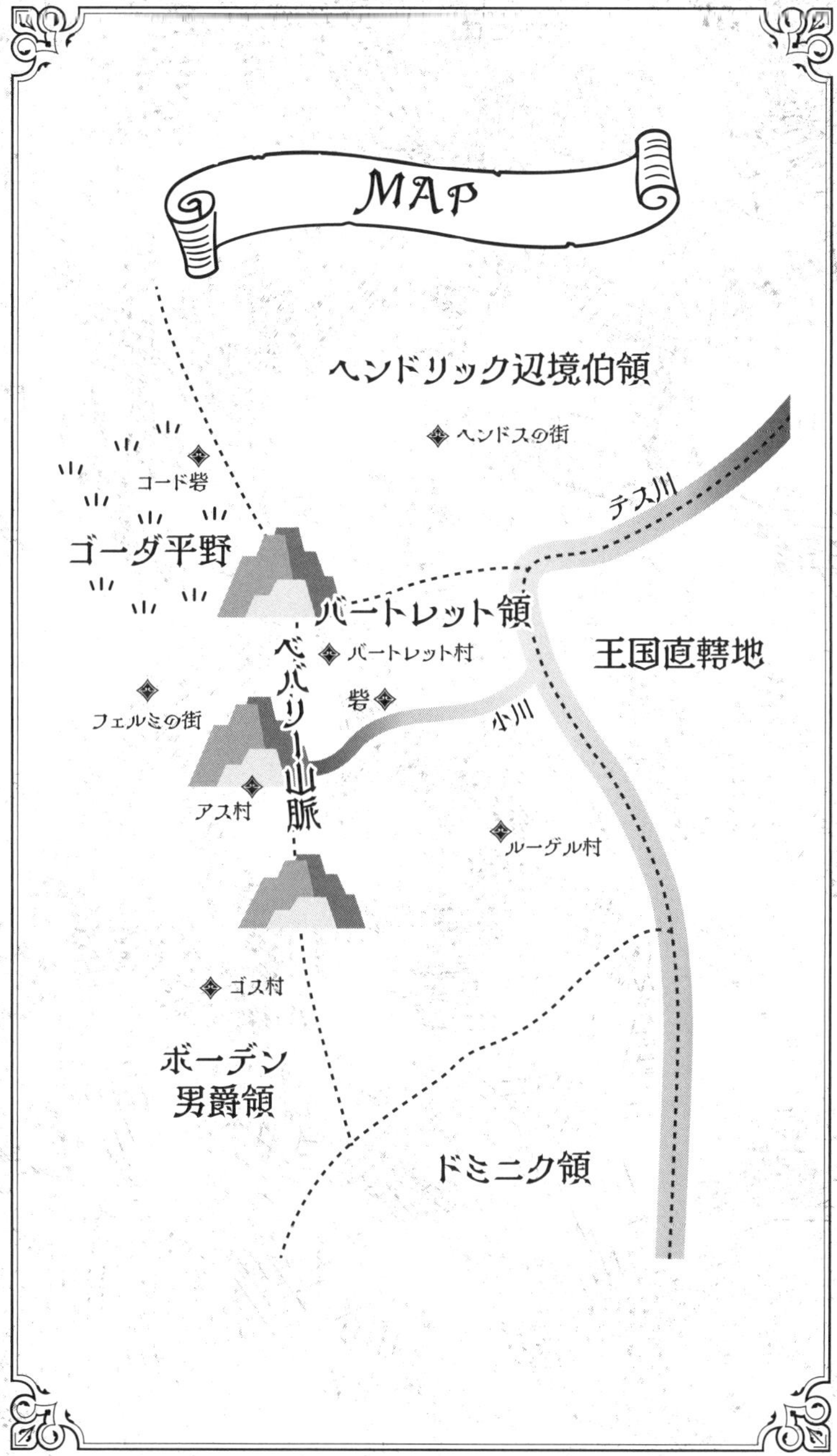
MAP
ヘンドリック辺境伯領
ヘンドスの街
コード砦
ゴーダ平野
テス川
バートレット領
ベバリー山脈
バートレット村
王国直轄地
砦
小川
フェルミの街
アス村
ルーゲル村
ゴス村
ボーデン
男爵領
ドミニク領

CHARACTER

ラムゼイ＝バートレット
日本人の男性が転生した、
ルーゲル士爵の三男。
バートレット領を開拓する。

ダニー
宿屋の四男として生まれた少年。
バートレット領の初期メンバー。

ヴェロニカ
ボーデン男爵軍に見捨てられ
ラムゼイ軍に拾われた女騎士。

ヘンドリー
バートレット領の南に隣接する
ドミニク家の嫡子。

サンドラ＝フォン＝ダーエ
奴隷商に売られていた少女。
ダーエ侯爵の娘。

ゴードン
バートレット領へ移住した
百姓改め、村長の少年。

グリフィス
戦に敗れ、ラムゼイのもとに
将兵として仕える。

アシュレイ
商会から独立してラムゼイの
お抱えとなる商人。

ロットン＝バルフ
ラムゼイのもとに派遣された
事務役。ラムゼイの従兄弟。

ホーク
傭兵『黒鷺団』の団長。

ハンス＝ルーゲル
ラムゼイの父親。
王都で暮らしている。

ヘレナ＝ルーゲル
ラムゼイの母親。
王都で暮らしている。

ダリル＝フォン＝ヘンドリック
ヘンドリック辺境伯。
ラムゼイを自身の庇護下に加える。

イグニス
マデューク王国の大公。
反帝国を掲げている。

ゲオルグ
モリス伯爵討伐における
イグニス大公軍の将軍。

エミール
マデューク王国の王太子。
隣国の帝国との親和を唱える。

モリス
国家転覆を謀ったとされ、
イグニス大公軍に攻められる。

コステロ＝デ＝ボーデン
ボーデン領を治める男爵。

マデューク八世
マデューク王国の国王。

ペッピー
チェダー村の少年。

ダンタプ
アレク地方を荒らす盗賊団の頭。

バートレット英雄譚

プロローグ

王国歴551年4月21日

小競り合いが一段落したバートレット領には平穏と同時に春が訪れていた。

ラムゼイがまず行ったのは新しく組み込まれた領土の見分だ。と言っても結局は山なので管理をロジャーたち木こりに一任することにした。

他にも農業カルテットも動き始めた。

カブの作付けなんかは既に終わっている。今年は春夏秋の三シーズンで栽培を試みるらしい。上手く行けば六月に収穫だ。

ただ、ラムゼイは彼らに一言だけアドバイスを送った。それは毎年植える場所を交換するという提案だ。

というのも同じ作物ばかりを育ててしまうと連作障害と言って作物の実りが悪くなってしまう。化学肥料のない時代だからこそ、多くの作物を実らせることができるよう手間と工夫を行っていくのだ。

それからラムゼイはバートレット村の村長をゴードンに依頼した。これからは彼が村の取りまとめ役だ。

それからエリックには砦の中に鍛冶場を設けてもらうことにした。これから鍛冶師のディエゴと相談しながら内装を整えていく。

「できるだけ早く頼む。これから大樽を量産したいんだ」

「わかった。じゃあ、オレの弟子の中から一人、ルーゲル村の親父のとこに樽職人として鍛えてもらうよう言っておくよ」

「ありがとう」

ラムゼイは冬場に作り込んだクワスを大樽に詰め替えてヘンドス目指し、荷車を牽いていった。

護衛についてくれたのはヴェロニカだ。荷を押してくれているのは捕虜であった兵士たちである。

流石に兵士をいきなり十人も増やすことはできないので半数は違う仕事に移ってもらったが。

「まずはどこに行くんだ？」

「流石に辺境伯のところに行くよ。あ、だれか先行して伝えて来てくれないかな？」

そう言うとヴェロニカが一人の兵士に合図を送る。すると兵士は何も言わずヘンドスの街まで駆け出していった。

それを羨ましく見ているのがラムゼイだ。きちんと関係性が構築されている。

彼は口を開けば文句を垂らすダニーと知らず知らずのうちに比べてしまっていたのであった。

ラムゼイは辺境伯の屋敷に入る前に汗を拭いて礼服に着替える。辺境伯邸は人、人、人で目が回りそうであった。

「この度は戦勝、誠におめでとうございます」

「ありがとう。これも其方の働きがあってこそだ」

「ありがとうございます。それでは後が閊えているかと存じますので」

ラムゼイは戦勝の言葉だけを述べてその場を去ろうとしていた。現にラムゼイの後ろにはダリルに取り入ろうと沢山の商人が列を作って待っていた。商人の手には献上品だろうか。様々なものが握られている。

「ラムゼイ、後で寄ってくれ」

「は、はぁ」

ダリルはそれだけを言い残して次の相手をし始めた。ラムゼイは戸惑いながらも義理は果たしたとこの場を後にする。向かうはアシュレイのところだ。

ここにクワスの大樽を六樽もってきた。これを買い取ってもらい、家畜や食料などと交換しようというつもりである。

「いらっしゃ――ってなんだ。ラムゼイか。今日はどうした？」

「何だとは酷いな。このお酒を買い取ってもらおうかなって思って寄らせてもらったのに」

まずは味見をとクワスをアシュレイに一口飲ませてみた。一口では足りなかったのか、もう一口飲むアシュレイ。商人らしく口の中で味や喉越しなどを試している。

「なるほどな。ラムゼイなら一杯いくらで売るつもりだ？」

「そうだね。3から5ルーベラだね」

「んー。オレは良くて3ルーベラだと思う。だからウチでの買い値は一杯1ルーベラだな。まあ、少し色を付けて一樽2000ルーベラってところだ。どうする？」

「んー。前回と同じだけどお金にする必要はないんだよね。そうだな。機織り機はある？　それと家畜も」

「あるぜ。一台30000ルーベラだ。家畜は馬が100000ルーベラ、牛が70000ルーベラ、羊が50000ルーベラ、山羊が40000ルーベラ、鶏が30000ルーベラだ」

「じゃあ、鶏を番いで一組と機織り機を一台。それとこのお酒の樽を四樽でどう？」

ラムゼイはまたもや強気の勝負に出た。暗に10000ルーベラまけろと言っているようなものである。

ところがアシュレイはいつもとは違う切り返しをしてきたのであった。

「おいおい、残りの二樽はどうするんだ？　それも売り払うんだろ？」

「え？　あ、うん」

「じゃあ、機織り機一台と鶏のオスが一羽、メスが二羽でどうだ？」

20000ルーベラの樽が六樽で120000ルーベラ、機織り機と鶏が三羽で120000ルーベラ。対等な額である。

しかし、ラムゼイはそれを是としなかった。ラムゼイは商人という生き物を信用していない。どこか不当な値を吹っ掛けられているのではないかと疑心暗鬼になってしまうのだ。

今回も高値をつかまされているのではないかと例に漏れず疑心暗鬼に陥るラムゼイ。そこで素直に尋ねてみることにした。それもたった三文字で。

「なんで？」

この二人の関係性を知らないヴェロニカからすれば全く意味がわからないやり取りだろう。

ただ、二人は寝食を共にした仲である。これで通じるものがあるのだ。

「あー、実はオレの今期の売上がヤバそうでな……」

そのアシュレイの一言で全て納得するラムゼイ。それであればアシュレイの提案を飲むのも吝かではないというところだ。

「そういうことか！　仕方ないなー。その値で良いよ」

「マジか！　助かるぜー！　ちょっと手配してくるな」

奥へと引っ込むアシュレイ。その隙にヴェロニカがラムゼイにこっそりと耳打ちした。

「あの――」

「うひゃぅ！　ちょっと、急に耳元で話さないでよ。感じ――くすぐったいでしょ！」

「ご、ごめんなさい。えーと、それで、彼は信用できるのですか？」

「うーん。たぶん？　でも、まあこれくらいなら構わないでしょ。持ちつ持たれつだよ」

そんな会話をしてると奥からアシュレイが戻ってきた。手には何も持っていない。

「すまんすまん、待たせたな。じゃあ、鶏と機織り機を手配しておくから帰りにでも寄ってくれ。お前のために若くて健康な鶏を用意しとくぜ」

「増やしていく予定だからね、頼むよ」

そう言ってアシュレイと別れた後、兵士たちには休憩を言い渡す。しかし、ヴェロニカは護衛と称してラムゼイから離れなかったため、二人で適当なお店に入った。

働いているお姉さんに飲み物とつまめるものを持ってくるようお願いしてから空いている席に陣取る。

「閣下が後でもう一度寄ってくれって言ってたけど、何の用だと思う？」

「さあ。わたしにはとても皆目見当がつきません」

「また無理難題を吹っ掛けられなければ良いんだけど」

ラムゼイが杞憂であればと考えていると、給仕のお姉さんがエールと腸詰め肉を持ってきてくれた。

庶民の居酒屋でこれが出てくるあたり、やはりヘンドスは都会であると実感させられる。

料理とお酒をゆっくりと腹の中に流し込んでから、ラムゼイの表情が一向に明るくならない原因であるヘンドリック辺境伯のお屋敷を訪ねていったのであった。

日がどっぷりと暮れた後、ラムゼイはヴェロニカを連れてダリルのお屋敷に足を踏み入れていた。

そこにはダリルの他にギルバードとオリヴィエもいた。

いや、それだけじゃない。他にも恐らく貴族だろう男性や淑女。豪商に令嬢とお偉い面々が集まっていた。つまるところ、戦勝のパーティである。正直、ラムゼイとしては嫌な予感がしてならない。

「良く来たなラムゼイ。まあゆっくりしてくれ」

ダリルはラムゼイにそれだけ声を掛けると何処かへ消え去ってしまった。ダリルともなると色んな方のお相手をしなければならないのだろう。大変そうである。

ラムゼイはヴェロニカを連れて豪華な食事に舌鼓を打っていた。固まっているヴェロニカの口の中に強引にソーセージをねじ込む。

「閣下の意図はわからないけど折角の料理なんだから楽しんじゃおう」

そう言ってラムゼイはその場の料理を食べ尽くす勢いで口に入れ始めた。ラムゼイのような弱小の士爵に話しかける変わり者などいない。

誰の邪魔にもあわずに羊肉のステーキに齧りついていたところ、ダリルが壇上に上がってスピーチを始めるようだ。静聴する。

「今日は私のような若輩者のためにお集まりいただきありがとうございます。今回、私がゴーダ平原を獲得できたのも優秀な仲間たちが支えてくれたからです。彼らに感謝を述べたい。ありがとう！」

そこで一際大きな拍手が起きた。ラムゼイはそれを耳にしながらもステーキと格闘している。その間もスピーチは続いていた。

「まず、バークレー子爵家のギルバード。彼は前線において勇敢に戦い敵兵を薙ぎ倒してくれた。それにロイド男爵家のオリヴィエ。後方の取り纏めから兵糧の管理など、事務方を一手に取り纏めてくれた。最後にラムゼイ＝バートレット士爵」

自分の名前が呼ばれて思わず壇上のダリルを見ると、彼と目が合った。その場にいる全員が口からステーキをはみ出させているラムゼイのほうを見始める。

ギルバードなんかはその姿を見て口を押さえて爆笑していた。

「彼が今回の戦の全容を描いてくれた。彼がいなければゴーダ平原を切り取ることはできなかっただろう。彼に最大の讃辞を」

盛り上がっていく会場とは対照的に項垂れていくラムゼイ。そんなラムゼイの気も知らず一緒になって盛り上がっているヴェロニカ。この時、ラムゼイは思った。あとでヴェロニカに思いっ切りお仕置きしよう、と。

ダリルによって壇上に呼ばれる三人。一人ずつスピーチをと言われ頭の中が真っ白になっていくラムゼイ。

ギルバードやオリヴィエは慣れたものでスラスラとスピーチを終わらせていった。

「では最後にラムゼイ。頼めるか？」

「は、はひっ！」

無難に終わらす、無難に終わらす、無難に終わらす。

ラムゼイは心の中で念じていた。このスピーチを無難に、かつ自分の印象をなるべく薄く終わらすことを。

「えー、あのー、ラムゼイ＝バートレットと申します。今回、勝つことができたのはヘンドリック辺境伯閣下、それにギルバード閣下とオリヴィエ閣下のお力添えあってのことと存じます。私は今回の戦で自分の至らなさを痛感いたしました。これを糧に、閣下のお力になれるよう更なる研鑽に努めたいと存じます」

ラムゼイは直ぐに壇上から降りるとヴェロニカのもとへ駆け寄り軽く耳打ちをした。

ヴェロニカは近くにいた侍女に声を掛ける。

「失礼。どうやら我が主、ラムゼイさまが酔ってしまったようで介抱して差し上げたい。何処か部屋を頼めるか」

「かしこまりました。こちらへどうぞ」

意外にも気の利いたヴェロニカはラムゼイを連れ立ってパーティ会場を後にしたのであった。

ラムゼイは激怒した。あんな大勢の聴衆の前で宣言させられてしまったのだ。ラムゼイはヘンドリック辺境伯、ひいてはイグニス大公派の人間である、と。

これは力を付けるまでは穏便に済ませておきたいラムゼイと、早いうちに囲っておきたいダリルの思惑がぶつかった結果である。

「それなのに呑気に拍手なんてしくさって！」

「ひゃん！」

ラムゼイはヴェロニカのお尻をペチンと叩いた。可愛らしい声が鳴り響く。

彼としては大公派、王子派のどちらにも与するつもりはなかったのである。しかしどうだ。今回、無理やり大公派に捻じ込まれてしまったではないか。バランスをとるためにも、王子派の好感度も上げておきたい。

どうにかしてエミール王子派ともパイプを作っておかなければならないとラムゼイは焦るのであった。

その日はそのままダリルのお屋敷に泊まらせてもらった。ラムゼイはダリルに捕まらないよう早朝に屋敷を後にする。見送りはアンソニーだけであった。

「大変お世話になりました。閣下にもよろしくお伝えください」

「ええ。いつでも遊びに来てください。貴方様は我々の掛け替えのない仲間なのですから」

その言葉がラムゼイに重くのしかかる。なんとか愛想笑いでその場をやり過ごしてアシュレイのもとを目指した。

今日もアシュレイは元気に働いている。こちらに気が付くと犬のように駆け寄ってきた。

「おはよーさん。用意できてるよ。早速連れて帰る？」

「うん。ここ、怖い。もう、帰りたい」

ラムゼイが片言でそう話すと何かを察したアシュレイが昨日の話をぶり返し始めた。

「あー、昨日の戦勝パーティのやつか。あれ、うちの大旦那様も参加されててラムゼイの話題で持ちきりだったよ。オレの客だって知っててビビってやんの」

そうけらけらと笑うアシュレイの言葉を聞いてさらに愕然とするラムゼイ。

意図せずして市井にまで広まってしまっていることが確認できてしまったのだ。

ラムゼイは受け取るものだけ受け取ってそのまま拠点の砦へとすたこら逃げ帰ったのであった。

「うわーん、コタ！　疲れたよぉー」

愛猫のコタに顔を埋め、スーハースーハーと何度も深呼吸をするラムゼイ。どうやら、それである程度は落ち着いたようだ。だが、その程度でラムゼイの人間不信は治らない。

そこからラムゼイは陰鬱とした日々を送っていた。エリックに無理を言って砦の横に三畳ほどの小さな小屋を作ってもらうと、そこで三羽の鶏と一匹の猫とでゆったり過ごしていた。

今でいうところのアニマルセラピーである。まずは小屋の中の一角に藁を敷き詰め寝床を作ってあげる。それから木桶に水をたっぷりと入れ、その横に砂場も設置してあげる。

餌にはライ麦や豆などを与え、その横には川で拾ってきた小さな貝を砕いて沢山置くことにした。

これで飼う準備は万端のはずである。どちらも成鳥となっているため、すぐにでも繁殖ができそうだ。

鶏と猫と充分に戯れた後、ラムゼイは気合を入れ直して自身の成すべきことをこなし始めたのであった。

バートレット英雄譚

第一章

彼のすべきこととは何なのか。

具体的には村の発展である。ではどうすれば発展するのかというと、人口の増加が一番の要因だろう。

とは言え、人口なんて増やそうと思って増やせるものではない。ではどうするか。奴隷を買うのだ。

しかし、そうなると多額のお金が必要になってくる。そのためには稼ぐしかないだろう。

ということでラムゼイはまたもやお酒を造ることにした。今回は元手が潤沢にあるので、きちんとしたお酒だ。

本当は前回のクワスを拵える段階でこちらにも着手できていれば良かったのだが、資金的にも人手的にもそれは叶わなかった。

資金も潤沢に用意し、人手も確保できた今、ラムゼイには何も怖いものはなかった。

まずは試しとばかりに砦にある自室の一角でお酒を精製してみることにする。

今回、ラムゼイが作るのはウイスキーだ。彼は前世で中学生だったころ、近くにあるウイスキー工場に職業体験をしに行っていたのだ。

ちょっと前に朝のドラマでブームを巻き起こしたときも自身が見学へ行った酒造が舞台だったので良く観ていたのを覚えている。

エリックの指示で新しく樽職人となったブラムに抱えて運べるくらいのバレル樽——俗に言う小樽である——を作ってもらった。

まず最初に行うのはライ麦を乾燥させて麦芽を作ることである。

実はこれを既に用意していたラムゼイ。資金と人手が揃ったらウイスキーを作る予定だったのだ。

この麦芽を粉々に砕き、山から湧き出ている綺麗な水を人肌に温めてから掛け合わせてお粥状にして仕込む。

これで麦汁が出来上がる。こうして出来上がった麦汁にクワスでも使った酵母を投入して麦汁を発酵させる。時間は大体三日ほど。

この際に出る麦滓は栄養がまだ残っており鶏の餌としても使うことができる。これでわざわざ鶏にライ麦をあげる必要がなく、効率的なライ麦の使い方とも言えよう。

この段階で既にお酒の完成ではある。いわゆる『もろみ』だ。アルコールもクワスの五倍近くあるだろう。しかし、このままだと高値で売ることはできない。やはりもろみを蒸留しなければ。

しかし、問題が次の蒸留だ。完全に密封した状態で蒸留しなければアルコールが大気中に逃げてしまう。となるとポットスチルを作るしかないだろう。

ポットスチルとは蒸溜に使用する独特の型をした蒸溜釜のことだ。天辺に煙突のようなパイプが付いており、そこからまた別の容器につながるよう設計されている。

ただ、そこまでの物を作る技術はまだない。そこで、ラムゼイはその原型であるアランビックを思い出していた。

ラムゼイは作ったばかりの鍛冶場に足を延ばしてディエゴを呼び寄せる。

「悪いんだが急いで釜を作ってもらいたいんだ」

「へぇ、釜ですかい？　それなら構いやせんが……」

「いや、それがちょっと普通の釜じゃないんだよね」

そう言ってやりたいことを図面を使いながらディエゴに伝える。それでどうやら伝わってくれたようだ。

しかし、ディエゴは難しい顔をしたまんまであった。どうやら鍛冶ではできない領域らしい。

「うーん、それなら釜部分はあっしが作りましょう。その上の細っちょろい部分なんかは木工かガラスのほうが向いてると思いますが――」

「ガラスか！　待て待て。それじゃあガラスが先だな。それが準備できたらガラスに合わせて釜を作ってくれ」

「あいよ！」

こうしてポットスチルの下の釜部分を銅で、上の細いアームと呼ばれる部分をガラスで作ることにしたラムゼイは勢い良く鍛冶場を後にしてからハタと気づく。バートレット領にはガラス職人がいないことに。

となると、ガラス職人がいそうな場所へと赴くしかない。

こうしてラムゼイは嫌な思いしか残っていないヘンドスの街へと再び足を運ぶのであった。

王国暦551年4月27日

ラムゼイは再びヘンドスの街へ足を踏み入れていた。今回の護衛はダニーだ。おそらくアーチボルト翁の訓練が嫌になって抜け出してきたのだろう。

最近、ダニーはアーチボルトとヴェロニカの二人にしごかれて参っている様子だったし、息抜きと考えれば悪くはない。

「で、今日は何しに来たんだ？」

「今日はガラス工房を訪ねに来たんだ」

そう言ってアシュレイのもとへと向かうラムゼイ。この街のことであれば彼に尋ねるのが一番だろう。

と思ったのだが、今日はお休みをとっているとのこと。仕方がないのでコリンズ商会の違う方にガラス工房の場所を聞く。

「ああ、ガラス工房だったらダンさんのところが一番だろうね」

場所を教えてもらってそのダンのガラス工房へと向かうラムゼイとダニー。当たり前ではあるがダニーはヒマそうな表情だ。別に無理して付いてきてもらう必要もないのだが。

「すみませーん。どなたかいらっしゃいますかぁ？」

入口で大声で叫ぶラムゼイ。中からお爺さんが「はいはい」と声を出しながらこちらへと向かってきた。

「何か用かね？」

「ええと。ちょっと作ってもらいたいものがあって」

そう言ってラムゼイは図面を用いて作って欲しいアームの説明をし始めた。つまるところ、ラッパの吹き口が曲がっているような形のガラス管を作ってもらえればそれで良いのだ。

「なんだ。つまり、えーと、ラッパの吹き口からちょっと伸ばしてそのまま斜め下にガラス管を伸ばせば良いんだろ？　それくらいだったらお安い御用だぜ」

ダンはそう言うとすぐに作業に取り掛かってくれた。ダンがぷくーっと息を吹き入れると面白いように熱されたガラスが伸び縮みしていく。それからはあっという間であった。

「ほらよ」

ラムゼイはそれを子どものような笑顔で受け取り、ダンにお礼を述べた。

「それで、おいくらで？」

「へっ。これくらい金なんて要らねぇよ」

どうやらラムゼイが喜んでくれたのがダンにとって相当嬉しかったらしい。しかし、ラムゼイとしても正当な仕事には正当な報酬を支払う主義だ。ここは譲れない思いである。

「３００ルーベラでどうでしょう？」

「馬鹿言え！　そんなにもらえるか。１０いや５ルーベラで充分だ」

「いえ、ではせめて５０ルーベラ支払います」

有無を言わさずに、それだけのお金を支払うと、ラムゼイはもらったアームを大事に抱えながら、すぐさま拠点の砦にとんぼ返りした。

「えぇー！　もう帰るのかよ！」

これはダニーにとっては大きな誤算であった。折角、息抜きができると考えていたのにまさかこんな強行軍になるとは。

ラムゼイはダニーをアーチボルト翁の所に押し込むとそのままディエゴの鍛治場に足を踏み入れた。ガラス管をディエゴに見せびらかしながら。

「んで、ここにつながるように下に大きな釜を作って欲しいの。できるだけ大きな！」

「できるだけ大きな、ねぇ。まあやるだけやってみましょうか」

ラムゼイはディエゴに銅鉱石を渡す。これもヘンドスの街でアシュレイに買い付けておいてもらった商品だ。

それを手早く炉の中に入れて銅を取り出す、いや、取り出そうとしたディエゴ。そこでもう一つ問題が発生したのであった。

「領主様。これでは大きな釜をつくる銅が足りません」

銅の在庫が底をついてしまったのである。

ラムゼイはその言葉を聞くとすぐにヘンドスの街へと駆け出していったのであった。

王国歴551年4月29日

ラムゼイはディエゴから完成した釜を受け取っていた。一〇〇リットルは入りそうな大きな釜だ。

これを三人がかりで自室へと運び、竈の上に設置する。そして、その中にもろみを投入して火を点けた。

沸騰しないようガラスの部分から水面をじっと観察する。ぷつぷつと泡が浮いてきたら火を消して一度温度を下げる。これを繰り返してアルコールだけを抽出する。

すると段々とガラス管のアームに水滴が集まりそれが流水となって流れ出てくる。

「お。上手く行ってんじゃゃない？」

樽の中に徐々に貯まっていくお酒。ラムゼイはすぐさまバートレット家の呑兵衛二人を呼び出した。

酒が飲めると聞いてダニーとエリックが飛んでくる。

「『さけ！』」

「はい」

飛び込んできた二人にラムゼイはコップを手渡した。二人は駆け込み一杯ぐいっとコップを煽る。そして同時に咽込み始めた。そして目を白黒させている。どうやら二人にはまだ刺激が強過ぎたようだ。

「すっげーな、この酒！」

「うん。ウイスキーって言うんだ。ライ麦のウイスキーだからライ・ウイスキーかな」

ライ・ウイスキーと言えば七面鳥のウイスキーやビームさんのウイスキーが有名だろう。ただ、ラムゼイは前世では好き好んでお酒を飲んだりはしていなかったが。

難しいのが一〇〇リットルものもろみを使っているのに得られたアルコールが、今のところ五リットルにも満たないという問題だ。

これならばもう少し沸騰させてアルコールを絞り取っても良いかもしれない。そんなことを考えて

いるとダニーとエリックが次々とウイスキーを掬って飲んでいく。

それを見たラムゼイは二人を追い出し、どうやったらもっと効率良くアルコールだけを抽出できるのか試行錯誤を重ねていくのであった。

王国歴551年4月30日

ラムゼイは今日もウイスキーを効率良く抽出できるか試行錯誤しているとヴェロニカが部屋に飛び込んできた。

慌てている様子のヴェロニカ。それを見たラムゼイはイヤな予感がした。

「ご主人様、あの、ヘンドリック辺境伯さまの使いが来ておりますが……」

「……会おう」

そしてこの時、ラムゼイは後悔をした。応接間を用意していなかったことを。

これで応接間があれば時間を稼ぐことができたのだが、それがない現状では会うか会わないかの二択しかない。

無骨な砦の入口前に軽鎧を着こんだ使者が一人、馬上からラムゼイを見下《みお》ろしていた。

その使者がラムゼイを視認すると馬から降りることなく手紙を一通差し出す。その目は明らかにラムゼイを見下《みくだ》していた。

「こちら、ヘンドリック伯爵閣下からの書状である。改められよ」

投げ渡された書状を落さぬよう、身体の真ん中で受け止める。それを見届けた使者はすぐに反転してヘンドスのほうへと走り去っていった。ラムゼイは最低限の貴族の威厳は出せないといけないと反省する。

「ご主人様。何です？　その手紙は」

しかし、その反省もヴェロニカによって思考の隅に追いやられてしまう。まず大事なのはダリルからの手紙になんて書かれているかだ。

ラムゼイは封蝋を割って書状を広げる。我慢できずに横からヴェロニカも覗き込んでいた。

そこには目を覆いたくなるような悪い知らせのオンパレードが延々と記されていた。

『親愛なる同志ラムゼイへ
この度、イグニス大公閣下が国情を憂いて逆賊であるモリス伯爵を討つことと相成った。逆賊たるモリスはあろうことか隣国のペンジュラ帝国と内通しており、この国を転覆させせんと画策していたのである。

そのため、同志ラムゼイにも我が軍の将として軍に加わって欲しい。

共に戦果のあらんことを。

ダリル＝フォン＝ヘンドリック』

これは招集令状だ。ラムゼイがこの書状を読んで浮かんだ最初の感想がこれである。そして臍を噛むラムゼイ。先日のパーティの時からこれは予定調和として仕組まれていたのだ。

「ヴェロニカ。今動かせるのは何人くらい？」

「はい。五〇人が限界かと。しかし、装備が足りておりません」

「わかった。ちょっとヘンドスに行ってくるからヴェロニカは練兵を増やして」

「は。……は？　出撃の準備ではなく練兵、ですか？」

「そう、練兵。おそらくだけど、出撃時期は書いてないからまだ先だよ。じゃあ頼んだよ」

ラムゼイは着替えて北へ向かった。ヴェロニカに出撃の準備ではなく練兵を頼んだのは少しでも生存率を高めるためと出撃を遅らせるためだ。

こうなったら腹を括ってダリルと共に出るしかない。ただ、それならば良い条件をもぎ取ってくるだけである。

ラムゼイはない知恵を道中で必死にふり絞りながらヘンドスを目指したのであった。

ラムゼイはダリルのお屋敷の門番にアンソニーに取り次いでもらうようお願いをした。

アンソニーはいつもの不機嫌な表情でラムゼイを目の端で捉えると、閣下がお待ちですと案内を始めた。

ラムゼイはまさかダリルにすぐに会えるとは思わず、急いで言いたいことと要求を頭の中で考える。

今回はいつもの小さな部屋ではなく応接間へと通された。最初に入ってきたのはダリルではなく侍女だ。グラスにワインを注いでくれる。

「やあ、待たせたね。まさかすぐにここを訪ねるとは思ってもみなかったよ」

「ええ。私もまさか閣下からあのような招集が掛かるとは夢にも思っておりませんでした」

嫌味の一つを飛ばすラムゼイ。しかし、このくらいの皮肉は言われ慣れているのかダリルはどこ吹く風だ。むしろ、それをユニークに返せる度量まで併せ持っている。

「どうだい？　驚いただろう。私は意外とお茶目なんだ」

「閣下の新しい一面を発見できるとは思いもよりませんでした」

他愛ない腹の探り合いを続ける。このままじゃ埒が明かないと先に音を上げたのはラムゼイのほうであった。

「それで、出陣はいつを予定されているのですか？」

「五月の半ばだ。我々は一五〇〇名を派遣する予定で、将はゲオルグだ」

五月ということはまだ一か月近くある。これなら十分な準備ができそうである。これは朗報だろう。また、率いるのは前に会った髭をたくわえているゲオルグ将軍であると言う。

「他の諸侯たちは如何で？」

「もちろんイグニス大公には御出座いただく。あとはロナルド伯爵にデニス子爵も参戦される。また、ご都合が合えばルイール侯爵も参戦されるだろう。総数は一〇〇〇〇を超えてくるはずだ。ラムゼイは私の麾下で動いてもらうことになる」

「勝った暁には何か褒賞が出るので？」

「それはもちろん。取り潰されるであろうモリス伯爵の領地は功によって分配される予定だ」

「とはいってもそんな西方の端っこの土地なんてもらってもどうすることもできないのですが」

モリス伯爵はここより少し南寄りの西に土地を持つ貴族だ。もちろん、帝国と国境を境にしている。南の土地という言葉は魅力的だが、ここと同時に統治するのはラムゼイには些か難しいだろう。

「わかっている。きちんと別の形で報いるつもりだ。だが、それ相応の働きは必要だぞ？」

相応の働き。その言葉が何を意味するのかラムゼイはわからないほど馬鹿ではない。武功を上げたいのであれば最前線に配置されるのが落ちだ。それだけは何としてでも避けたい。

「一〇〇名だ」

「は？」

「一〇〇名を用意しろ。そうすればある程度の権限を与えてやることができる」

今、ラムゼイが動かせるのは五〇名だけだ。これを一か月で倍にしろと言うダリル。ただでさえ五〇名を養うために赤字を垂れ流しているというのに、さらに漢気を見せろと辺境伯は仰っているのだ。

「……黒鷺団に連絡を取っていただいても？」

「構わんが今回は自腹で払うのだぞ？」

戦争は出費がかさむとはよく言ったものである。ラムゼイはそれを痛感するのであった。

ダリルのもとを辞した後、ラムゼイはアシュレイを訪ねていた。戦争とは色々と入り用になるのだ。

「おうラムゼイ。今日は何が入り用だい？」

「兵士の装備一式を二十人分ほど。いくらになる？」

「そりゃまた豪勢なこって。ちょっと待てよ。えーと、軽鎧に槍で良いよな。それからバックラーに兜。それから脛当てだな。あ、それらに紋章も入れるから、ざっと３００ルーベラだな」

「……全員分で？」

「馬鹿言うなよ。一人分でだ」

「ですよねー……」

背に腹は代えられないとラムゼイは渋々支払う。ということは二十人分で6000ルーベフの出費となる。ダリルから貰ったボーデン男爵に攻め込む口実を作った際の褒美の金がどんどん減っていくと財布の中を眺めて溜息を吐いた。

「なあ、馬とか買わねぇのか？」

「欲しいけどお金ないしそもそも育てられないよ」

それは残念とあっけらかんと言い放ったアシュレイ。ラムゼイは思う。こいつはボクのことを金づるにしか思っていないのでは、と。そんな一抹の不安を胸に、今度は黒鷺団の団長であるホークに会いにダリルから指定された場所へと向かった。

その指定された場所とはヘンドスの街の表通りから一本入った裏路地にある薄暗い酒場であった。昔に観た映画だと、こういうお店に入れば必ず絡まれていた。つまり、ラムゼイ自身も絡まれてしまうということだ。ラムゼイは身体が震えてくる。

しかし、それではホークに会うことができない。彼の協力は必須なのだ。意を決して扉を開く。そこでグラスを磨いていたのはラムゼイも良く知る人物であった。

「え、何やってるの？　ホーク」

「見てわからねえか。店やってんだよ、ここで」

ホークはテーブルを隔てた向こうに立ってグラスを磨いていた。いわゆる『マスター』の立ち位置だ。これには流石のラムゼイも意表を突かれてしまった。

「なんだ？　オレに何か用か？　まぁ、座れよ」

ラムゼイはホークの真正面に陣取る。ホークはそんなラムゼイに老若男女が大好きな白い液体を磨いていたグラスに並々と注いで目の前においてやった。ミルクを飲み干してから本題に入るラムゼイ。

「また黒鷺団の力を貸して欲しいんだけど」

「今度は何だい？」

ラムゼイはダリルから届いた書状をホークに投げ渡す。そして、先ほどのやり取りもぶっきらぼうな口調で伝えた。

「一〇〇名用意しろ、だって」

「一〇〇か、多いな。全員となればそれなりに金掛かるからな？」

「わかってる。そのうちの七〇名をお願いしたい」

そういうとホークは黙りこくって上を見つめ出した。おそらく人数や予算なんかを考えているんだろう。しかもまた戦場が西だ。そう簡単に到着するとは思えない。

「まあ、一人頭100ルーベラってとこだな。もちろん、食べ物はお前さん持ちだぞ」

「それはわかってるよ。じゃあ7000ルーベラね。いつ持ってくれば良い？」

「まあ待て、慌てなさんな。まず数が揃えられるかどうかだ。数日中には連絡させるわ」

店の外に追い出されるラムゼイ。これはもう今日は帰れということなのだろう。

この街での目的は既に果たしたので、大人しくスゴスゴと自分の拠点へと帰る。

ラムゼイが拠点に戻ってまず行ったのはお財布の確認だ。

ダリルから5000ルーベラ貰ったはいいものの、ヴェロニカたちを引き取ってしまったお陰で財政が圧迫されてしまった。

本来であれば兵士の数を多くても人口の一割程度に収めるべきなのだが、バートレット領は人口の二割近くが兵士だ。このままだと財政が破綻する。

取れる方策としては人口を増やして生産力をあげるか兵士をリストラするかの二択である。これはどちらも難しい道だとラムゼイは考えていた。

アシュレイに発注した装備一式にホークに依頼する傭兵代、それにエリックやロジャーなど初期メンバーへの報奨金などを支払うお金を除けば残ったのは20450ルーベラだ。あれだけあったお金がもう半分以下になっている。

そしてさらにここから従軍するための糧秣を買わないといけない。そう考えるとお金はさらに減るだろう。

ラムゼイは思わず頭を抱えてしまう。そんなことを考えているとトントンと扉が叩かれる音がした。

「はい」

「失礼します」

入ってきたのはヴェロニカだ。ちょうど良い。ヴェロニカにも助言を求めることにしよう。

ラムゼイはヴェロニカの用件を聞かずに先に悩み相談を持ち掛けた。

「ちょうど良かった。突然だけど人口を増やす方法とかないかな」

「人口を増やす……方法ですか。まあ、結婚を推奨するとかですかね。あと、奴隷を購入するとか」

奴隷か。その発想をラムゼイは頭の片隅に追いやっていた。すっかり抜け落ちていたのだ。これは
アシュレイに相場を尋ねてみても良いかもしれない。

思案に耽ろうとした矢先、ヴェロニカに声を掛けられる。ヴェロニカからしてみればここに来た用
事を何一つ済ませていないのだ。

「あのー、それよりもこちらの用件を申し上げて良いでしょうか」

「ごめんごめん。何？」

「はい。それで出陣に関してはどうなりましたか？」

「うん、五月の半ばに西のモリス伯爵の領土へ向けて進軍する。ボクたちも一〇〇名を率いて来いってさ」

「一〇〇!?　それはまた多いですね。本来、士爵であれば二〇でも充分なくらいですよ!?」

ヴェロニカのその言葉を聞いてラムゼイは固まった。その直後、激しい怒りに襲われたのであった。

ラムゼイはダリルに騙されたのだ。いや、騙されたというよりも良いように担がれたというほうが正しいのだろう。

「して、そんな大人数どうやって集めるつもりですか？」

「そりゃ、もちろん黒鷺団に――」

ここでラムゼイは気が付いた。ずっと前からこの計画は練られていたのかもしれない、と。

ラムゼイは天を仰いで近くにあった椅子に腰を掛ける。

「やられた！　道理で５００００ルーベラもの大金を貰えるなんておかしいと思ったんだ！」

「どういうことです？」

「最初からそうするつもりで５００００ルーベラをボクに渡してたんだ。あの辺境伯は」

こうなると黒鷺団も相場よりも高い金額を取って辺境伯に還元している可能性も出てくる。ラムゼイはもう何もかも信じることができない。

「それで、どうするので……」

「ああ、悪かった。えーと黒鷺団に七〇名を依頼した。うちから三〇出して一〇〇にする。ダニーとヴェロニカはお留守番な」

「何故です!!」

ラムゼイがそう言うとすぐさま食って掛かるヴェロニカ。ラムゼイとしてはこれは最初から決めていた事項であった。今回はラムゼイが軍を率いて参戦する、と。おそらく彼にも幾分かの思惑があるのだろう。

「ヴェロニカとダニーにはこの領を守って欲しい。特に西側と南側を重点的にね」

「ですがご主人様の身に何か――」

「何か起きないよう、連れて行く三〇人の選抜と訓練はヴェロニカに任せるよ。あ、そのうち二〇人は親衛隊にするから一層厳しく鍛えてね」

これ以上は言っても無駄だと思ったのだろう。ヴェロニカは踵を返すと外へと出る。表からは集合という言葉が大きな声で響き渡っていた。

王国歴551年5月17日

ラムゼイたちの出陣の準備が着々と整っていった。

アシュレイによって届けられた装備一式はヴェロニカの手によって選抜された近衛兵に配られている。

「それではお気をつけて」

「うん。行ってくる」

まず、ラムゼイは全軍を率いてヘンドスの街へとやって来た。この人数で街の中に入ろうとしたら流石に門番に止められてしまったので、用件を伝えて中へと入れてもらう。

そのまま向かうはダリルの屋敷だ。これから出陣するというのに無視して進軍するわけにもいかない。

ダリルの屋敷の中庭に向かうと、そこには既に黒鷺団が集まっていた。率いる団長はもちろんホークだ。

「おや。今回は士爵さま御自らお率いなさるので?」

ラムゼイを見つけたホークはおどけた口調でそう告げる。ラムゼイもラムゼイでこれから戦に出るというのに余裕の対応だ。

「偶にはそれも良いかなって思って。それに今回は勝ち馬に乗れるだろうしね」

ラムゼイはあれからできる限りの情報を集めた。それで見えてきたことはイグニス大公側の戦略であった。

反帝国派は帝国と繋がっている貴族たちを各個撃破していこうという作戦なのだ。

今回、大公率いる反帝国派は一〇〇〇の軍勢を用意したのに対し、伯爵側は二〇〇〇のみである。戦力比はおよそ五対一だ。これで負けるようであれば反帝国派に未来はないだろう。

「まあ同意見ですがね。ただ、ただ……」

「ただ？」

「もしかすると帝国側がなりふり構わず援軍を送ってくる可能性があります」

地理的には帝国と接しているモリス伯爵領。ここに帝国が援軍を送るのは造作もないことだろう。下手すると、既に援軍がモリス伯爵と合流していてもおかしくはない。

「ラムゼイ士爵。良く馳せ参じてくれた、礼を言おう。我がヘンドリック辺境伯軍は既に二日前に西進している。すぐにこれと合流してくれ」

ホークと話し込んでいるうちにダリルが中庭に現れた。ラムゼイを含む全員が即座に跪く。そして、跪いているラムゼイに向かってそう語りかけた。ラムゼイもそれに返答する。

「はっ。必ずや逆賊を打ち倒してみせましょう。それではラムゼイ士爵軍、出立いたします」

こうして屋敷の中庭から出立した後、アシュレイのもとへ行って頼んでいた糧秣を荷車に載せる。

これで総勢一〇〇のラムゼイ士爵軍の出来上がりだ。

「まずはゲオルグ将軍と合流しないとだね」

「このヘンドスの街から西に延びる街道を真っ直ぐ進むとこれがそのままモリス伯領へと繋がっているぞ」

「へぇ、そうなんだ。博識だね」

「この日のために下調べしたんだよ」

ホークがラムゼイの頭を小突きながらそう伝える。そして、この行軍の間にラムゼイはホークと作戦会議を繰り広げるのであった。

「ねえ、ボクたちはどう立ち回るのが賢いと思う？　ボク的には周囲の村や町を襲うのが一番実入りも良くて安全だと思うんだけど」

そう。ラムゼイとしてはこれを狙っていたのだ。村や町を襲撃する役割をヴェロニカたちにさせるわけにはいかない。前の戦でダニーが憔悴しきっていた大きな要因はおそらくこれだろう。

「それには賛成だ。だが、どうやってそこへ話を持っていくかだな。お前の評判も下がるぞ」

「うーん、今回参加しているというお貴族様たちのプライドが高ければこんな役回りをしたい人はいないはずだけど。やらされている感を出せば何とかならないかな？」

「……そうだな。それに現状はどっからどう見ても勝ち戦だ。小さな領主たちは逸って攻め込んで手柄を求めるだろ。先手必勝で切り出していけ」

「うん、そだね。それに辺境伯麾下とは言え独立遊軍の権限を与えられているはずだし、ごり押してその役割をもぎ取るかな。……いや、待って。ねえ、ホーク。地図はある？」

ホークはお尻のポケットに折りたたんで入れていた地図を取り出してラムゼイに手渡す。

ラムゼイはそれを受け取ると地図と睨めっこを始めた。時折、指でルートを確認している。

「うん。これから辺境伯軍と合流するのは止めにしよう」

こうして、ラムゼイはダリルにやり込められた意趣返しを決行するのであった。

王国歴551年5月19日

「遅ぃい！　ラムゼイ士爵軍は何をやっておるのかぁっ！」

そう怒鳴り散らしているのは顎髭が立派なゲオルグである。辺境伯軍の軍議の中でそう叫んでいた。

ラムゼイ軍が出立したという報告は既に受けている。にもかかわらず一向に合流することができないのだ。

この軍議の場には辺境伯子飼いの小さな領主たちも参加していた。皆一様に苛立っている。

この場にいるのはラムゼイと同じ士爵から男爵まで総勢六人である。誰も彼もラムゼイを見下していた。

ラムゼイはダリル率いるヘンドリック辺境伯陣営の中では新参者である。古参のゲオルグや他の下級貴族から快く思われてはいないのだ。

ある者は士爵だからという理由で。またある者は新参と言う理由で。ただ、ここにいる彼らは全員二〇人から五〇人の兵しか率いておらず、ラムゼイが一〇〇人もの兵を率いているとは夢にも見ていないだろう。

「将軍、ラムゼイ士爵からの伝令です！」

「通せ」

一人の男がゲオルグの前に進み出る。その男はラムゼイ士爵の紋章が入った鎧兜を身に着けており、一目でかの軍の者であることが伺えた。

「申し上げます！　我が主はモリス伯爵軍に襲撃されております！」

この報を聞いて一同は騒然となった。それもそうだ。勝ち戦だと思っていた矢先に同じ軍勢の者が襲われたのだから。

末端に座っている者はおどおどし始めたが流石は将軍、周囲を一喝し慣れた口調で子細を報告するよう伝令に求めた。

「落ち付けぇぃ！　何があった」

「はっ！　伯爵領にあるモード村とローズ村の義勇兵に襲撃されたとのこと。我が主はそれと応戦し、そののちにその村を襲撃するとのことです」

「なるほど。子細理解した。では我らは進軍を進める故、終わり次第に合流するよう伝えよ」

「はっ！　恐れながら申し上げます。我が主はそのまま北側の村を落とし、フォルテの街を落とすようです」

ここでまた場がざわつき始めた。フォルテの街と言えばモリス伯爵領で二番目に大きな街だ。人口も一〇〇〇人は超えているだろう。それを士爵軍風情が落すと言っているのである。

「伝令よ。それは誠か」

「はっ」

ゲオルグはイスに深く座り直してから考え込む姿勢を取った。全員がそれを見守っている。そんな最中、ゲオルグがその重たい口を開いた。

「それは成らん。速やかに二村だけ落して合流されたし」

ゲオルグはその作戦を不成《ならず》と見たのだろう。作戦実行の許可は出さなかった。しかし、これに反論したのが伝令である。

「はっ！　恐れながら申し上げます。我が主は一〇〇名を率い、辺境伯閣下からも独立遊軍の任を仰せつかっております。また我が主からは『将軍であれば我々なぞいなくとも逆賊モリスを討てるため、別の場所にて手柄を稼がせていただく』と申しておりました」

これを聞いて腰を抜かしたのは周りの諸侯たちだ。自分たちが見くびっていた士爵風情がこの戦に一〇〇名を連れてきているのだ。

今思い返せばこの使者が身に着けている具足一つとっても紋章は入っておりお金がかかっている。この事実を無視することはできなかった。

これにはいくら将軍と言えども口出しすることができない。もし、この場にいるのであれば議論を交わすことも可能だがラムゼイはいないのだ。

また、逃げ帰るなど筋の通らない話をしているのではないので、ゲオルグとしても認めないわけには行かなかった。

「わかった。功を期待している」

ゲオルグは半ば、どうでもよくなっていた。ラムゼイの軍があろうとなかろうと結果は変わらないと。

「はっ！　ありがたき幸せ！」

伝令は踵を返して諸将たちの前を走り去っていった。ゲオルグはそれを見送ってからこの場にいる全員に話しかけた。

「では我々もイグニス大公閣下と合流するために進軍を開始する。撤収急げぇ！　すぐに出るぞぉ！」

こうしてラムゼイは騙されて一〇〇人連れて来たことを逆手にとり、多少の反感を買いながらも、まんまと自由を手に入れたのであった。

◈

「閣下、いつまでそうなされているのです。もう日は高く昇っておりますよ」

毛布に包まってベッドの上でガタガタと震えている男に妖艶な女性が話しかける。彼女は絹のガウンを身に着けているのみで、そのガウンも前がはだけていた。

十人の男がいれば十人とも褒めるであろう豊満なスタイルが露わとなっている。そして、良い匂いのする長い髪を靡かせながら毛布の上の男に近づいた。

「そそそ、そうは言うがなパメラ。イイ、イグニスが大軍を率いてこちらにやってきているのだぞ」

毛布に包まっている男――この男がモリス伯爵なのだろう――が顔だけ出してパメラと呼んだ女性の目を見る。が、それも最初だけで段々と視線が下へと落ちてきていた。

「大丈夫でございますよ。伯爵には優秀な部下が大勢いらっしゃるではありませんか。それに帝国の援軍も。ささ、伯爵は大船に乗ったつもりで私と戯れましょう」

パメラは着ていたガウンをはらりと床へ落とすとモリスに覆い被さるように馬乗りになった。

そのパメラを見た伯爵は包まっていた毛布からそそくさと這いずり出て気を紛らわせるかのようにパメラを押し倒す。

そんないきなり始まった二人の情事をこっそりと覗き込んでいる男女がいた。

「一時的とはいえ、あんな男の部下になるのはヤだねー」

「そう言わないで。これも仕事なんですから」

腐る女性を慰める男性。情事が本格的に始まるとこっそりとその場を後にして会議室に向かった。

そこには既にモリスに仕える将軍や兵長などが集結し、喧々諤々と議論を交わしていたのだ。

「いや、これは打って出るべきだ！　籠城しても援軍の当てなぞないではないか！」

「何を言う！　このまま続けていれば帝国から援軍が向かうに決まっておろう！　籠城だ籠城！」

激しく議論を交わしているのはモリスの配下にいるドビーとダグラスの両将軍であった。どうやら打って出るか籠城かの議論を交わしていたらしい。その将軍たちが今入ってきた二人に視線を移す。

「おお。リヒト殿にパーシー殿か。ちょうど良かった。帝国から援軍は来るのかね？」

リヒトとパーシーと呼ばれたのは先ほど出歯亀をしていた二人である。どうやらこの二人は帝国の将であるようだ。ドビーにそう尋ねられた二人は揃って顔を見合わせた後、リヒトがうやうやしくお辞儀をしながら責任をもって口を開いた。

「もちろんです。何を仰られますか。ただいま、我が軍は編成を行っている最中でございます。籠城されるのが上策かと」

「やはりそうであろう！　籠城が一番なのだ！　皆の者、籠城の準備を致せ!!」

議論はこれで終わりと言わんばかりに籠城派の筆頭であったダグラスが軍議を強引に終わらせて全員を準備に取り掛からせる。

もちろん、ドビーはこれに異を唱えたかったのだが、既に籠城に流れが行ってしまった以上、止むなしと籠城の準備に取り掛かるのであった。

しかし、二人は気が付いていなかった。進言しながら俯くリヒトの顔はほくそ笑んでいたことを。

◇

「援軍を出してはならん！　話し合いで折り合いをつけるのが最上である!!」

軍議の最中、そう大きな声を出した一人の男がいる。衣服のどの部分を切り取っても一流の素材に身を包まれている男だ。如何にも世間知らずといった風貌の人物こそが王子であり、親帝国派のエミールであった。

今、彼はモリス伯爵とイグニス大公連合がまさに刃を交えようとしているとの報を聞き、親帝国派の諸将に声を掛けたのである。

もちろん、諸将はこの事態に対応するべく様々な意見を述べていた。ある者は援軍を派遣するべきだと主張し、ある者は傍観すべきだと主張した。

エミールは戦を避けるよう、動こうとしていた。その理由は誰よりもマデューク王国を考えての発言であった。

「モリス伯もイグニス大公もどちらも大切な王国民である。その王国民同士が血を流し合えば誰が喜ぶかは一目瞭然であろう。帝国である！　ここは断じて争ってはならん！」

「殿下のご意向は理解いたしました。しかし、それであればどうなされるというおつもりで？」

そう述べたのは親帝国派のドレン＝フォン＝ルーカス侯爵であった。エミールの発言は至極尤もであるが、問題はどう対処するかである。他の諸将はこの趨勢を固唾を呑んで見守っていた。

「うむ。モリス伯の領地を全て取り上げ宮中伯とし、領地をイグニス大公以下に分け与えるものとする」

宮中伯。これは領地を持たず宮中に勤める貴族の総称である。大臣や書記官がこれに相当するだろう。モリスをそれに封じようというのであった。しかし、このエミールの案に賛同するものは誰一人としていなかった。

「それではイグニス大公率いる反帝国派をのさばらせるだけです！　毅然とした態度で挑まないと下の者にも示しがつきません！　そんな調子ですと王位を簒奪されますぞ!!」

「そうでございます！　これを機に帝国の力を借りてイグニス一派を懲らしめてやりましょうぞ！」

「うむ！　それが良い。そうして我らが漁夫の利を得るのだ」

「待て待て！　漁夫の利などと申さずに、イグニス一派を根絶やしにするのが良いのでは？　エミール様の奥方は帝国の第七姫である。両国が手をとるのは造作もないことよ」

このドレンの意見にそうだそうだと皆々が口々に叫び、またもや議論は紛糾した。

エミールとしては王位などに興味はなかった。妻子と幸せな生活を送れればそれで十分だったのだが、周囲がそれを許してくれず、あれよあれよと担ぎ上げられてしまったのだ。

エミールは溜息を吐いて椅子に身体を投げ出し、踊っている会議を眺めていた。

この日、朝から日暮れまで散々と会議に時間を費やしたにもかかわらず、揃いも揃って出した結論は『傍観』。つまり、何もしないとのことであった。

王国歴551年5月20日

ラムゼイは予定通りモード村へと進軍していた。これはラムゼイが全て仕組んだ通りに進んでいる。

まず、ラムゼイの伝令がゲオルグに告げた『襲撃』であるが、これは真っ赤な嘘だ。自分たちが村へ進軍するために口の上手い者を伝令として派遣し、許可をなし崩しに取ったに過ぎない。

自分たちには美味しい部分は回ってこないという諦観とそれなら少しでもお金になる仕事をしようという希望的観測から考え抜いた方便である。

「村の規模は？」

「中の下ってとこだな。この人数なら難なく落せるだろ」

ラムゼイとホークが村を遠巻きに見ながらそう話す。戦時中だからか村には自衛のために武装している男たちがちらほらと散見された。

「よし、やるか！」

「アレだけは守ってよ？」

「わかってるって！」

そう言ってラムゼイたちによるモード村襲撃作戦が開始された。

作戦は単純明快に挟撃である。まず、ホーク率いる黒鷺団が正面から愚直に攻撃し、村人たちが迎撃したところで背後からラムゼイ率いるバートレット軍が村人を人質に取る。

人質をとったラムゼイ軍は抵抗している村人に降伏を呼び掛けた。もちろん、彼らは素直に応じようとしなかったが、ラムゼイが食糧などの摘発の全てが終わったら解放することを条件に降伏を受け入れさせたのだ。

というよりも、村人たちは降伏を受け入れる以外の選択肢はない。でないと愛する家族が殺されるか奴隷として売られてしまうのだから。ラムゼイは振り翳した拳の下ろし場所を作ったに過ぎないのだ。

この作戦が面白いようにハマった。村人たちを一纏めにしてから前回と同じようにホークを始めとした黒鷺団が淀みなく物資を根こそぎ掻き集めてくる。

「金品の類はオレたちが貰っても良いんだよな？」

「うん。その代わりそれ以外はボクたちの物だからね。妥協しないであるだけ持ってきてよ？」

ホークは親指を立てて返答の代わりにすると荷車二つを満杯にしてラムゼイの前に戻ってきた。しかも山羊を三頭連れてくるオマケ付きで。

「流石はホーク。頼りになるねぇ」

「良いんだよ。こっちも稼がせてもらってるからな」

軍を維持するのに必要な食糧を自軍の荷に積み替えて残りをバートレット領へと送っていく。一つの荷車に対して近衛兵を二人、合計で四人を親衛隊の中から選んで三四と共に返すことにした。

残るは村人たちだ。怯えた目でラムゼイのことを眺めている者もいれば、ジッと睨みつけるような視線をラムゼイに飛ばす者もいる。そんな彼らに対し、ラムゼイは声高らかに言い放った。

「村人たちよ、すまない。私も本当であればこんな手荒な真似はしたくなかったのだが、ヘンドリック辺境伯の命なのだ。できることなら貴方たちも傷つけたくはない。村人たちはこのままモリス伯のもとへと向かってくれ。他の村も安全ではないのだ。本当にすまない」

そう言って思いっきり頭を下げる。村人たちはそのラムゼイの演説を聞いてぽかんとしていた。そして彼らの中から「それならまぁ……仕方ないか」や「やはりヘンドリック辺境伯が原因か！」などの声が聞こえてきた。ホークは内心、上手くやったものだと感心していた。

ラムゼイは約束通りに村人たちを解放し、モリスの居城であるモリーシア城の方角へと歩かせ始めた。

これと同様の行為をローズ村でも実行するラムゼイたち。お陰で布や皮、家畜に鉄製品などラムゼイの懐は潤ってきたが部隊からは八人が離脱することとなった。

「さて、こっからどうする？　本当にフォルテの街に行く気か？」

「うーん、そうだね。そうしようかなとは思ってるけど……」

言い淀むラムゼイ。どうやらフォルテの街にはまだ向かわないようだ。

ホークはそれで察したのかそれ以上は何も言わず、黙ってラムゼイのことを信じることにした。戦術には口を挟むが、戦略には口を出さない。

こうしてラムゼイたちは次々と小さな村を落として略奪の限りを尽くすのであった。

王国歴551年5月21日

反帝国派の面々が次々と大公のもとへ集結していた。その総勢は当初の予定通り一〇〇〇〇にまで膨れ上がっていた。この軍の中核はやはりイグニスとダリルの二人であろう。

特にイグニスは遠路はるばる西端まで四〇〇〇の兵を率いてやって来た。これだけでもモリスと互角以上に渡り合えるだろう。

しかも、今回はそのイグニス自身が先頭に立って兵を率いてきている。このこともあり、ダリルはゲオルグに軍を任せたのでもあるが。

諸侯が軍議を開くためにイグニスのテントへと集まってくる。今回はそれなりの手勢を率いて参戦していた子爵以上がイグニスのテントへ呼び出されていた。

「諸君、良くぞ集まってくれた。まずは礼を言おう。そして皆も存じているとは思うがモリス伯爵が帝国と内通しているという知らせが私のもとに入った。弁明の機会を再三与えたにもかかわらず、モリス伯爵は連絡を寄越さないばかりか軍備を拡充する始末。これ以上はもう放っておくことはできん！　内憂外患に晒されているこの王国を一刻も早く纏め上げるべくモリス伯を誅すぞっ!!」

「「応っ！！」」

まずは、豪華な鎧を身に纏ったイグニスが今回の征伐の大義名分を全員と共有する。認識の共通化である。

その後を引き継いだのはイグニスの後ろに控えていたひょろ長く青白い顔をした男であった。この男こそがイグニスの腹心であるロージーである。

「では早速ですが軍議に入らせていただきます。敵方は総数が二〇〇〇。籠城の構えをしております。おそらく帝国からの援軍を当てにしているのでしょう。援軍が来る前に圧し潰してしまいたいところです」

「それであれば、全軍で一斉攻撃を仕掛ければ良いのでは？」

そう言い放ったのはモリスと同じく伯爵位を得ているロナルド＝フォン＝ファブリックであった。彼も豪勢な鎧を身に着けているがイグニスのそれとは違い、粋と呼ばれる着こなしをする伊達男である。

「ロナルド卿、それではこちらの被害も甚大となってしまいます。帝国も後ろに控えております故、できる限り損害なく始末したいところでありますな」

「そうは言うがな。じゃあ、どうする？」

そう発言したのはデニス＝ウォルター＝エヴァーツ子爵だ。齢は四十を越えて髪に白髪が混ざり始めている。しかし、その肉体は衰えを知らず若々しいままである。彼の発言にも年長者という重みが感じられる。

ここでロージーがデニスの質問に回答しようとしたその時、軍議に参加しているゲオルグに一人の伝令が来たとの報が入った。ゲオルグは一同の顔色を窺ってから伝令に入るよう伝えた。

この場で個人宛ての伝令を聞くのは気が引けたのだが、他の諸侯に痛くもない腹を探られるのはもっと不味いとゲオルグは判断したのだ。

「して、何の用だ？」

「はっ！　我が主のラムゼイさまからの伝言です。予定通りモード村とローズ村を襲撃しました。なお、村人たちは捕らえずにモリーシア城へと逃がしたとのことです」

この報告にゲオルグの眉が動く。戦場においてはいつの時代もどこの世界でも乱捕りが常であり、それには村人たちを攫って売ることも含まれていた。ラムゼイは勝者の強権を利用せず、それをみすみす逃したのである。

「何ゆえ村人たちを捕らえなかったのか」

ゲオルグは努めて冷静に話しているがその声は固く、ラムゼイの非を咎めているのがわかる。村人とて人である。人である以上、戦力になるのだ。それをモリスの居城に送るなど、敵を強めているだけだと考えたのである。

「はっ。捕らえなかったのは食糧が心許なかったから、とのことであります」

「であれば皆殺しにすれば良いものを。なぜ黙ってモリスの所へ送ったのか！」

「そのほうが城を落とすのに都合が良いと我が主は考えたからにございます」

正直、ゲオルグはこの伝令が何を言っているのかわからなかった。なんて声を掛けるか逡巡していたゲオルグを差し置いて声を掛けたのはロージーである。

「貴方の主は確かにそう言ったのですね」

「はっ。引き続き周辺の村を襲い、村人を城へと送るとのことです」

「わかりました。下がって……、そのまえに貴方の主の名は？」

「ダリル＝フォン＝ヘンドリック辺境伯麾下、ラムゼイ＝バートレット士爵でございます」

それだけを聞き出すとロージーはイグニスに目で合図を送った。イグニスはそれを察して伝令に声を掛ける。

「ご苦労であった。下がって良い」

「はっ」

伝令が去った後、ロージーが諸将に対して口を開いた。どうやらこれから今回の侵攻戦の作戦を発表するらしい。

「今回はモリス伯の居城を取り囲んで包囲するのが上策でしょう」

ロージーはラムゼイの意図を推測してみた。そして、それが彼に都合の良いものと解釈するのであれば包囲するのが最上の策と言えよう。

　しかし、この提案はすぐに却下されてしまった。それは何故か。ここにいる面子は軍人ではなく貴族だからである。

「悪いがそれはできない。我々は貴族だ。それもその辺に雑草の如く生えている下級の貴族ではない正真正銘の、だ。いくら卿がイグニス閣下の右腕とて、そのような格好悪いことは承服しかねるな」

　貴族の責務《ノブレス・オブリージュ》。上級の貴族ほど自身の血筋に誇りを持っている。いわゆる伝統と格式と言うものだ。ゲオルグは貴族ではないもののダリルの名代として馳せ参じている。軽率な行動は許されない。

　ロージーからしてみればそんな下らない責務なぞ犬にでも食わせてしまえと腹の底では思っているのだが、その貴族の責務《ノブレス・オブリージュ》があることで国が上手く回っていることも事実。

　彼にしてみれば苦渋の決断であるのだが、実利よりも主君であるイグニスの威光を重視することにしたのである。

　この威光と言うものも非常に厄介なもので貴族、特に上流の身分であればあるほど必須なものである。

　これがないと民が傅いてくれないのだ。領地、ひいては国を上手く治めるためには必須と言えよう。

「ロージー、代替案を」

「……では帝国軍と合流される前に力技で押し切ってしまいましょう。そうと決まれば善は急げです。急ぎ西進を」

　ロージーは心の中でラムゼイに謝罪しながら進軍の準備を進めていくのであった。

◇

「おい、ラムゼイ。どーするよ。もう目ぼしい村は落として、近くに残ってるんはフォルテの街くらいだぞ？」

「そうなんだよね。荷物の輸送のために兵も減ってきているし、フォルテの街を包囲するという体で待機でもしてる？」

「良くはねーけど、この人数では落せねーしなぁ……」

ラムゼイとホークがそんなことを考えていると遠くから少数の騎兵がこちらへと向かって来ているとの報が入った。ホークは部下に素早く指示を出して迎撃の態勢を整える。こういう時はやはり頼りになる存在だ。

「止まれっ！　どこの部隊の者だ！！」

遠くから少数の騎馬兵に声を掛ける。すると、こちらの紋章を確認できたのか騎馬兵たちはゆっくりとラムゼイたちのもとへと近づいてきた。

「貴殿らはラムゼイ＝バートレット士爵の軍でお間違いないか？」

「間違いないありません。私がラムゼイです」

ラムゼイが進み出る。すると騎馬兵の方々は目を丸くしていた。まさか成人したての男の子、しかも当主自ら最前線にいるとは思っていなかったからだ。

「馬上から失礼します。将軍が招集をかけておりますので、急ぎお戻りを」

そう言ってイグニスたちの陣が張ってある方向を指さす。ラムゼイは了承の意を返答すると騎馬兵たちは失礼と一言謝ってから颯爽と去って行ってしまった。また違う部隊のところにでも行ったのだろう。

「ホーク、どう思う?」

「どうもこうも行くしかないだろ。オレにだってわからん。おら、移動すんぞ!」

ホークが兵を囃し立てながら移動の準備に取り掛かる。ラムゼイも自分の荷物を手早くまとめて荷車に投げ入れたのであった。

◇

「ラムゼイ＝バートレット士爵はおられますか?」

ラムゼイが騎馬兵に示された道を進んで本隊と合流した後、着陣の準備を進めている最中にやんごとなき身分の近衛であろう兵士がラムゼイを探していた。それに応えるようにラムゼイは進み出る。

「はい、私です」

「イグニス大公閣下がお呼びですので同行を願います」

有無を言わせぬ雰囲気を纏いながらそう述べる兵士。やんごとなき名前を聞かされたラムゼイはあとの雑事をホークに丸投げして兵士の後を付いていった。

陣の中心へと進んでいく。陣中だというのに真ん中に行けば行くほど段々と豪華な装いになってきた。

「失礼します閣下。ラムゼイ士爵をお連れ致しました」

「うむ。入ってもらえ」

兵士に背中を押されてテントの中へと進み歩く。そしてその中心くらいで跪き、名を告げた。

「ラムゼイ＝バートレットにございます。ご用命と伺い、馳せ参じました」

「うむ、大義である。まあ、そう固くならず楽にしてくれ。用があるのは我ではなく、こ奴よ」

そう言ってイグニスはロージーを指名したのだが、生憎とラムゼイは跪いているので何が何だかわかったものではない。そうはいっても話はどんどんと進んでいく。

「其方がラムゼイか。聞きたいことがいくつかあったのだ。正直に答えよ。何、閣下は寛大なお方ゆえ、滅多なことでは怒らぬ」

そう前置きしたうえで、一呼吸置いてからロージーがラムゼイに単刀直入に尋ねた。

「まず、村を攻めた理由はなんだ？」

「敵を弱体化させる一手を打っただけにございます」

ラムゼイは何も嘘は言っていない。青田刈りに狼藉は戦法の一つだ。村を壊すことにより領の生産性を落してしまおうということだ。あくまで表向きは。

本来の理由は楽そうだからとお金になりそうだからであるが、そこを馬鹿正直に言うほどラムゼイは愚かではない。それにこれを理由に挙げると次の質問が答えにくくなってしまうことを予期していた。

「では、なぜ村人たちは逃がしたのだ？」

「いくら仲違いをしているとはいえ同じマデューク王国の民。兵数差から見ても勝負はついております。殺すのは忍びないかと」

「であれば奴隷にすれば良かろう。そうすれば其方の懐も温まり一石二鳥ではないか」

「残念ながら連れて帰るだけの食糧や兵数がございません。苦渋の決断ではありましたが死なせるよりは良いかと」

「まあ、そういうことにしておいてやろう。残念ながら其方の読み通りとはいかず、攻城戦となった」

「……なんのことでしょうか」

「白々しいことを申すな。モリーシア城に村人を送っていたのは籠城時の食糧の消費を早めるためであろうに。まあ、過ぎたことはもう良い。翌日から攻城戦を開始するのだが何か良い案はないか？」

「案も何もこの人数差にございます。強硬に攻め立てれば良いのでは」

「それだと被害が大きいだろう。こちらの損害を少なくして勝ちたいのだ」

そう言われてラムゼイは困ってしまった。何もラムゼイは軍事的な教育を受けた人間ではない。前世でもマーケティングの仕事に従事していた一般市民だ。

彼は読んで覚えた知識から何か使えるものはないかと脳みそを引きちぎれるまで絞って考えを捻り出した。

「軍を三つに分け、三交代で昼夜問わずに攻め続けるのは如何でしょう。また、その際に最初の二日は攻撃の手を緩め、自軍の損耗を抑えながら攻撃するのと矢を使わずに攻めるのです」

「矢を使わずにだと？」

「はい。籠城ともなれば矢の補充ができません。初日と二日目にバンバンと使っていただきましょう。昼夜問わずに攻めているのですから拾いに出ることもできなくなりましょう。気づいた時には既に手遅れになっているはずです」

このラムゼイの発言を聞いたイグニスとロージーは二人でこそこそと話し込んでしまった。何とか聞き耳を立てたいが距離が遠くて何も聞こえない。

それに何よりもこの執事だ。

このイグニス付きの執事がわざと咳払いしたりカップとソーサーを音を立てて置いたりしている。大公付きの執事がそんな真似をするはずもなく、明らかに故意に行っていることが傍からでも見て取れた。

そしてその証拠に二人の内緒話が終わった途端、この執事も存在感を消すように水を打ったように静かになってしまった。

「ラムゼイよ、足労であったな。下がって良いぞ」

「はっ」

ラムゼイはイグニスの指示通り議論の結論を聞く前にテントを後にした。それをジッと見つめる二人。彼の姿が見えなくなったところでイグニスが口を開いた。

「今の策、どうみる?」

「全体的には宜しいかと。ただ、矢を使わないのはいけません。それでは城壁の敵に圧をかけることができなくなります。ただ方向性は良いので、鏃の付いていない矢を用いましょう」

戦の最中、鏃が付いているかいないかを、いちいち確認している暇はない。矢が飛んでくるという事実に対して避けるか防ぐという動作をしなければならないのだ。

これで城壁の上から楽に攻撃させることもままならなくなる。そして反撃に拾った矢を使おうにも鏃が付いていない。これで初日は楽に攻撃ができるだろう。

「あの小僧、どうみる?」

「田舎土豪の中では優秀ですな。流石はヘンドリック辺境伯、良い駒をお持ちで」

良い駒だからこそ彼を遊軍として使っているのだろう。それはダリルがイグニスたちに自分の新しい玩具を見せびらかしているようにも思えた。

「ふぅむ。ならば我も唾を付けておくか」

イグニスは彼が去った方向をにやりと笑いながら、じっと見つめていたのだった。

王国歴551年5月23日

モリスは今日もベッドの上で毛布に包まり歯を鳴らしながら震えていた。傍らには今日もパメラが艶めかしい姿で控えている。

外からは兵たちの怒号や叫喚が響いており、その音がモリスに戦争をしている現実を突き付け続けるのだ。

「お、お、おい！　帝国からの援軍はまだ、こ、来ないのかぁ!!」

「確認して参りますわ」

情けない声を出しながらそう喚くモリス。パメラはバレないように溜息を吐いてから客将であるリヒトとパーシーのもとへ足を延ばした。しかし、そこにいたのはパーシーのみであった。

「あら、リヒトは？」

「伯爵の軍人さんに『お前も手伝えー！』って言われて駆り出されているよ」

「それはご愁傷様」

近くにあった椅子に腰掛ける。暫く二人は無言でいた。特段、仲が悪いというわけではないのだが、何となく気まずかったのである。そんな静寂を破ったのはパメラであった。

「そろそろ、潮時かもねぇ」

「んー、そだねー。リヒトとも今日の夜に抜け出そうかって話してるよ」

ゆったりとした時間に突然落とされる爆弾。そんな話、パメラは全く聞いておらず寝耳に水であったのだ。

「ちょっと！　その話アタシはきいてないわよ！」

「そりゃ言ってないもの。パメラちゃんはパメラちゃんで何とかしてくださいなー」

知らんぷりしてそっぽを向くパーシー。ここで恨みごとを滾々と述べてやりたいところだが時間が惜しい。

　パメラも自分の荷物やらモリスに貢いでもらった貴金属やらを急いでまとめ、逃げ出す準備を整えたのであった。

　しかし、ここで三人にとって思わぬ展開となってしまった。戦が全く終わらないのである。

　通常であれば日暮れと同時に撤退し兵を休ませるのだが、イグニス軍はその様子を一切見せていない。

「おかしい」

　戻ってきたリヒトがパーシーとパメラに向かってそう呟いた。彼の顔は深刻な表情を浮かべている。

　戦場に立っていたというのに彼には傷一つ負っていない。これは彼自身の能力の高さもあるが、別の要因も大きかった。

　それと対照的なのがパメラだ。どこかやさぐれたようにも見えるパメラ。今朝のことを未だ根に持っているのだろう。

「そりゃおかしーでしょーよ。戦が止まないんだから」

「いや、そうじゃない。向こうは執拗に城門に攻撃を仕掛けていたんだ。皆が大きな盾を持って破城槌を守りながら城門に突進していたぞ。しかも矢に鏃がついてない」

「そりゃ城門を破っちゃうのが手っ取り早いしねー。向こうはあんだけ人がいるんだから城門を破ってちゃっちゃと攻略目指すでしょ」

　パメラの言葉に過敏に反応するリヒト。勢いがつき過ぎて思わず大きな声で反応してしまった。近くにいたパーシーが吃驚して目を丸くしている。

「そう！　兵数も予想していたよりもずっと少なかった。予想の半分、いやもっと少なかったように思う」

「帝国の援軍を警戒しているんじゃない？　籠城しているってことは援軍が来る予定ってことでしょ？」

「そう……なのかな」

首をかしげるリヒト。しかし、今考えないといけないことはこの城からどうやって逃げ出すかである。

周囲は敵に囲まれ戦も止まず。まさに万事休すといったところだろう。

「これは村人に紛れ込んで逃げるしかないね。幸いなことにこの城は何故か村人が多い。城門が破られたら時を見て逃げ出そう」

「それしかないねー」

「うん。そーしよー」

この夜、リヒトたちは夜陰に乗じてこっそりと自室から抜け出すと村人たちが押し込められている部屋にするりと忍び込んでその時を待つのであった。

王国歴551年5月24日

ドビーとダグラスは頭を抱えていた。イグニス率いる反帝国派の連中にまんまと出し抜かれた形となってしまったからだ。

この二人もイグニスたちが軍を分けていることには途中で気が付き、彼らも軍を二分した。

しかし、この状況下で充分な休息が取れるかというと疑問が残る。

外からは攻め込んで来る雄叫びが絶え間なく響いており、いつ自分のもとまで来るかわからないのだ。そんな状況下で休めるわけがない。

二人の周りには疲弊した兵が力なく座り込んでいた。見回しても目に生気を宿している兵は皆無である。

そして問題が矢だ。向こうが昼夜問わずに攻めてくるもんだからいつもより消費の速度が速い。

それに向こうがまともな矢を一切放ってこないものだから、それを流用して使うことができないのだ。

「あとどれだけ待てば援軍が来ると言うのだ!!」

そう声を荒げたのはダグラスだ。このままではいつ落城してもおかしくはない。しかし、援軍が一向に来ないのだ。声を荒げたくなるのも無理はないだろう。

「おい！　あの二人はまだ見つからんのか!!」

そばにいる兵士に当たり散らす。兵は委縮してしまってひたすらに謝りながら捜索のために駆け出していった。見かねたドビーが堪らずダグラスを諫める。

「もう止さんか。我々は帝国にまんまと嵌められたのよ」

そのことに関してはダグラスも薄々ではあるが気が付いていた。しかし、その現実を受け止めたくなかったために声を荒げてリヒトとパーシーの二人を捜していたのだ。

「考えねばならんのはこれからのことよ。もう援軍が見込めぬ以上、降伏するのも手ではあるが……ダグラス、どう考える？」

「……降伏したとて我々は揃いも揃って斬首だろう。であれば徹底的に戦うが戦士ではないか？」

「我々はそれで良いとしても村人や雑兵まで巻き込むつもりか。それは違うのでは」

「こうなってしまっては村人たちも奴隷落ちを免れんだろう。であれば、だ。我々と共に玉砕覚悟で獅子奮迅の働きをし、講和の条件を引き摺り出すまでよ」

その回答を聞いて考え込むドビー。彼はこの考えに反対だったからである。もうこうなっては潔く降伏し村人たちを安堵させるのが騎士の務めだと。

さあこれから熱い議論をといったところで一人の兵士が横槍を入れるべく二人のもとへ走り込んできた。

「将軍、どちらか現場の指揮を！　敵が攻勢の手を強めてきております!!」

「わかった。オレが行こう」

飛び込んできた兵士に即座に応えたのはダグラスだった。すぐに鎧兜を身に着けて戦場へ舞い戻る。

ドビーは肩透かしを食らった形ではあるがこればかりは仕方がない。ドビーもこの場を後にした。

向かった先は他の何処でもない、モリスのもとである。

「モリス様、入りますぞ」

返答を待たずにモリスの自室に入るドビー。モリスは今日もベッドの上で毛布にくるまり震えていた。傍にパメラの姿はない。

「モリス様、降伏いたしましょう。帝国からの援軍はなく我々の勝ち目はありません」

「いいい、嫌だ。パメラ、パメラは!?」

この期に及んでまだパメラに縋ろうとするモリス。その姿を見てドビーはため息をついた。昔はこんな人間ではなく聡明で武勇に優れた人物だったのだ。まるで憑き物でも付いてしまったかのように人が変わっている。

「もうパメラ殿はおられませんぞ」

そのドビーの声も聞こえていないのか、モリスはぶつぶつとパメラパメラと呟いている。ドビーはそんなモリスの頬を思い切り引っ叩いた。室内にキレの良い音が響き渡る。

「いい加減目を覚ましなされ！　戦の最中ですぞ！」

ドビーにとっては苦渋の決断であった。主君の頬を叩くなど。モリスも呆然としている。しかし、その甲斐あってかドビーはモリスの瞳にどんどんと色が戻ってきたように思っていた。

「そうか……そうか」

二度、そう呟いたモリスはドビーに現況を詳しく尋ねる。どうやら昔のモリスが戻りつつあるらしい。そして彼はその現況を自分の中で噛み砕いて整理し、それから衣服を整えて自室を後にするのであった。

王国歴551年5月24日

打って変わってイグニス陣営。こちらは皆が充分な休息を取っており英気は充分だ。

「ロージー。向こうの様子はどうだ？」

「だいぶ疲れてきていますが、まだ二日目でございます。あと二、三日もすればラクに城を落とせるでしょう。それまで将兵を逸らせないよう、ご注意ください」

「わかった」

イグニスが檄を飛ばしに前線の近くまで赴こうとした矢先である。一人の兵士がイグニスたちのもとへと飛び込んできた。息を切らしているその様子から火急の用であることが窺える。

「申し上げます！　敵方が降伏の意を示しております」

これはイグニスたちにとっても寝耳に水であった。まさかこんなにも早くモリスが降伏を決断するとは思ってもいなかったからである。

「なんと⁉」

「それは真か⁉」

イグニスたちも驚きを隠せないようである。

ただ、形勢が変化していることは確かだ。急ぎ諸将を集めてこの事態に対応するのであった。

◇

イグニスを中心に諸将が半円状に並んで座っている。もちろん末席にはラムゼイも座っていた。

あの後、イグニスは手早く降伏の使者をモリスに送り自分たちのもとへ出向くよう伝えていたのだ。

「モリス＝フォン＝ドッド伯爵のお成りにございます」

イグニスの前に精一杯着飾ったモリスが進み歩いてきた。後ろにはダグラスとドビーの両将も控えている。

モリスたちはもちろん武器などは何も持たずに丸腰のままだ。対するイグニスたちはいつでも剣を抜けるよう柄に手をかけている。

「突然の心変わりだな。何があったのだ？　モリス伯よ」

「何。勝てる見込みもなくなり、徒に民を傷つけるのが忍びなくなってな。この首一つで許してもらえるのであれば安いものだ」

モリスの表情にベッドの中で震えていた時の怯えがない。何か憑き物が取れたようだ。どこか諦観の念も見て取れる。

イグニスはモリスの目をじっと見る。モリスもまたそれを見つめ返す。イグニスはふうと息を一つ吐き出すと静かにこう述べた。

「そうか、わかった。それでは何も言うまい。ただ将兵と領民の安堵はしよう。もちろん、奴隷にもせんから安心して欲しい」

「そう言ってもらえると私には心残りは何もない。さあ、首を刎ねてくれ」

そう言って目を閉じる。イグニスは目でデニスに視線を送る。彼もそれで察したのか静かに頷いてから剣を抜いてモリスの後ろに立った。

一つ。息を静かに吐いてからその剣を勢い良く振り下ろした。そしてゆっくりと倒れ込むモリスだったもの。

デニスはその肢体に自身のマントをゆっくりとかけた。それからイグニスは残された二人に話しかける。

「何があった」

その一言でドビーとダグラスがポツポツと話をし始めた。

モリスと帝国が繋がっていたこと。そして帝国から将軍が二人派遣されていたこと。そして、その将軍が戦の最中に忽然と姿を消したこと。

「我々は察しました。帝国の連中に嵌められたのだ、と」

彼らがいなくなったのは城から逃げるためだろう。ではなぜ城から逃げるのか、それは落城するからに違いない。

そうなると援軍の見込みが立たない。また、援軍を求めようにもこうも包囲されては伝令を出すことができない。

彼らはそう判断して領民を思い、早めの降伏に踏み切ったのだ。実はドビーはダグラスと議論を交わした後、そのままモリスのもとへと向かっていたのだ。

そこでモリスに現状を伝えてどうするか判断を仰いだ結果、降伏するということになったのだ。

モリスは悔いていた。帝国の甘言に乗ってしまったばかりにこんな結果になってしまったことを。

今思い返せばドビーですら不審だと思う点がいくつかあった。

帝国はモリスにも結婚を勧めており、帝国貴族の娘を嫁に送ると言っていたのだ。

しかし、その嫁はいくら待てどもモリスのもとに来なかった。モリスの家格に見合う娘がいないだの尤もらしい理由を並べては時間を稼いでいたのだ。今ならわかるだろう。最初から送るつもりなぞなかったことが。

「私からも聞きたいことがあります。この策は誰が考えたのか。噂に聞く『神算のロージー』殿であろうか」

「はて？　策とは何のことであろう」

「この攻城戦のことよ。昼夜問わずに攻めてこられたのは流石に参った。何よりも使えぬ矢を用いるという考えには感服する限り」

「それであれば」

ロージーが末席に座っているラムゼイを指差す。すると全員の視線が一斉にラムゼイを捉える。ラムゼイからしてみれば寝耳に水だろう。

「ほう、あの若さで」や「誰かの入れ知恵では」などという声が方々から聞こえてくる。正直恥ずかしい。これがラムゼイの率直な意見である。針の筵に座らされた思いだ。

ドビーとダグラスの処遇は追ってということになり、この場からは身を引き蟄居を申し付けられる二人。彼らが去った後、そのまま論功行賞へと移ることとなった。

「今回の第一功はゲオルグ将軍とする！」

この言葉に周囲からため息が漏れる。とは言え、今回の論功行賞に関して言えば出来レースも良いところである。

何せ誰も目立った活躍をしていないのだから。イグニスたちは単に帝国に踊らされて悪戯に出兵をしただけなのだ。

確かにイグニス派の貴族連中に分け与える土地は手に入れたが、行軍に費やした金銭や攻城戦で散っていった兵の命は戻ってこない。

それを紛らわすかの如く、皆もわかって大声で歓声を上げながら場を盛り上げていく。

「これにて論功行賞を終了とする！」

結局、上からゲオルグ、ロナルド、デニスと順当に三人が功をせしめてこの場はお開きとなった。

ラムゼイも退出して撤収の準備に取り掛かろうとしたところ、後ろから声を掛けられた。声を掛けてきたのはロージーである。

「ラムゼイ。この度はご苦労だった」

「過分なお言葉ありがとうございます」

ロージーはイグニスの従士ではあるが元の家柄は侯爵家の三男であり、どちらにせよラムゼイなんかが逆立ちしても敵いっこないほどの殿上人なのである。

「閣下がお前にも褒美を取らせると仰せだ。付いて来たまえ」

皆とは逆行して進む二人。イグニスとロージー、それからラムゼイの三人以外がいなくなったところでラムゼイへの恩賞の話となった。

「其方のお陰で楽に勝つことができた。礼を言うぞ」

「もったいないお言葉にございます」

事実、イグニス連合軍の出した損害は兵が三〇人程度である。それ以外はかすり傷などの軽傷となっているのですぐに復帰できるだろう。

それもこれもラムゼイが立案した策が的中したからだ。自領も豊かではないため、ありがたく褒美を頂戴する。

「とは言え、其方の周囲に分け与えられる領地はないのだ。ここは金銭で我慢してくれ」

ラムゼイには金貨が大量に入った袋が渡される。しかし、今ラムゼイの胸中を占めているのは目の前の金貨ではなくイグニスの一言だった。

分け与えられる領地がない。

確かに北にはヘンドリック辺境伯が構えており、また領都のヘンドスもバートレット領とは目と鼻の先にある。

東の王国直轄地はいくら王弟といえど国王以外が勝手においそれと他人に割譲することができないし、西にはボーデン男爵の領地がある。

となれば残るは南なのだが、イグニスの口ぶりからすると南もダメなのだろうとラムゼイは察した。

領を富ませるには土地が必要になる。作物を作るにも人が住むにも土地が必要なのだ。

今、ラムゼイの所領となっているバートレット領は小豆島と同等の面積しかないのである。さらにベバリー山やテス川などを除いた可住地面積となれば何をかいわんやである。

そのラムゼイの心の焦燥に、イグニスの言葉の毒がラムゼイの中へと染み渡る。


ボーデン男爵を喰らえ、と。


ラムゼイにとってその一言は非常に魅惑的な一言で頭がそれに支配されそうになる。しかし、彼は自分を見失うことはなかった。

「それは無理でしょう。戦力が離れ過ぎております。ボーデン男爵の後ろにはガーデル伯爵がおられるのですよ？　我々だけではとても太刀打ちできません」

こちらは傭兵の手も借りてようやく一〇〇名の兵を束ねているのだ。向こうは人口がこちらの十倍以上の五〇〇〇人、兵数に至っては五〇〇人もいるのだ。

「何。今ならダリル卿にやられた傷が残っているだろう。チャンスがないわけではない。なんなら我も協力するぞ」

ラムゼイの肩を叩きながら耳元で囁くイグニス。手伝うなどと言っているが、一体どうやって手伝うつもりなのだろうか。ボーデン男爵領とイグニス大公領は領土を接していない。

バートレット対ボーデン、ガーデル連合軍なんて戦う前から負けが決まっているような内容だ。

ラムゼイはこのお誘いを「考えさせてください」と丁寧に保留にして金貨だけを貰って家路についたのであった。

バートレット英雄譚

第二章

王国歴551年5月30日

ラムゼイはホークと別れて拠点の砦に戻ってくると、そこは活気で溢れていた。

というのも山羊と鶏が静寂を与えてくれないからである。この戦役でラムゼイは多くの物を手に入れた。その最たるものが山羊だろう。

山羊は雑食で痩せた土地でも育つ。バートレット領にピッタリの家畜である。繁殖させ食肉にするのと同時にミルクやチーズを村人に供給していくことをラムゼイは考えていた。

急ぎ、彼らが住まう小屋をエリックにお願いする。それから遠征に参加してくれた兵に労いの言葉とお金を配り歩かないといけないし、やることは山積みだ。

「ラムゼイ。お前に客が来てるぞ」

留守を預かっていたダニーが戻ってきたばかりのラムゼイにそう告げる。しかし、告げたダニーはラムゼイと目を合わせず、どこか様子がおかしい。

すぐにでも問い質したいところであったが客が来ているとあれば、そちらを優先せざるを得ないだろう。

砦の中に入って急ぎエリックが用意した応接間に足を運ぶ。この応接間ができたお陰で来客には困らなくなった。だが、だからと言って突然の来訪は歓迎しないが。

そこには身なりの良い青年が豪勢なソファに寛ぎながら足を組んで座っており、その後ろには二人

の従士が直立して立っていた。質素な部屋に明らかに浮いている豪華なソファ。ラムゼイは唖然としていた。

青年はラムゼイよりも年齢が上だろうか。まだ二十歳には達していないとみられる彼は眠たそうな目でグラスを眺めている。典型的なボンボンといった印象だ。

「やっと帰って来たのか。待ったよ、ラムゼイくん」

このソファに座っている男性の物言いには流石のラムゼイもカチンと来ていた。丁寧ながらも強い口調でソファの男に言い返す。

「申し訳ありませんがお会いする約束はいただいていないと記憶しております。そもそもどちら様でしょう」

「うん、確かにそうだね。これは失礼した。私はイルマ＝ド＝ドミニク子爵の嫡子、ヘンドリーだ」

ヘンドリーと名乗った青年はドミニク子爵の嫡子だという。このドミニク子爵とはバートレット領の南側と接している貴族だ。

今まではルーゲル領があったが今はもうない。つまり、このヘンドリーの領土とラムゼイの領土とは隣り合ってしまっているのだ。

そのドミニク子爵の嫡子が突然、やって来たのだ。

「……そのヘンドリー卿が私に何の御用で？」

ラムゼイは一度深呼吸を挟んでから来訪の理由をゆっくりと問いただす。緊張しているラムゼイとは対照的にヘンドリーはまるで我が家のような振る舞いだ。これではどちらの居住地かわかったものではない。

「いやね、新しくお隣さんになったんだし挨拶でもしておこうかなーって思ったら、ヘンドリック辺境伯閣下に連れられて戦に出ていないっていうからさ。戻ってくるころ合いを見越してお邪魔したってわけだよ。あ、これはお土産のソファとテーブルね。好きに使っていーよ。それにしてもこのお酒は興味深いねぇ。クワスって言ったっけ?」

ラムゼイは気が付いてしまった。ヘンドリーのそばに甕が置かれているのを。そして、その中にはラムゼイが汗水垂らして造ったクワスがなみなみと入っていたはずの甕である。

ラムゼイは笑顔を貼り付かせたまま振り返りダニーを見つめる。ダニーはラムゼイと視線を合わせようとはせず、冷汗を流してそっぽを向いていた。

ラムゼイは大きく息を吐き出して気持ちを入れ替えるとテーブルを挟んでヘンドリーの目の前に着席した。

「そう仰っていただけると造った甲斐があると言うものです」

「これ、気に入ったよ。ちょっと造り方を教えてくれないかなー。他の人に聞いてみたんだけど君しかわからないって言うから」

「申し訳ないですけど、それは承服しかねますね。大事な財源なので」

ラムゼイは違和感を覚えた。というのも、このヘンドリーという男が世間を知らな過ぎると感じたからだ。お酒の製造方法という金の成る木をみすみすと教えてもらえると本気で思っていたのだろうか。

「ま、そだよね。じゃあ、これを売ってよ」

そう言いながら甕を叩くヘンドリー。それであればラムゼイとしても願ったり叶ったりである。

「それであれば一甕3000ルーベラでお譲りしますが如何でしょう」

ラムゼイはヘンドリーに対して強気に吹っ掛けた価格を告げた。ここにはヘンドリーに対する多少の嫌悪感も混ざっているかもしれない。

「わかった。じゃあ、それを樽で十ほど貰おうかな」

「承知しました。ご用意してお送りいたします」

「そうだ！　その時に我が家に遊びに来るといいよ、ラムゼイ」

「はぁ。家に、ですか」

正直、ラムゼイは乗り気ではなかった。そもそもヘンドリーの距離の詰め方も抵抗があるくらいだ。いきなり呼び捨てって小学の同級生かと思うほどに。

「よし、じゃあ決まりな。日付は、そうだな。四日後とかだな。じゃあ、待ってるわ！」

それだけを言い残して嵐のように去って行くヘンドリー。ラムゼイは休む間もなく隣領のドミニク子爵領へ伺う羽目になってしまった。彼に平穏な毎日が訪れるのはまだまだ当分先のことである。

王国歴551年6月3日

ラムゼイは仕込んだクワスを大樽で十樽。これを荷車に載せて南へと向かっていた。

もちろんラムゼイだけでは運べないのでダニーとトムを連れてきている。トムはすっかり改心して今ではみんなと農業に従事している。というよりも、ポールとは友達感覚で付き合っていただけなのだろう。根は良い奴だ。

「二人は荷を運んだ後どうする？　真っ直ぐに村に帰る？」

「いや、折角だしドミニク子爵のえーと、領都の……何てったっけ？」

「領都ドルトム？」

「そうそれ！　そこをちょっと見ようかなーなんて思ってるぜ」

ダニーがそう言うとトムも激しく頷く。それも首が取れるのではないかと思うほどに。そして二人は揃いも揃って手を差し伸ばしてきた。お小遣いの催促である。

「えぇー？」

「ここまで荷車を牽くの手伝ってるんだからさ。少しくらい、な？」

「まぁ、仕方ないか。全部運び終わってからね」

確かにダニーたちの言い分は間違ってないだろう。正当な労働には正当な報酬を支払うべきである。

なんとか二人の力で荷を運び、ドミニク子爵の領都であるドルトムまで到着することができた。

当然、領都の入口には門番が入場検査を行っている。その門番に用件を伝えると一人の門番が勢い良く街中へと駆け出していった。

「失礼しました。こちらで今しばらくお待ちください」

この対応がラムゼイにとっては意外であった。あの放蕩なヘンドリーが領主の嫡男となっているのだから、もっと社会階級がはっきりしていると思っていたのだ。

しかし、蓋を開けてみればどうだ。物腰が低く丁寧な門番。これから街中に入るにあたって最高の門番と言えよう。

そんなことを考えながら暫く待っていると、見慣れた顔がこちらへと歩いているのが見て取れた。ヘンドリーである。昨夜は遅かったのか、頭には寝癖を付けたままだ。

「いやー、ごめんごめん。待った？」

「いえ、然程は」

相変わらず、こちらの反応を一切気にせずマイペースに振舞うヘンドリー。そのヘンドリーに先導されながらドミニク子爵の屋敷へと向かう。

そのまま何も疑問を持たずに後を付いていくとそこにいたのは彼の両親、つまりドミニク子爵とその夫人が屋敷の玄関の前にいたのだ。

そうとは知らないラムゼイ。ヘンドリーに気やすく尋ねてしまう。こちらの方は、と。

「ああ、紹介がまだだったね。私の父と母だ」

それを聞いて凍り付くラムゼイ。即座に跪いて挨拶を交わす。冷汗をダラダラと流しているラムゼイとは対照的に子爵夫婦は終始笑顔を浮かべていた。

「そんな畏まらないでくれ。ヘンドリーが友達を連れてくるのはいつぶりだ。さ、中へ入ってくれ」

「いえ、あの……えっと、商品を」

そう言ってラムゼイを手厚くもてなすヘンドリーの父親。友達ではありませんとは言い出せずに中へと案内されてしまう。

後ろを振り返るとどうやら子爵家の人たちが樽を納屋に運び込みダニーにお金を支払っていた。これを見たラムゼイは不安でしかない。

しかし、今のラムゼイには人の心配をしている余裕はない。何せ子爵に手を掴まれて屋敷の中に引きずり込まれているのだ。

彼らがお金を使い込んだりなくしたりしないことだけを祈りながら言われるがままに屋敷の中に足を踏み入れたのであった。

◇

「改めて。ラムゼイ＝バートレットでございます」

「私がイルマ＝ド＝ドミニクだ。まあヘンドリーの父だな。そう固くならずゆっくりしていってくれ」

それだけを言ってイルマは執務室へと去って行った。去り際には「やっとヘンドリーにも友達が」などと呟いている。この青年にどれだけ友達がいなかったのだろう。父親の苦労が垣間見える。

「ヘンドリーちゃん、これ、お友達と食べなさい。あと遊びに行くならお小遣いも」

「ちょっ、もう、良いって！　ラムゼイ、行こう!!」

ラムゼイはヘンドリーに背中を押されて彼の自室まで案内される。そこは豪華な調度品が所狭しと並んでいる部屋であった。

「なんか、恥ずかしいところを見られちゃったな」

ヘンドリーは部屋に入るなりそう呟いた。ただ、ラムゼイはこれに返答する言葉を持っておらず、曖昧な言葉で濁すことしかできなかった。

「……ああ、いえ。それよりもすごい部屋ですね。どれもが一流の家具だ」

ラムゼイに真贋を見分ける才があるというわけではないが、一目で立派な家具であるということがわかる。どの家具も金でふんだんに装飾されており、これ一つだけでも当分遊んで暮らせるような額がするだろう。

「まあね。うちは商いで財を成した一家だから。父が子爵の位をお金で買ったのさ。困窮している王家からね。そのお陰で伝統と格式のある他の貴族からは目の敵にされてるけども」

これでラムゼイも合点がいった。それで彼の両親は友達ができないことを嘆いていたのだろう。

確かに彼自身も対人関係に難がある部分はあるかもしれないが、それは誰にだって言えることだ。

「というわけで、よろしく頼むよ。家族の前だけでもさ」

そう言って頬を掻く変ドリー。そして、このヘンドリーの言葉に一抹の寂しさを感じるラムゼイ。

事実、彼の表情からもどこか哀愁が感じ取れる。

「それよりもこの街を案内してくれませんか？　商いで財を成したということは、この街も商売の街なのでしょう？」

ラムゼイは肯定も否定もしなかった。というよりもできなかったのだ。ラムゼイはヘンドリーのことを知らな過ぎる。まだ顔を合わすのも二回目なのだ。

となれば、まずは彼と一緒に出掛けてみることにしたのだ。波長が合えばそのまま友達になっているだろうという思いから。

「ああ、もちろん！　私以上にこの街に詳しい人間はいないだろうからね。表も裏も案内しよう」

そう言うなりラムゼイの手を引いて外へ飛び出すヘンドリー。いま屋敷の中に入ったばっかりだというのにだ。

ヘンドリーのそういった行動が馴染めない人は彼と付き合っていくのは無理なのだろうな、とラムゼイは心の中で思っていた。

「ラムゼイの領には街はないの？」

「うーん、ないですね。物を売り買いするときはヘンドスの街まで足を延ばしています」

「あー、もう敬語は使わなくて良いよ、誰も咎めやしないし。まあ、ヘンドスも大きな街だもんなぁ。ただ、商いに関してはウチも負けてないよ！」

街へ出て歩く。それだけだと言うのにヘンドリーは街の人たちから声を掛けられていた。それだけで彼の人徳というものがこちらにまで伝わってくるようだ。

なかなかどうして、街の人たちからは慕われているじゃないか。ラムゼイはそう思った。

そんなヘンドリーとは色んなところを回った。食べ物の屋台に始まり仕立て屋に武器屋、酒場に教会だ。

「この教会は……小教のものです……じゃなかった。小教のもの？」

敬語になりそうになった言葉を無理やりタメ口に直してヘンドリーに問いかける。ヘンドリーはそれに満足そうに頷いてから彼の問いに答えた。

「ああ、そうだよ。商いの街だから帝国から商人がたくさん来るんだ」

「ということはドミニク子爵家は帝国派、ということでしょうか」

もし、ドミニク家が帝国派ということになれば、残念ながらイグニス大公に味方してしまったバートレット家とは現状、敵対関係ということになってしまう。

ラムゼイとしてはそれは避けたかった。流石に西のボーデン男爵と南のドミニク子爵の両方から攻め込まれたら堪ったものではない。

「いや、違うよ。うちは中立だ。どちらにも加担しないし、どちらも蔑まない。商いの家だからね。お金さえ払ってくれるなら誰でもお客様だ。そもそも家《うち》は嫌われているからね。どこからも誘いの声は掛からないよ」

またもやラムゼイは黙ってしまった。こう自虐を言われてしまうとどう対処して良いのかわからないのだ。

気を紛らわせるかのように手当たり次第に商品を見ていく。そこに気になるものをラムゼイは見つけたのだ。

「これは……」

「ああ、これは帝国から入ってきた『花』だね。どうだい、綺麗だろ？」

ラムゼイはこの少し紫がかった白い花を見たことがあった。それも遠い昔、前世の祖母の裏の畑で。

「これ、これをください」

それは教会前の小さな露店に置いてあったに過ぎないが、ラムゼイにとっては天からの授け物のように思えた。

「えっと、5ルーベラになります」

ラムゼイは大金を支払って買うつもりだったのだが、意外にも値段はたったの5ルーベラ。腹も満たせない花の値段なんてこんなものなのだろう。花に価値が見出せる時代は何時になったら来るのやら。

店番をしている年若い少女に代金を支払って鉢植えごと貰い受ける。それをヘンドリーは不思議な目で見ていた。

「なんだ、ラムゼイ。花なんかに興味を持っていたのか？」

「花を手折るのも紳士の嗜み、ってね」

ラムゼイは自身の本心を隠すためにそんなことを口走ってしまったのだが、ヘンドリーはこれを違う意味に捉えてしまったのだ。

「そうか。じゃあ最後に良いところに連れてってあげるよ」

辺りが薄暗くなっていく中、ヘンドリーがラムゼイを連れ立って向かった先は本通りから一本も二本も奥まった路地裏の通りであった。

そこでは怪しげな親父が「兄ちゃん、いい娘いるよ？」と手当たり次第に声を掛けている。つまり、ここはそういう場所である。

ヘンドリーは慣れた足取りでぐんぐんと進んでいき、ある一つのお店の前で止まった。店の名は『昔の話が実る木』。名前からでは何のお店か判別することはできない。

「ね、ねえ。ここってなんのお店？　大丈夫なの？」

「大丈夫だって！　何て言ったたって常連だからね」

そうは言うものの、一抹の不安を拭い切れないラムゼイ。地下へと続く階段を降りて行くと、そこには身なりの整った初老の男性がすくっと立って待っていた。

「これはこれはヘンドリーさま。本日もようこそいらっしゃいました」

「どーも。あ、こっちは友達のラムゼイ＝バートレット士爵。よろしくしてあげてね」

ラムゼイは感じた。いかがわしい雰囲気を。つまり、ここはそういうことを致すお店なのだろうか。ラムゼイも男の子である。不安ながらも自然と胸が高鳴る。

「はじめまして。ラムゼイと申します。あの、つかぬことをお伺いしますが、ここは何屋さんなのでしょう」

「これはこれはご丁寧に。ここは『奴隷商』でございますよ。そして私が店主のモールスでございます」

奴隷商。ラムゼイも噂には聞いていたが入るのは初めてだ。善人を気取るわけじゃないが、奴隷という言葉に何となく抵抗があるのは前世の感覚が抜けていないからであろう。

領を急速に発展させるのであれば奴隷を用いるしかない。このことはラムゼイも痛いほどわかっていた。わかっていたからこそ、これを機に奴隷を真面目に検討してみることにしたのである。

「なるほど。しかし、私は奴隷というものに接するのが初めてなので、一から教えていただきたい」

　そう言ってラムゼイは目の前のモールスに頭を下げる。わからないことは素直に熟練者から教わるのが近道なのを知っているのだ。

「何、難しいことはございません。気に入ったものが居《お》りましたら私どもまでお声がけください。では」

　そう言って一礼をしたモールスはいなくなってしまった。ラムゼイはヘンドリーに促されて奥へと進んでいく。辺りは薄暗く、自分の足元でさえはっきり見ることができない。

　段々と周囲に目が慣れてきたころ、この場がどうなっているのかラムゼイには理解することができた。両脇にずらっと売られた奴隷が後ろ手に手を縛られて並べられているのだ。

　それも老若男女問わず、である。もちろん、ヘンドリーとラムゼイ以外にも客はおり、如何にも金を持っていそうな商人がある少女を品定めしているところを見ると、心に針が刺さったような思いがした。

　しかし、ラムゼイにはどうすることもできない。むしろ、あの商人と同じ立場になろうとしているのだ。泥に塗れる覚悟を決め、ラムゼイも品定めに移った。

「ヘンドリーはいつもここで何をしているんだ?」

「今日遊ぶ相手を決めているだけさ。もちそん、その後は正式に家で雇っているぞ」

　彼が言うには不当に扱っていないため、皆からも好評だとのこと。もちろん自身が望めば退職も認めており、確かにそう考えれば扱いとしては良いのかもしれない。あくまでも強者の言ではあるが。

ラムゼイも売られた人々を順に見ていく。誰もが首から自身の値段を付けられた板を下げていた。人の値段は一人あたり20〜500ルーベラ。まさにピンからキリといったところだろう。

「ねえ、あの部屋は何?」

一通り見ていたラムゼイの口から出てきた言葉は奥の部屋についてであった。

商談は奴隷の目の前で行っているため、商談のための部屋というわけでもなさそうだ。

この疑問に答えてくれたのはやはりモールスであった。

「気になるのでしたらご自分の目で確かめてみますか?」

そう告げられてコクンと頷くラムゼイ。俗に言う怖いもの見たさである。それを確認したモールスは錠を開けて二人を奥の扉へと案内することにした。

そこはただっ広い空間であった。そこに檻が置いてある。一人一人が二畳ほどの小さな檻の中に入れられている場所であった。心なしか、ここにいる全員が妙な雰囲気を醸し出している。

一言で言うなれば知識があって教養のある人が檻の中に閉じ込められているといった感じである。場違い感が甚だしいのだ。

「ここにいるのは元貴族であったり元司祭だったり。あるいはその子息や子女だったりと高貴な方々が売られている場所です。ごゆっくりご覧ください」

ゆっくりとした足取りでラムゼイはこの部屋を回った。どうやらここには十部屋ほどの独房があるようだ。

中には元貴族の子息や子女が多く囚われている。値段は2000ルーベラからとお高いが決して手が出ない金額ではない。

「なんで誰も買わないんですか？」

当然の疑問である。それこそ、貴族の子などは成金が好みそうではないか。では、何故買われないのか。それにもきちんと理由があった。

「死ぬから、でございます」

モールス曰く、この人たちはプライドが高く、ぞんざいな扱いを受けるくらいならば死を選ぶというのだ。とくに子女にその傾向が多く、買ってもお金の無駄になるのだそう。

扱いが非常に難しい。しかし、値は張る。だから長く囲っていても利益になるのだとか。

子息や子女が死なないよう、モールスたちが手も打っているのだろう。

「じゃあ、この子たちはどうなるのですか？」

「それを聞いてどうするのです？」

モールスが厳しい言葉を投げかけた。それを聞いた貴方は、ここにいる全ての子を買い取って死なせずにしてくれるのですか、と。

そう言われたラムゼイは返す言葉を持っていなかった。しかし、何とかしたいという気持ちはラムゼイの中に燻ぶっていた。

いや、何とかしたいという気持ち半分とモールスを見返したいという気持ち半分が正確であろう。そのあたりはまだ子どもである。そんなことを考えながら檻の中を見渡していく。

檻の外には中に入っている者の名前と爵位や位階などが記されていた。ラムゼイはその中の一人の前で足を止める。

その者の名はサンドラ＝フォン＝ダーエ。ダーエ侯爵家のご息女であった。檻に掛けられた木札によるとダーエ侯爵家は王国に弓を引いたため、お家を取り潰されたと書かれている。事実かどうかは知らないが。

「えーと、これは事実？」

ラムゼイはサンドラに話しかけた。いつの間にか話しかけていたのだ。

サンドラの眼光は鋭く、今なお血気盛んである。肩口で短く切り揃えられた髪は薄暗い中で青黒く光っており、眼光とは対照的に、なんとも薄幸の美女という雰囲気を醸し出している。

「もう、生きたくもない？」

ラムゼイが何を話しかけても反応がない。ラムゼイは彼女の目から生への執着を感じ取ったつもりだったのだが、どうやら当てが外れたようだ。

「まあ、気が変わったら呼んでくれ。ボクはラムゼイ。ラムゼイ＝バートレットだ」

それだけを言い残してラムゼイはこの場を去ることにした。

この特別な部屋から出てみると既にヘンドリーが両手に花を抱えていた。一緒に部屋の中へと入っていたはずなのに、いつの間に出ていたのか不思議で仕様がない。

「ん？　ラムゼイ。もう良いのか？」

「まあ。ボクはヘンドリーの家みたいに裕福じゃないからね。そう何人もぽんぽんと買えないのさ」

こうしてラムゼイは奴隷商のもとを後にし、そしてそのままヘンドリーのもとも後にした。今回の

収穫は隣の領地であるドミニク家と友好を深められた点とこの花を手に入れることができた点だろう。

ただ、これでは領地拡大に対して何も対処できていないのと同義である。ラムゼイはまたもや頭をうんうんと唸らせる日々が続くのであった。

王国歴551年6月3日

ラムゼイは久々にウィリーにゴードン、ヘンリーとチャーリーという農業カルテットの四人を呼び出した。それもこれもこの花を栽培するためである。

「みんなにはコレを栽培してもらいたいんだ」

集まった四人に対してラムゼイは花を指さして声高らかに宣言する。しかし、四人の反応は芳しくない。それもそうだ。食糧が足りていないと言うのに花を育てろと言われても頷けるわけがない。

「まあまあ、みなまで言うな」

ラムゼイはみんなの不服そうな顔を眺めながら鉢植えを掘り起こし、根に生えている塊茎を皆に見せる。そう、ジャガイモだ。

「これが何だって言うんだ?」

「この塊はね、イモっていって美味しいんだよ」

「はー。これがねぇ。栽培方法はわかってるんか?」

「もちろん！　ボクに任せてよ」

「じゃあ、これはラムゼイが育てるってことで良いな？　オレらわかんねーから」

「そだな。だれか一人付けてソイツに育て方覚えてもらうか」

「え、いや、ちょっと……」

ラムゼイを余所に話は四人でどんどんと進んでいく。結局、このイモはラムゼイが育てることになってしまった。とは言え、イモを植えることができるのは来年の四月だ。まだまだ先の話である。

秋に植えても良いのだが、秋植えは初心者には難しいのだ。それであれば春まで待ちたいと言うのがラムゼイの考えのようだ。

「それよりもラムゼイ。やっぱり今年も食糧は足りなくなりそうだ」

そう言ったのはゴードン。彼にはバートレット村の村長を務めてもらっている。バートレット領も人口が四〇〇人を超えてきた。

それに加えてクワスとライ・ウイスキーをラムゼイが造っているお陰でライ麦が足りなくなっているのだ。こればっかりはお酒を売ったお金で麦を工面するしかない。

「うーん、今年も食糧は足りないか。安定するまでは時間が掛かりそうだな」

「まあ税も免除してもらってるし、今年や来年なら良いんじゃないのか？」

「それよりもラムゼイがお酒を造るのを止めれば良いんじゃない？」

ラムゼイを擁護するチャーリーとは対照的にチクリと刺すヘンリー。これにはラムゼイも耳を塞ぎたくなる思いだ。

「麦以外の生育はどう？」

そう言うと銘々に報告をし始めた。ライ麦は例年通り、豆とニンニクは豊作のようだ。しかし、玉ねぎとカブは少し不作となっているみたいだ。

「あれ？　葡萄は？」

「あー、葡萄な……」

ラムゼイがそう尋ねるとゴードンが歯切れが悪そうに言葉を濁す。それだけでラムゼイは察する。上手く行っていないのだと。

「何？　全く実らないの？」

「んー、全くというわけじゃないんだが粒も小さいし味も渋いし、そもそもの量が少ない」

つまるところ、手間に見合うだけの葡萄が実らないのだ。それであれば葡萄の栽培を止めてしまっても吝かではない。

「そこの判断はゴードンに任せるよ。ボクは素人だからね」

「そうか。じゃあ、もう少し考えてみるよ」

そのあと、農業を任せている四人とはどの程度の収穫が見込めるか、冬を越すにあたってどれだけの麦を買い付けないといけないのかを話し合って解散した。

ラムゼイはヘンドリーが置いていったソファに倒れるように横たわる。胸にコタを置いて。

「にゃう」

まだまだ考えることが山積みだ。村の発展の計画も考えなければならないし、ボーデン男爵に対してもどうするか考えないといけない。

全てを投げ出して頭を空っぽにしていると、ヴェロニカがラムゼイのもとへとやって来た。嫌な予感がする。

「ご主人様。先ほど、ヘンドリック辺境伯の使いの者がこちらを」

ヴェロニカが一通の書状を横たわっているラムゼイの胸の上に置く。ラムゼイはまた厄介事が来たのかと鈍重な動きで書状を広げた。

『親愛なる同士ラムゼイへ

この度はモリス伯の討伐、誠にご苦労であった。貴公の働きにはイグニス大公も大層お喜びであったと伺っておる。私も自分のことのように嬉しく思うぞ。

さて、きたる6月15日にイグニス大公の城、イグナート城にて戦勝パーティが開かれる運びとなった。

ラムゼイも私に付いてこれに参加して欲しい。これはイグニス大公も望まれてのことだ。6月13日にヘンドスの街の我が屋敷に来て欲しい。

貴公とまた会えるのを楽しみにしている。

ダリル＝フォン＝ヘンドリック』

ほら見たことか、厄介事への案内状だ。

ラムゼイはこの書状を床に投げ捨て、背中を丸めて不貞寝を決め込む。

ヴェロニカはその書状を拾い上げて埃を払う。

「ほら、ご主人様。そんな風に寝ても現実は変わりませんよ。ほら、準備をしてください」

「準備？　なんのさ」

「もちろん手土産のご用意に決まっているじゃありませんか」

「え？」

　こうしてラムゼイはゆっくりする暇もなくイグニス大公へと手土産を用意するのに東奔西走することになるのであった。

王国歴551年6月13日

　ラムゼイは早朝からヘンドスの街へと向かっていた。お供にはヴェロニカとダニー。それからジョニーとトムである。

　ダニーとジョニーは警護の目的もあるが、荷を運んでもらうためでもある。トムは主に荷運びだ。ダニーとジョニーとトムの三人で荷車を一生懸命押していた。ヴェロニカは純粋に警護目的である。

「なんで俺ばっかり。俺も一応隊長だぞ」

　ヘンドスの街の門番に来場した目的を告げて中に入れてもらう。門番の対応が材木を売りに来た時とは天と地の差だ。

　そのままダリルのお屋敷の中へと案内される。屋敷はいつ見ても手入れが行き届いており、如何にも貴族といった風体である。

「よく来たね、ラムゼイ。私も急いで準備するから寛いで待っていてくれ」

ラムゼイたちは応接間へと通されると、そこにワインやら干し肉やらが山のように運ばれてきた。とても食べきれる量ではない。

「相変わらずここにはお金があるなぁ」

「ねぇダニー。少しくらい貰っていってもバチは当たらないよね？」

「貰っとけ貰っとけ。オレは貰ってくぜ」

ラムゼイ、トム、ダニーが口々に呟きながら干し肉を口いっぱいに頬張る。塩気がきつくワインが進む。ヴェロニカもワインを嗜んでいるようだ。流石はヴェロニカ。様になっている。

「やあ、待たせたね。それじゃあ出発しようか」

ラムゼイたちが口の中を干し肉で一杯にしているところに現れるダリル。ラムゼイは急いで干し肉を呑み込むとヴェロニカが差し出してくれたハンカチで口の周りを丁寧に拭いた。

「そうですね。行きましょう」

外へ出るとラムゼイたち以外にも待っていた貴族たちは大勢いたようだ。それらが一堂に会する。

ラムゼイは彼らの身なりで自身とほぼ同等の立場の人物であると判断していた。

ダリルが引き連れる従者たちは一団と呼ぶにふさわしい人数であった。その中にはゲオルグの姿も見て取れた。いつもは甲冑姿なのに今回は慣れない謁見用の服を身に纏っている。今から身につけても早いだろうに。

「大人数ですねぇ」

「そりゃ大貴族さまだからな。ほら、あそこにいる髭モジャの男性も子爵さまのとこの騎士のはずだ。

あと、あっちの細長い男性も男爵さまのとこの将軍だったはずだ」

妙に詳しいダニーの解説をジョニーが受けながら行軍していく。もちろんラムゼイたちは最後尾だ。この行軍はそのまま西進し、その後に少しだけ南下していった。

イグニス大公の所領は王都の西側と繋がっているがダリルの領土とはつながっていない。間に男爵や士爵の小さな領土がたくさん存在している。

子爵や男爵、それに士爵は大貴族同士が隣合わないよう、緩衝材として配置されることが多いのだ。なので、ダリルの領土からホップス男爵の領土を通りイグニス大公のもとへと向かうこととなる。

「さ、ここからは歩き詰めだよ。覚悟してね」

こうしてラムゼイたちはイグニス大公のお城を目指して重たい荷を牽きながら歩いていくのであった。

王国歴551年6月15日

あれから幾つかの街で休息を取り、約束の日取りにイグニス大公の領地の北側を守るお城、イグナート城へと到着した。重たい荷を牽きながらの行軍は中々にハードだったのは言うまでもない。

「おい、ラムゼイ。この荷、何を、用意、したんだよ」

息も絶え絶えになりながらダニーがそう問いかける。ラムゼイはこの日のために小樽を五個も用意してイグニス大公のもとへとやってきたのだ。

「もちろんアレだよ。ダニーも大好きな、ね」

　ラムゼイが取れる選択肢など、そう多くはない。この小樽の中身はライ・ウイスキーである。招待状を受け取ったその日から夜な夜なせっせとラムゼイが蒸留していたのだ。

「あー、クソ！　オレも飲みたかったなー」

「まあまあ。たぶん従者も何らかのお零れがあると思うから楽しみにしてなよ」

「なかったら恨むかんな！」

　そう叫ぶダニーと別れ、ラムゼイは護衛であるヴェロニカを連れ立って登城する。他の貴族たちも吸い込まれるように城の中へと入って行った。

　流石は王弟といったところだろう。どの部分をとっても華美な装飾が施され一流の城であることを細部から誇示していた。

　そんな城をラムゼイは権威を示すものとしては最上であるものの実用性には欠けると評していた。ただ、王都の近くにあるこの城が攻められることがあれば国として既に終わりだろう。

「よく来たな、ラムゼイ」

　ラムゼイを迎えてくれたのはイグニスの側近であるロージーであった。イグニス本人はダリルをはじめとする上級貴族の対応で手一杯のようだ。

「ご無沙汰しております。また、戦勝おめでとうございます。バートレットでは珍しい酒を造っておりますゆえ、そちらをお持ちしました。お納めください」

「うむ、ありがたく頂戴しよう。ラムゼイも思う存分楽しんでいってくれ」

ラムゼイとヴェロニカはロージーに一礼してから奥へと進む。メインホールに足を踏み入れる。そこは人で溢れていた。

「おいおい。これ全部イグニス大公の戦勝パーティ参加者なの？」

「流石は王国一の大貴族ですね」

そこでは貴族や商人、そしてその夫人たちがいくつかのグループに分かれて楽しそうに談笑していた。そのどこにもラムゼイは入れる気がしていなかった。

「ボクたちは美味しい料理に舌鼓を打って帰ろう」

ラムゼイは備え付けられているビュッフェのほうへ歩み寄ると食べたい品を乱雑にお皿に盛り始めた。ラムゼイは新興の貴族であり、古い繋がりなど何もない。貴族の繋がりは血の繋がりである。

そんなことはお構いなしにむぐむぐと食べ進めるラムゼイ。豚に兎、鶏に羊と様々なお肉がテーブルに所狭しと並べられている。流石は大公といったところだろうか。

「いやぁ、これは盛況ですなあ。さすがは大公様と言ったところでしょうか」

ラムゼイの隣に偶々並んだ優しそうな垂れ目の初老の男性がそう話しかけた。最初、ラムゼイは自分に話しかけられているのだと気づかずにぼーっとしてしまっていた。

「え、ええ。確かに。私の領では中々お目に掛かれない料理ばかりです」

「いや、私もです。はっはっは」

快活に笑う男性。何と言うか気の抜ける御仁である。よく言えば安心感を与える男というところだろうか。

「ああ、申し遅れましたな。私はダン＝コナーと申します。南東にあるコナー士爵領を治めている者です」

「私はラムゼイ＝バートレットと申します。バートレット士爵領を治めております」

「ほう、その若さで当主ですか。さぞ将来が有望なのでしょうな」

「いえいえ。私なんぞ兄を蹴落とし父を追放した身。誇られても何も言えない、しがない男です」

目を丸くしながらお世辞を言うダンに自虐で応えるラムゼイ。事実、ラムゼイは自分のことを掛け値なしにそう評していた。それだけ一家を離散させてしまった責を負っているのである。

「今は国政も安定していない世の中ですからな。民のためであればそうあっても致し方ないことでございましょう」

「そう仰っていただけると肩が軽くなる思いです」

「時にバートレット卿。卿は結婚されておられるので？」

突然の話題転換にラムゼイはむせ返り、食べていた子羊のステーキを思わず吐き出しそうになる。慌てて近くにあったワインで流し込む。

「……いえ、まだ独身です。至らぬ点も多々ありますれば」

「何を仰る。至らぬ点のない人間などこの世に存在しようか。なれば、そろそろ身を固めてみては如何だろうか。ちょうど我が家に年頃の娘が居りましてな」

どうやらダンの目的はラムゼイと娘の婚姻であった。ダンも士爵という貴族の最底辺に何とかしがみ付いている身であり、娘を少しでも良い家格の家へ嫁がせたいという親心がある。

何を隠そう、このコナー家は男児が二人、女児が五人の総勢で七人と子だくさんなのである。男児は後を継がせるなり奉公に出すなり働き先に困ることはないが、問題は女児である。

できれば上の家格の家に正妻として嫁がせてやりたいと考えるのが親と言うものだろう。しかし、五人も婚儀を結べる家がないのだ。

かといって商人に嫁がせることも考えるが、やはり心の奥底で抵抗があるのは否めない。お金のために娘を売っているようなものだ。

そんなことを考えていると渡りに船というタイミングでイグニスが戦勝パーティを開いたのだ。となると、ここで娘の婿を探すしかない。

今のラムゼイであれば見える。ダンの柔和な瞳の奥にギラリと光る野心の輝きを。

そして、あろうことかラムゼイに妻がいないという話を耳にしたダンと同じような境遇の領主がラムゼイのもとに殺到し始めた。

ラムゼイの年で許嫁もおらず結婚もしていないのは稀なのだ。特にラムゼイは既に家督を継いだ身。自身が領主だ。面倒な姑もいない。それだけでも優良物件というものだろう。

「お初にお目に掛かりますな、バートレット卿。私はカーク商会を営んでおりますカークと申します。先ほどのお話を耳にしまして、もし宜しければ――」

「失礼。私はクリス＝マツビレジ男爵だ。バートレット卿、良ければ一度我が家に遊びに来ないかね？」

先ほどから士爵に商人、それから男爵までもがラムゼイのもとへと殺到していた。もちろん、止める者は誰もいない。ヴェロニカは優雅にワインを飲んでいた。助ける気はなさそうだ。

言い寄る貴族に愛想笑いで何とか対応しながら周りを見渡すと、一人の男と目が合った。ダリルである。ラムゼイは助けを求めて視線を送ったのだが、ダリルという人物はこの面白そうな状況を見逃す男ではない。

「やあラムゼイ。人気者だね」

「何故こうなったのか困惑しております」

「そりゃ君が独身だからじゃないか。私も卿を頼りにしているのだから早く妻を娶ってもらわないとな」

「ヘンドリック卿も奥方を娶った方が良いのでは？」

「私は既に三人もいるからな、これ以上増やすのは骨が折れる。結婚式には呼んでくれたまえよ」

ダリルはそれだけ述べると笑いながら去って行った。一緒にいたオリヴィエとギルバードは笑いを堪えながらラムゼイの肩をポンと一叩きして去って行く。

ラムゼイは意趣返しのつもりで皮肉を試みたのだが、どうやら当てが外れてしまったようだ。そもそも辺境伯ともなれば複数の妻がいてもおかしくないだろう。

この田舎の一士爵家が辺境伯家と誼《よしみ》を通じているのを聞きつけた貴族たちが数を増やしてまたもやラムゼイのもとに殺到し始めた。先ほどは日和見な態度をとっていた者も動き出している。

もみくちゃにされているラムゼイを後目にヴェロニカは蜂蜜がたっぷりとかかったチーズを口にしている。甘いものが好きなところはやはり女の子といったところだろう。

そんなラムゼイをまたしても不運が襲う。なんと主催であるイグニスがラムゼイに話しかけてきたのだ。海が割れるように人が退いていく。

「ラムゼイ、楽しんでおるか？」

「これはイグニス閣下。戦勝おめでとうございます」

ラムゼイは跪こうとしたのだが、イグニスの後ろに控えていたロージーに目で制止される。どうやらパーティでそこまで謙《へりくだ》る必要はないらしい。

「ありがとう。それもこれも其方の力があってこそだ」

「何を仰います。閣下の御威光があればこそに」

お互いに社交辞令が続く。ラムゼイは献策したが受け入れてもらえず、また抜けも多い作戦であったのは否めない。あまり力になれたとは思っていなかった。

伏し目がちになっていくラムゼイを見てか、イグニスが話を変える。その話題というのはラムゼイが持ってきてくれたライ・ウイスキーについてだ。

「そうそう。それから先ほど其方が持ってきてくれた酒を飲ませてもらった。アレは良いものだな」

「はい、あれはライ・ウイスキーと申しましてライ麦で作られたお酒です。もう何年か寝かせますと樽の香りが酒に移り、さらに美味になるかと」

どうやら手に持っているグラスにはラムゼイが持ってきたウイスキーが入っているらしい。イグニスはお酒が大好きでありどうやらウイスキーを気に入ったようであった。

「成程な。あれをまた献上してくれるか？」

「……もちろんにございます」

「そうか！　それではきちんと対価を支払わねばな。何か欲しいものはないか？」

満面の笑みでラムゼイの手を取るイグニス。ただ、ラムゼイは危惧していた。イグニスの懐深くに入り込むことを。それゆえ、ラムゼイはこの問いにこう答えた。

「いえ、特に欲しいものは。これはいつもお世話になっているお礼でございますので」

「しかし、それでは私の面目が立たない。そうだな、ではこのウイスキーを一樽当たり10000ルーベラで買い取ろうではないか。如何かな？」

ウイスキーの小樽一つで10000ルーベラか。それであれば良い収入になると判断したラムゼイは二つ返事で承諾の意を口にする。

「ありがたきご提案。是非ともそちらにてお願いしたく」

「うむ。これからも美味い酒を頼むぞ」

上機嫌で去って行くイグニス。最後の言葉の真意に気が付いた者はこの場でラムゼイを除いて数人しかいないだろう。ラムゼイの背中を冷たい汗が一筋流れるのであった。

イグニスとのやり取りが終わった後のラムゼイがどうなったかご存じだろうか。

下手に大公であるイグニスと縁を持ってしまったためにさらに多くの貴族から婚儀を持ち掛けられる羽目になったのだ。

その中には子爵なども混ざっており、無下にするのが忍びないラムゼイははっきりと断ることができず、のらりくらりと誘いをいなしていた。

流石に堪らなくなったラムゼイはホールの外へと逃げ出す。しかし、これがいけなかった。この広い城の中をラムゼイはうろうろと彷徨い歩き、迷ってしまったのだ。辿り付いた先は城の中庭である。綺麗な庭園がラムゼイの目の前に広がっていた。シンメトリーとなっているその庭園は緑と赤と白の三色で彩られていた。

せっかくなので庭園の中にあるベンチに腰を下ろして心身ともに休めることにした。あのまま会場に留まっていたのではラムゼイの精神が先に音を上げていただろう。

「隣、よろしいかな?」

薔薇の花だろうか。ラムゼイがボーっと花を愛でていると後ろから声を掛けられた。振り向くと齢は七十手前といったところだろうか。顔色は悪く、豪勢な杖をついて歩いている。何かの病に侵されているのだろう。

身なりは整っているが今にも倒れそうな人だ。「どうぞ」とすぐに伝えて手を貸してあげる。老人はラムゼイの手を借りてゆっくりとベンチに腰掛けた。

「済まないな。儂は昔からこの庭園が好きでの。其の方、名は何と申す」

「私はラムゼイ=バートレット士爵と申します」

ラムゼイは老人に名を尋ねようとして止めた。それはただの気まぐれだったのかもしれない。ラムゼイがなんとなく無粋だと思ったのだ。

「良い天気ですね」

ラムゼイの口から自然とそんな言葉が出てきた。ただ、確かにそう呟きたくなる天気ではある。雲

一つない晴天の空に優しく頬を撫でるそよ風に揺られる草花。

この青と緑のコントラストが絶妙で流石は大公の所有するお城の庭園だと五感を通して実感させられる。しかし、隣の老人はそれに納得いかないようであった。

「お主、ラムゼイと言ったか。この城は誰のものかわかるかね？」

ラムゼイはこの質問の意味が全くわからなかった。この城はイグニス大公のものであろう。もしや呆けてしまっているのだろうか。

「えっと、イグニス閣下のものでは？」

そう答えると不正解と言わんばかりに大きなため息を吐く老人。ラムゼイのせいでなお一層老け込んだような気がする。

「違う。この城はこの国の王のものだ。この城も、草木も、そして外を流れる川も。マデューク王国のものは全て国王の物なのだ」

確かにこの老人の言っていることは正鵠を得ているように思う。まさに朕は国家なりといったところだろうか。

「確かに仰る通りです。なにぶん不勉強でして、引き続きご指導ご鞭撻のほどを」

ラムゼイはこの時代、この国の貴族らしくない貴族である。何よりも簡単に頭を下げてしまうあたり貴族としての誇りは皆無なのだろう。

このラムゼイの行為を意外に思ったのか、老人は目を丸くして「わかれば良い」と一言告げてそっぽを向いた。老人のツンデレなど誰が喜ぶと言うのだろうか。

それからは無言の時間が続いた。ラムゼイにしてみればメインホールにいるのもここに居座るのもどちらも苦痛でしかない。この戦勝パーティに来たことを後悔していた。

「時にラムゼイ。其の方は今のこの国の現状を如何見る？」

ガックリと項垂れているラムゼイに突然のキラーパスを放つ老人。その表情は険しい。その表情に気圧されてラムゼイはいつになく真面目に答える。

「そうですね。諸外国の良い餌ではないか、と」

「何故そう思う」

「今回の戦、戦勝に皆は浮かれていますが利を得たのは間違いなく帝国でしょう。エミール派もイグニス派も両方とも兵を失っております。これが続けば国力は衰え帝国の良い餌になるかと」

「なればどうすれば良い？」

「一刻も早く国内を安定させるしかありません。早急に統一させないといけないでしょう」

統一できなかった場合、自勢力の兵の損耗を抑えるため他勢力を帝国にけしかけ、各個撃破されて併呑《へいどん》という最悪の展開が容易に想定できる。

「確かに。今は王太子のエミールと王弟のイグニスが争っている。して、その派閥内でもルーカス侯にヘンドリック辺境伯、ルイール侯など獅子身中の虫も沢山いようの」

その言葉にラムゼイは驚愕を隠せなかった。そこに深い事情は存在せずにてっきり親帝国派と反帝国派が争っているだけだと考えていたからだ。小競り合いはどこでも起きていたのだ。

「当たり前じゃろ。目の前に王位が落ちておるのじゃ。拾いに行くのが男ではないのかね？　その方は違うのか？」

「私はただ領民が幸せに過ごすことができれば……」

「領民が幸せに過ごすには他領からの襲撃に怯えずに済むということじゃ。今、其の方の領に戦の火種は燻ぶっていないのかね？」

そう言われると返す言葉がない。確かにボーデン男爵がいつ復讐に攻め込んできてもおかしくない状況なのだ。ラムゼイはそれほどボーデン男爵領の人たちの反感を買っている。そして彼自身もそれを自覚していた。

「どうやら心当たりがあるようじゃの。なればどうする？　自身の領民を幸せにするには災いの芽を摘むしかなかろうて」

確かにボーデン男爵領とは元に戻れぬところまで来てしまっている。これもダリルの誘いにほいほいと乗ってしまったラムゼイの甘さが故だろう。

「全てを助けるには、それを包み込むだけの大きな手が必要となるのじゃ」

この老人の言は耳が痛い。大切なものを守れば守る分だけ、大切なものは増えていく。となると、もっと強く大きくならないと守りきれなくなると言いたいのだろう。

「エミールに帝国の姫を嫁がせたのが不味かった。アレに絆《ほだ》されてしまったのだろうな」

そう言う老人の声にラムゼイは父であるハンスに近しいものを感じた。慈しみながらも落胆している声色だ。ラムゼイが何か言おうとしたとき、数人の側近と侍従がこちらへと走り寄ってきた。

「陛下！　御身を大事になさってください！」

その最初の三文字の言葉に耳聡く反応したラムゼイ。すぐにその場に跪き顔を伏せた。今、自分が話していた人物こそがこの国を統べる人間だったなど誰が想像できようか。

「よい！　今日は体調が良いのだ。そう騒ぐでない」

老人もとい国王であるマデューク八世は側近に肩を担がれて立ち上がる。その際、ラムゼイの目の前に自身の持っている杖を力なく落とした。

その杖は良く見たら杖ではない。王笏だ。上から下まで金色の光を放っており、天辺には大小さまざまな宝石が散りばめられている。

「良い茶飲み話になったわ。それをやろう。何、心配するな。持ってる中でも一番粗末な王杖よ。其の方がここにいるということは反帝国派なのであろう？　この国を薄汚い帝国の犬どもから守ってくれ」

「はっ」

そう告げて立ち去っていく国王マデューク八世。その後ろ姿は何とも物悲しく弱々しいものであった。

ラムゼイは国王陛下の侍従にメインホールまでの道のりを教えてもらい、戴いた杖をつきながら再び会場入りした。

「ご主人様！　心配しておりましたよ。どちらにいかれていたのですか？」

入るや否や目敏くヴェロニカがこちらに気が付くと良く躾けられた飼い犬の如く駆け寄ってきた。

流石に国王と話をしていたとは言い難い。

「それがちょっと、その、迷子になっちゃって」

「しっかりしてください。ところで、その杖は如何されたので？」

「なんか貰っちゃってね。ありがたく使わせてもらってるんだ。それよりも帰るよ。これ、預かって」

ラムゼイは陛下と話をしてから自領が気が気でならなかった。いつ襲われてもおかしくない状況に身を置いているのだから。

イグニスを見つける。しかし、彼は根回しだろうか。恰幅の良い男性とにこやかに談笑中である。なのでラムゼイは傍に控えていたロージーにお暇することを伝えることにした。もちろん、偶然であるが国王陛下にお会いしたことも含めて。

それからダリルも見つけては同様のことを口にする。今、この二人は敵にしてはならないとラムゼイが考えていたためだ。

「良いのか？　お前の嫁探しをしなくて」

「それどころではありませんから。やはりボーデン男爵の動きが気になります」

「そうか。じゃあ、お前の嫁はオレたちが探しておいてやるよ」

「ははは……。お手柔らかに」

ギルバードの本当とも嘘とも取れない冗談を軽く流してラムゼイはホールを後にする。ヴェロニカにダニーたちを呼んできてもらうよう伝えると、ラムゼイは城の外に出て脚の腱を伸ばす。

ヴェロニカがダニーとジョニー、それからトムを連れてきたところでラムゼイは大きな声で宣言した。

「今から走って領に戻るぞ！」

「マジかよ！　おいラムゼイ、オレたちのとこにはパンと干し肉、それからワインしかなかったぞ！」

「何言ってんだよ。それだけあれば充分だろ！　つべこべ言わずに走る！」

ラムゼイは他の者に四の五の言わせずにバートレット領まで駆け出していった。まるで雑念を振り払うかのように。手には杖を持っている。ラムゼイは帰宅の最中に覚悟を決めるのであった。

バートレット英雄譚

第三章

王国歴551年6月25日

ラムゼイはバートレット領に戻ると早速準備に取り掛かり始めた。もちろん、ボーデン男爵領を喰らう準備である。

今、ボーデン男爵領は先の戦の時にラムゼイたちに散々荒らされて酷い有様になっている。つまり、領主のコステロは建て直しに躍起になっているのだ。

この機を逃すまいとラムゼイはどうにかボーデン男爵領を切り取れないかと頭を悩ましていたのであった。しかし、一向に良い案はでない。

「ご主人様。兵の調練が終わりました」

「うん、ありがと。練度のほうはどう？」

「悪くはないかと。ですが、まだまだ時間は掛かりそうです」

ヴェロニカが練兵を終えて砦に戻ってくる。今、ラムゼイは兵の数を一〇〇名に増やそうと躍起になっているところであった。

バートレット領の規模からすると兵の数は五〇人でも多いほうである。しかし、ラムゼイは無理をしてでも兵を増やすべきだと考えたのだ。

追加の兵はどこで増やしたのかというと奴隷商のモールスから買ってきたのだ。ちなみにサンドラから連絡は未だにきていない。

もちろん、このままではその兵を養うことはできない。そこでラムゼイは兵たちにも幾つかの仕事を手伝ってもらうことにしたのだ。

伐採と耕起は体力づくりのため兵士の役目とした。新たに手に入れたボーデン領側のベバリー山脈はすっかり丸裸にされ禿山になろうとしていた。

耕起についても同様でバートレット領の道や広場を除く土地という土地が耕されようとしていた。

もちろん、自領側のベバリー山脈の伐採に関してはロジャーの指示に従っているし、耕起に関してもゴードンの指示に従っている。

「いやはや、ご無沙汰しておりますな」

そう言いながら訪ねて来たのは最初にラムゼイを助けた行商人のスレイだ。どうやら再びバートレット領を巡る時期になったようである。スレイも領内が様変わりしてさぞ驚いたことだろう。

「久しいね。色々と変わり過ぎて驚いたでしょ」

「いえ！　そのようなことは。して、何か入り用なものはございませんか？」

「そうだね。弓矢をあるだけもらおうか。それと剣と革も」

「弓と矢、それに剣と革でございますね。少々お待ちを」

そう言うなりスレイは荷馬車の中へと戻っていく。何やらガサゴソと探し物をしている音がする。

どうやら荷馬車の奥から引っ張り出してきているようだ。

「弓が三張に矢が百本、剣が五振に革が十枚となっております」

「わかった。それでいくらになる？」

「えーと、締めて2800ルーベラいただければな、と」

何やら顔色を窺うような口ぶりで話しかけてくるスレイ。どうやら無意識にラムゼイの表情が強張っていたようだ。頬を二度叩いて笑顔を作るとラムゼイはスレイに対してこういった。

「わかった、その額で買おう。ただ――」

「ただ？」

「ボーデン男爵領について知っていること、全て教えてくれないかな？」

後からスレイに聞いた話では、この時の笑顔が一番怖かったという。それからラムゼイはポーカーフェイスの練習に余念がなかったとか。

「え、えーと、私が聞いた話では当主のコステロ卿は金策が追いついていないようですな。どうやら領民の家の再建も滞っており不満も溜まっている様子」

確かにお金には困ってそうな素振りであった。何せ捕虜となったヴェロニカたちの身代金を拒否したぐらいなのだから。

「それと、懇意にしていたモスマン商会と何やら確執が生まれてきているご様子」

「わかった、ありがとう。情報量も加えて3000ルーベラ出そう。これからもよろしく頼むね」

「は、はい！」

スレイは馬車に飛び乗ると颯爽とこの砦を後にした。ラムゼイはそんなスレイなど気にも留めず頭を働かせる。それからヴェロニカを呼び出してこう告げた。

「わるいんだけどさ。ヘンドリーにアポイントを取ってきてくれないかな？」

「かしこまりました」

どうやら、ラムゼイの頭の中で取るべき方針が定まったようである。しかし、その作戦にはどうやらお金が必要らしい。

自作の算盤を弾いているとダニーが執務室に飛び込んできた。どうやらまたもや来客である。

「ラムゼイ。なんかお前に会いたいっているヤツが来てるけど」

「誰？」

「知らない」

「いや、聞いてきてよ」

そう言うなりダニーはもう一度、砦の外にいる来客のもとへと向かった。こうなってしまっては最初からラムゼイが出向いたほうが早かったかもしれない。

「グリフィスだってよ。ドビーの子のグリフィスだそうだ」

ラムゼイの頭の中にグリフィスという名に覚えはなかった。しかし、次に出てきたドビーという名には覚えがあった。確かモリス伯爵のもとにいた将軍の名前がそうであったはずだ。

「通してくれ。会ってみたくなった」

何の用だろうか。ラムゼイの好奇心が働く。

ダニーは「了解」と応えるとその男を来客の間に通した。幸いなことに来客の間にはヘンドリーが置いていったテーブルと椅子とソファがある。それなりに映えるだろう。

ラムゼイは今取り掛かっている書類を終わらせると来客部屋へと向かった。中にいたのは年齢の読めない無精ひげの大男であった。ウルフヘアとでもいうのだろうか。茶色い髪を短く尖らせている。

「其方がラムゼイ＝バートレット卿か」

胴間声で話しかけるグリフィス。見た目と声が一致していることに安堵するラムゼイ。一呼吸置いてから凛とした声で返答した。

「如何にも」

「オレはグリフィスという者だ。ドビーの末子、グリフィスだ」

「ドビー殿と言うとモリス卿のもとで将として励んでいたドビー殿か？」

グリフィスは首肯することで返答とした。どうやらラムゼイの考えは間違っていなかったらしい。

ただ、問題はなぜグリフィスがここにやって来たのかということだ。

「そのドビー殿の子が私に何か？」

「オレをバートレット軍に加えて欲しい」

これは意外な申し出だった。ラムゼイも思わず面食らっている。一度、間を開けるとラムゼイはその真意をグリフィスに問い質した。

「すまないが、話が見えない。なぜ我が家に？」

「親父が言っていた。ラムゼイに負けた、と。そのラムゼイとやらに興味が湧いたというのが率直なところだ」

詳しく聞くと士爵の身分ながら父が属するモリス伯爵に勝った策を立てたと言われているラムゼイに興味があったようだ。ただ、ラムゼイは策を立てただけで何もしていない。

そのことを懇切丁寧に伝えるがグリフィスは梃子でも動かぬ様相を見せていた。ラムゼイとしても将が増えることは望ましいが、信頼のおけない者を将として据える気はなかった。

「なぜ私なのだ？」

「……オレは負けた将の末子だ。経験もない。どこも雇ってくれないのだ。雇われたとしてもボロ雑巾のようにこき使われるだけだろう。であれば少しでも活躍できる場に身を置きたいというのが武人というもの」

確かにグリフィスには凄惨な運命がすぐそこまで控えていただろう。ラムゼイは未だ非情になりきることができない。根負けして彼を雇うことを決めたのであった。

どちらにしても、バートレット家は人材に乏しい。これは彼にも渡りに船だったのだ。

「忝い。身を粉にして恩に報おう」

その場に跪くグリフィス。ラムゼイは片刃の剣を鞘から抜くとグリフィスの両肩をそれで軽く撫でた。これでグリフィスもラムゼイの仲間である。

「ところでドビー殿はどうされた」

「……死んだ」

「そうか」

ラムゼイはそれ以上、何も言うことはなかった。来客室を出るとそこにはダニーが控えていた。おそらく、盗み聞きでもしていたんだろう。

「ダニー。うちの新入りのグリフィスだ。色々と教えてあげてね」

「あいあい。よーし、じゃあまずはお前の力を見せてもらおうか。オレと模擬戦だな。本気で」

ドビーの子であるのならば弱いということはないだろう。むしろあれだけ恵まれた身体だ。下手をすれば、いや、下手しなくてもダニーよりも強いだろう。

「南無」

思わずラムゼイはダニーに対して冥福を祈るのであった。死んでないけど。

王国暦551年6月29日

ラムゼイはヘンドリーのもとへやってきていた。先日、ヴェロニカがアポイントをとってきてくれたのだ。

もちろん、ラムゼイはヴェロニカのいない間にグリフィスを採用してしまったのでこってりと絞られたわけだが。

「やあラムゼイ。久しぶりだね」

「そう？　最後に会ってからまだ一月も経ってないじゃないか」

「何言ってるんだい。もう一月も経とうとしているんだ」

ヘンドリーは商人の出なので時間には厳しいようだ。単に価値観の相違でもありそうではあるが。

ラムゼイは世間話をそこそこに本題を切り出し始めた。

二人が対峙しているテーブルの上にワインがなみなみと入ったグラスを侍女が置く。どこかで見た顔だとラムゼイは記憶を手繰ることにした。

最初、この侍女が誰だかわからなかったがヘンドリーとその侍女が話しているときにふと気づく。この間、ヘンドリーが買った女性であるということに。

ラムゼイの視線に気がついたのかヘンドリーが軽くウインクをしてその答えとしていた。ラムゼイはなんだか邪推していた自分が気恥ずかしくなり慌てて本題を切り出す。

「ヘンドリー。モスマン商会って知ってる？　ドミニク子爵は中立だって言ってたよね？」

「もちろんさ。ボーデン男爵領で一番の大店でしょ。ま、家よりは全然小さいけどね」

注いでもらったワインを傾けながら答えるヘンドリー。それもそうだ。お金で爵位を買う家と普通の商会を一緒にしないで欲しい。そう突っ込みたかったが面倒なのでスルーして話を続ける。

「どうやらそのモスマン商会とコステロ卿が不仲になってきているらしい。どちらにも声を掛けることはできる？」

「んー、そうだね。内容にもよるけどできると思うよ。うちは利になるなら親帝国でも反帝国でも相手になるからね」

「それは助かる！　じゃあ、ちょっと声を掛けて欲しい」

「それは構わないけど、家にも利のある話じゃないと動かないよ？」

そこは商人。たとえ友達であっても私情は挟まない。それはラムゼイも承知していたところだ。むしろ、私情を挟むほうが信用できずにいただろう。

「もちろん。どうやらコステロ卿はお金がなくて困ってるみたいなんだ。それでさ。ボーデン男爵領から武器と防具を買い占めてくれないかな。お金はボクが出すから」

「……成程ね。少しは読めて来たぞ」

勘の良いヘンドリーはこれだけでラムゼイが何をするか理解していた。ボーデン男爵領に攻め込む気なのだと。どう転ぶにせよ。面白いことに関われるのであればヘンドリーとしても本望である。

ヘンドリーはまだ嫡子というだけで正式に当主となっているわけではない。ただ、それでも相応の責任は発生するが、まだ好き勝手できる立場であるほうだろう。

それからさらにラムゼイが追加の条件を付け足していく。コステロにどんどん重い鎖を繋いでいくかのように。正攻法では勝ち目がない。それなら勝ち目をつくるまでだ。

「取引する前にきちんとモスマン商会には話を付けておいて欲しい。あ、借金があったら武器と防具の代金はその返済に充ててね」

「なるほど。イヤなことを考えるね」

コステロに資金を渡さないばかりか、モスマン商会とも仲違いさせようという腹だ。どうやらラムゼイはコステロから装備を奪うだけでなく孤立させる気らしい。

「それと、コステロ卿のところ、ベバリー山がなくなったから材木集めにも苦心してるみたい。欲しいならヘンドリー経由で売るから量を聞いておいてよ」

「わかった。じゃあ、うちは仲介手数料で稼がせてもらうとしますか」

こうしてラムゼイとヘンドリーの間に密かな約が結ばれたのであった。

王国歴551年7月2日

ヘンドリーはコステロのもとを訪ねるべく男爵の領都ボスデンを訪ねていた。しかし、ヘンドリーの表情がいまひとつ冴えない。というのも、領都だというのに活気がないのだ。

もちろん、敗戦の影響もあるのだろう。ただ、おそらくはそれだけではない。どうも上手く経済が回っていない気がするのだ。

これはあくまでヘンドリー自身の嗅覚によって感じ取ったものであり確証はない。だが間違ってはいないだろう。これでも大商人の倅である。

まずはコステロのもとを訪ねる。事前に訪問の約束は取り付けてあった。もちろん、訪問する目的も軽く伝えた。するとすぐに訪問の予定を作ってもらえたのだ。

このことからもヘンドリーは察していたのだ。ボーデン男爵領の経済が上手く回っていないということを。

ヘンドリーは強気の交渉を心がける。自分にもそう言い聞かせてからコステロの屋敷の門の前に鎮座している不機嫌な男に話しかけた。

「こんにちは。私はドミニク子爵の長子、ヘンドリーです」

今日はコステロ卿とのお約束があり参上したのですが。ヘンドリーはそう言うつもりだったのだが口からその言葉が飛び出る前に門番がヘンドリー一行を屋敷の奥へと通す。

格上である子爵の長子だから丁寧に接するのか、あるいは。どちらにせよ有意義なお話ができそうだと舌舐めずりをしてヘンドリーは力強く進んでいった。

ずんずんと進むヘンドリー。ただ普通に歩いているように見えるが彼は周囲に注目していた。何に注目しているのか。それは調度品である。

一見、男爵のお屋敷らしく様々な調度品が並べられているが、それは見えるところだけであった。使用人が出入りする際に一瞬だけ見える奥の部屋などはあまりにも質素だ。

ヘンドリーからするとお粗末としか言いようがない。それであれば来訪者が通る廊下の調度品を少なくして屋敷全体の品をあげるべきだろう。

あまりにも『お金がないのを隠しています感』が強すぎるのだ。この様子だとコステロの妻の実家、つまり帝国貴族のほうからも見放されているのだろう。

「こちらでお待ちください」

ボーデン男爵邸に勤める侍女がヘンドリーを応接間に通していた。この部屋も華美に装飾されている。されてはいるがその装飾に統一感がない。

いかにも寄せ集めて豪華に見せてます、と部屋が物語っている。見る人が見ればわかってしまうのだ。それを感じたヘンドリーは小さくため息を吐くのだった。

「ご主人様、ヘンドリー様がお見えになりました」

「うむ。すぐに向かう」

執務室で書類と睨めっこしていたコステロは視線をあげないで取り次いだ侍女に返事をする。それからふっと顔を上げ目頭を摘んだ。

コステロには焦燥感があった。ここでなんとかしないとずるずると経営難となり、領地どころか爵位まで取り上げられかねないという焦りである。

モスマン商会とも上手くいっていない今、新たなパートナーと手を結びたいのだ。ただ、もちろんボーデン男爵領の経営が上手くいっていないことは向こうも承知の上だろう。足元を見られないようにしなければ。

そう自身に発破をかけてから鏡の前で顔色と笑顔を確認し、ヘンドリーが待つ応接間へとコステロは足を運んだのであった。

「お待たせしましたな。ヘンドリー卿」

「いいえ、全然待っていませんよ。それに卿だなんて止めてください。私はイルマの子というだけなのですから」

ヘンドリーは立ち上がり、入ってきたコステロと握手を交わす。二人とも非常ににこやかな表情を浮かべていた。これだけ見るととても仲が良さそうだ。

ヘンドリーはコステロに勧められるままに着席すると、コステロが世間話もなしにいきなり本題を切り出した。これを少し無粋だと感じるヘンドリー。しかし、それをおくびにも出さない。

「そうかな。ではヘンドリーくんと呼ばせてもらうことにしましょう。それで、本日は如何な御用で」

「ええ、それで構いません。実は、折り入ってお願いがあるのですがコステロ卿が所持している装備をお売りいただきたい」

この話を聞いたコステロは腰を浮かしかけた。金が手に入るのである。金が手に入れば、領内で不足している物資や借銭の返済に充てることができる。ただ、コステロは一度頭を冷やし、ヘンドリーの真意を探ることにした。

「装備、ですか。その装備とは？」

「武器、つまり剣や槍、斧に弓などなんでも買い取りましょう。それから軽鎧に鎖帷子、皮鎧にバックラーなど防具だってなんでも買い取りましょう」

「それは何でまた。あなたのお父上ほどの商人であればどこからでも買い付けてこれるでしょうに」

「商人は安く仕入れて高く売るのが仕事。それはおわかりでしょう？」

これはヘンドリーが暗に今のお前の商品なら安く買えるでしょうとコステロを下に見ているのだ。事実、コステロもその通りでお金が喉から手が出るほどに欲しい。ただ、舐められるわけにはいかないので違う素ぶりを見せておく。

「何を仰いますやら。当家はお金に困っていませんので、それであれば他を当たっていただきたい」

これはコステロにとっても賭けである。この言葉を鵜呑みにしてヘンドリーが踵を返してしまったら自ら金銭を得る機会を逃した暗君として領民に笑われよう。

幸いにもヘンドリーは立ち上がらなかった。この時点でコステロは内心で安堵のため息をつく。ただ、ヘンドリーが放ってきた言葉は踵を返されるよりも恐ろしい言葉だったかもしれない。

「剣と槍と斧は50ルーベラで。弓は30ルーベラで矢は5ルーベラで買い取りましょう。防具に関しては軽鎧とバックラーが50ルーベラで鎖帷子と皮鎧が100ルーベラ。それ以外は都度相談ということで」

　何とも足元を見た買い取り価格である。捨て値同然といっても過言ではないだろう。それほどまでにヘンドリーは強気で勝負をかけてきているのだ。

　いくら資金難のコステロとはいえ、このヘンドリーの案を呑むことはできない。コステロとしてはこの三倍は出して欲しいところである。

「それは呑めませんな。最低でも剣と槍と斧は200ルーベラで弓は100ルーベラ。矢は20ルーベラで軽鎧とバックラーが200ルーベラ。鎖帷子と皮鎧が400ルーベラで買い取っていただかないと。できぬのであればお引き取りを」

「剣と槍と斧は100ルーベラで弓は60ルーベラ。矢は10ルーベラに上げましょう。防具は軽鎧とバックラーが100ルーベラで鎖帷子と皮鎧が200ルーベラ。これ以上は無理です。それであればご縁がなかったということで」

　ヘンドリーは強引に話を打ち切った。そしてコステロに二択を迫ったのである。この条件を呑むのか呑まないのかを。

　コステロに売らないという選択肢はなかった。それほどまでにお金が欲しいのだ。問題はどの装備をどれだけ売り払うか、ということである。

「承知しました。剣と槍をそれぞれ十ずつと軽鎧と皮鎧を十ずつお譲りしましょう」

「ありがとうございます。あわせて5000ルーベラ分ですね、手配致しましょう。買い取る品はこちらから商人を送ります故、その者に」

これでコステロはまとまった資金を得ることができた。しかし、これで終わるヘンドリーではない。まだまだ商いは続くのだ。

「して、そのお金で何を買われるおつもりで。必要な物があれば私どものほうでご用意できますが」

「いえ、心配はご無用。ただ不必要なものを売ってお金にしたまでに」

もちろんこれは嘘だ。食料に木材、コステロは何でも欲しがってた。ただ、ここで欲しがるそぶりを見せれば高値でつかまされるだけである。

ただヘンドリーとて商人の端くれ。一筋縄ではいかない男だ。押して駄目なら引いてみろとヘンドリーは一芝居を打ち始めた。

「いえね、実はラムゼイ卿のところから回ってきた木材が余っておりましてホトホト困っているのです。この買い付け先を探しておりまして。どこか木材を探している方をご紹介願えませんでしょうか。格安でお譲りしますよ」

紹介していただければそれなりのお礼はしますと添えて。ヘンドリーは手の内を全て見せる。それもこれもコステロに信用してもらうためだ。そしてコステロも関わった当人だ。事情を痛いほどわかっている。

つまりはこうだ。ラムゼイはコステロから奪ったベバリー山脈の木を伐採してそれをヘンドリーに売った。しかし、ヘンドリーはそれを捌ききれなくて売り先を探している、と。

コステロは自身の頭の中でそう図を描くと一人納得していた。それであれば今度はこちらが木材を安く買い叩くことができるだろう。

「ふむ。それであれば私が買い取らせていただきましょう。具体的にはそうですな。丸太一本につき100ルーベラで」

ヘンドリーは内心、小躍りするほどに嬉しがっていた。食いついた、と。そして、このまま進めばラムゼイの計画通りになるだろう、とも。

ただ、コステロが提示したこの金額は相当安い。安すぎるといっても過言ではないくらいだ。今度はコステロが足元を見てきたのだ。しかし、ヘンドリーはここで慌てない。なぜならどうころんでも彼自身は損しないからだ。

「いえ、それでは足が出てしまいます。せめて丸太一本あたり200ルーベラは出していただかないと。それでも私は赤字なのですから」

それでも安いほうである。ただ、これは釣り餌なのだ。木材を安く流して装備品を吐き出してもらうための。これに気がつかないコステロは渋々といった表情で承諾した。下手な芝居である。

「それと、こちらも装備と交換で如何でしょう。価格は先ほどと同じですが」

「むぅ。先ほどと同じか」

そう言った途端、難色を示すコステロ。もちろん、理で説く用意をしておく。ヘンドリーとてその辺は抜かりない。

「もちろん、現金でも構いません。ただ、先ほどのお金を使われるのであれば変わりないのでは？」

「確かに、ヘンドリーくんの言う通りですな。では、その条件でお願いしたい」

「承知しました。あとは卿が木材をどれほど欲しているかです。そちらをお伝えいただければ直ぐに手配しましょう」

「では丸太を五十本ほどお願いいたす。マツかシラカバの成木で細いのはなしですよ」

「もちろんわかっております。こちらも信頼で成り立っておりますれば」

ヘンドリーはコステロと取り決めの詳細を定め、書類に認める。それを確認するとそそくさとお暇の用意を始めた。

「もうお帰りになるのか？」

「はい。実は次の予定が詰まっておりまして。申し訳ございません。それでは後日、私が懇意にしている商人が商品の引き取りと代金お支払いにきますので。では、今後ともよろしくお願いいたします」

ヘンドリーはコステロの見送りを丁寧に断ると従者を引き連れて屋敷を後にするのであった。

そしてそのヘンドリーが向かった先はモスマン商会である。商会の拠点では商人たちが暇そうにしていた。どうやら完全に商いが止まっているようだ。それにしても異様である。

「こんにちは。ヘンドリー＝ドミニクと言いますがモスマン会頭はいますか？」

ヘンドリーは近場の暇そうにしている商人に声を掛けて会頭であるモスマンを呼び出す。普通の人であれば何用だと疑心暗鬼になるがそこは商人。相手が苗字持ち《貴族》だとわかると直ぐに会頭を呼びに走った。

「やや、ヘンドリー坊っちゃま。ご無沙汰ですな」

ヘンドリーとモスマンは面識があった。むしろ、ないほうがおかしいだろう。どちらも豪商――ドミニク家は貴族になってしまったが——である。

「それにしても皆さん暇そうですね。何かあったのですか？」

「いやぁ、もうここは駄目ですな。領主に金がない。貸していたお金も踏み倒されそうですよ。私はここを引き払って移動するつもりです」

だからここにいる商人はみんな暇そうにしているのか。おそらくお金がないから客が来ない。だからやる気が起きないし、やる気が起きないから仕入れもしない。仕入れもしないから客が来ないという悪い循環に入っているのだろう。

「して、今日はまた何用でボーデン領まで？」

「ああ、そうだった。ちょっと面白い話があるんだけど一枚噛んでみません？」

「ほう。詳しくお伺いしましょう。どうぞ、こちらへ」

モスマンは仰々しい手ぶりでヘンドリーを奥へと迎え入れると二人で遅くまで話し込むのであった。

話す内容はもちろん、どうやって大金を稼ぐか、であった。

王国歴551年7月10日

ラムゼイはコタを膝の上に乗せて撫でながら、砦の執務室からボーっと外を眺めていた。今、ラムゼイにできることは日々の執務を淡々とこなすことである。

外からはヴェロニカとグリフィスの大喝が響いてくる。この度、ラムゼイは軍を三つに分けた。それぞれ三〇名ずつである。残りの一〇名はラムゼイの直属だ。

それを率いるのは百姓上がりのダニーと女剣士のヴェロニカ、それと敗軍の将の末子であるグリフィスだ。よくもまあ濃い面子が揃ったものだ。

軍を三分割してそれぞれに率いらせるのは正解であった。それぞれが切磋琢磨している。それと、各将の癖もわかって面白いとラムゼイは興味深く調練を見ていた。

バランスの取れているヴェロニカ隊と対をなすのは武に重きを置いたグリフィス隊である。それとあの手この手と搦め手を好んで使うのはダニー隊だ。

もし、三隊を使うのであれば先鋒はグリフィス隊だろう。そしてダニーを伏せてヴェロニカを後詰めに置いておくのが面白い。

そんなことを考えながらラムゼイは三人の部隊の成長を頼もしく見ていた。


そして、時を同じくしてコステロの屋敷。本日、ここにヘンドリーが贔屓にしている商人が装備を引き取りにやってくるのだ。

その商人が来るのを今か今かと嬉しそうに待つコステロ。無理もない。財政難だったコステロのもとに大金と物資が届くのだ。

これでもう少しまともな領地運営ができるというものである。コステロは総額1２000ルーベラの装備を吐き出すことにした。売り払った装備の総数はボーデン男爵軍の装備のおよそ七割にものぼる。

ただ、問題はヘンドリーが贔屓にしている商人であった。この人物がコステロを一気に天国から地獄へと突き落とす羽目になるとは。

「何故、其方がいる」

「何故も何も私どもがヘンドリーさまお抱えの商人ですが」

そう、コステロの前に現れたのはモスマン商会の商人たちであった。ヘンドリーがモスマン商会にコステロの装備の売買を一任していたのだ。

「まず、お売りくださると言う装備を拝見させていただきます。その後、代金を支払います」

「……代金はきちんと支払ってくれるんだろうな」

「もちろんでございます。お貸ししていた金額を除いてではありますが」

モスマンが後ろに控えている商人たちに顎で指示を出す。コステロとしてはこのモスマンの暴挙を力ずくでも止めたいところだが、そうするとドミニク子爵家を敵に回してしまう恐れがある。

となれば、ドミニク子爵とモスマン商会とボーデン男爵の争いの構図になるだろう。そうなればバートレット士爵やヘンドリック辺境伯が横やりを入れてくるに違いない。

コステロにできることは臍を噛んでこの屈辱的な時間を耐え忍ぶことだけであった。そんなコステロを後目に次々と装備を兵舎から運び出していくモスマン。

予定の量を査定し運び出す作業が終わると今度は荷を下ろす作業だ。これはコステロが買い付けた木材を屋敷の蔵に運ぶという作業になる。

「おい、まだ作業は終わらんのか？」

「いえいえ。もう荷下ろしは終わりましたよ。では私どもはこれにて失礼いたします」

この場を立ち去ろうとするモスマンを捕まえて口汚い言葉で罵るコステロ。それもそのはず、木材は予定の数よりもうんと少なく12000ルーベラも支払われていないのだ。

「何を言うか！　まだ支払いが済んでおらぬではないかっ！」

モスマンにはボーデン男爵領の財政を把握されている。ここで見栄を張っても仕方がないことをコステロは理解していた。だから突っ掛かっていけたのだ。

「何をおっしゃいますか。先ほども申し上げた通りお貸しした分を除いた結果、にございます」

モスマンはコステロに総額15000ルーベラの金銭を貸し付けていたのだ。もちろん、利子を含めればそれ以上の金額になる。

コステロとしても丸太が二十本手に入っただけでも良しとするべきなのだ。頭では納得しているのだが心がそれに追いついてくれない。

とはいえ、コステロに打つ手がないのも事実だ。ここで手を出してしまうと先ほど述べた通り、様々な家を敵に回してしまう。

嵌められた。ここにきてコステロは気が付いたのだ。ヘンドリーとモスマンに嵌められたことに。恐らく全体の絵を描いたのはヘンドリーだろうとコステロは推察する。

モスマンがボーデン領を去ろうとしていたのはコステロもわかっていた。そこで鼬の最後っ屁と言わんばかりにドミニク子爵に泣きついたのだろう。

そしてドミニク子爵の名代としてヘンドリーが今回の売買を持ちかけた。そしてその話がまとまり、断れなくなった状況でモスマン商会に委任する。

そしてヘンドリーはモスマン商会から手間賃と称していくらか納められるのだろう。コステロはそう勘違いをし、そしてそれが正解だと思い込んでしまった。そう思うとコステロはこの目の前のでっぷりと太った男が憎らしくなってくる。

「今に見ておけよ。お前だけは必ず殺してやる」

「私の娘であるヴェロニカを見捨てた恨み、晴らさせていただきますよ」

モスマンが本気でそう思っているのか、それとも当てつけで言ってるだけなのかはわからないが、コステロに良い感情を抱いていないのは確かである。

それを言い残して去って行くモスマンたち。コステロは怒りで顔が真っ赤になり、強く噛み過ぎた唇からは血が流れていたのであった。

王国歴551年7月22日

ラムゼイはヘンドリーに呼び出されたので、ドルトムにあるドミニク子爵の屋敷を訪れていた。用件の目途は付いている。コステロに仕掛けた嫌がらせの結果だろう。

前回と同様の応接間に通され、注がれたワインを舐めるように啜るラムゼイ。何を隠そう彼はあまりアルコールが得意ではないのだ。

どちらかというと一緒に出された干し肉や干しブドウに手を伸ばす。なんならこれを持って帰りたいくらいだが彼の中に眠る最後の矜持がそれを拒む。

「やあ、待たせたね」

「全くだよ。首尾はどうだった？」

この頃になるとラムゼイはヘンドリーとすっかり打ち解けていた。二人きりであればお互いにため口で話す仲である。ヘンドリーは噛めば噛むほど味が出てくるスルメみたいな性格の男だとラムゼイは感じていた。

「バッチリさ。じゃあ取り分の話に移ろうか。まず、奪った装備だけどほとんどラムゼイに譲るよ。持ってても使わないし」

「それは助かる。家《うち》には多過ぎるけどあっても困らないだろ」

「その代金として持ち込んでくれた木材は全部家で貰うね」

つまり、ラムゼイは割譲されたベバリー山脈で伐採した木材をヘンドリーに流す。そして、その見返りとして少しの金銭とボーデン領から格安で譲ってもらった装備を手に入れたのだ。

そしてヘンドリーは木材をコステロに売りつけてお金を稼いだ。もちろん、全部買い取る金銭はコステロにはないので余った材木は在庫として保存しておく。これで木材と金銭を手に入れることができた。

モスマン商会はというと、少し労をかけたがコステロに貸し付けていたお金が帰って来たのだ。ヘンドリーに少しばかり心付けを渡しても満足いく結果だろう。

そして最後にコステロ。彼は外れクジを引かされたと言っても過言ではない。彼だけが装備を放出したただけで、全く旨味がないのだ。得たのは二十本ばかりの丸太のみ。これでは割に合わない。

「さて、ボーデン男爵さまはどう出るかな？」

ニヤニヤしながら尋ねるヘンドリー。完全に第三者目線で楽しんでいるようだ。

「さあ、どうだろうね。ただ、少しの木材で状況が好転するとは思わないけど」

コステロはお金を欲しがっていた。何故欲しがっていたのか、それはラムゼイたちに荒らされた村を再建するためである。

村を再建するには何が必要か。それは家を建てるための大量の木材だ。これがないと雨風を凌げない。そして木材が採れる山はラムゼイに割譲してしまった。

そもそもなぜ村を再建しないといけないのか。村を再建しないと食糧の自給率が著しく下がってしまうからだ。それに税収も落ち込んでしまう。今年のボーデン男爵領は食糧不足で難儀するだろう。

上記の二つ、木材と食糧を解決するためにコステロは資金を必要としていたのだとラムゼイは推測していた。

であればラムゼイがまず行うのは資金集めの妨害。そして食糧と木材の供給を止めることだ。

当事者のラムゼイとしては考えることが山積みである。しっかりとボーデン男爵領を弱体化させて宣戦布告の大義名分も得ないといけないのだから。もちろん、この点に関してもしっかりと考えてある。

「それで、次は何するんだい？」

「そうだね。次は麦の収穫前にちょっとトラブルをね」

ラムゼイはヘンドリーのように楽天的にはなれなかった。自分の将兵を死の淵に立たせるのだ。彼の口から漏れてくるのは溜息しかなかった。

そしてラムゼイたちも食糧が足りていないのだ。コステロのことを対岸の火事といって一笑に付すことはできない。この場でヘンドリーに麦の仕入れをお願いする。

もちろん、時期は刈り取り直後だ。そのタイミングであれば麦を比較的安価に手に入れることができるからだ。あくまで通常よりも安いというだけであるが。

「じゃあ、麦の代金はラムゼイに渡す予定だった木材のお金と相殺と言うことで」

「わかった。それで」

ラムゼイの今回の成果は少しの金銭と装備であったが、麦と装備に早変わりした。こうしてラムゼイは着々と侵攻の準備を進めていったのであった。

王国歴551年8月10日

バートレット領でもライ麦の収穫が開始された。収穫量は例年通りといったところだ。それと並行して豆の収穫も行う。こちらは豊作と言っても過言ではないだろう。

ラムゼイは収穫をゴードンたちに任せて自身は木こりのロジャーのもとへと向かった。彼らは今日も木を伐っている。晴れている日は伐るか植えるかのどちらかだ。

「やあラムゼイ。どうしたのぉ」

ラムゼイに気が付いたロジャーは癖になる間延びした声で話しかける。ラムゼイはロジャーに依頼していた作業の進捗を確認しに来たのだ。

「や。作業の進捗はどう？」

「うん、順調に進んでるよぉ。多分だけど、今日で西側の山は禿げるねぇ」

ラムゼイは意図的にベバリー山脈の西側、つまりボーデン男爵領側の山の木々を根っこも残さず全て伐り尽くしたのだ。もちろんロジャーたちだけの手には負えず、村人たちにも賦役として手伝ってもらった。これが何をもたらすかロジャーは理解していない。

一方のラムゼイは何が起きるのか、起きやすくなるのかを知っている。禿山は土砂崩れが起きやすいのだ。木の根っこが土砂崩れを防いでくれるのだが、ここにはそれがない。

何か、そう。大雨が降るなどの切っ掛けがあれば一気に土砂は崩れるだろう。こればかりは神のみぞ知ると言ったところだ。

「ありがとう。東側、バートレット領側は間伐と植樹を多めに頼むよ」

「うん。任せてよぉ」

「あ、そうそう。ここに丸太を何本か残しておいてね」

順調に伐採が済んだことを確認したラムゼイはロジャーに奇妙なお願いをした。そして、その場をロジャーたちに任せてゆっくりと山をくだっていったのであった。

それからは夏らしい晴れの日が何日か続いた。これに対しラムゼイはやきもきしていた。早く大雨が降って土砂崩れが起きて欲しいと思う反面、もっと練兵をする時間が欲しいとも思っていた。

時間がかかり過ぎてしまうとこちらの兵は強くなるがボーデン男爵領が復興してしまう。そうなってしまっては向こうの兵も精強になってしまうため、攻略は無理だ。

そして大雨が降ったとしても土砂崩れが起きない可能性もある。いや、そちらのほうが高いだろう。

ラムゼイは自分の気をごまかすためにウイスキー造りに精を出しながら今か今かとその日を待ったのであった。

王国歴551年8月24日

それはラムゼイたちが寝静まっていた頃であった。外では長らく雨が降り注ぎ、家の中にカビが生えてくるのではないかと思うほどの雨である。

ゴゴゴゴゴッ。

地面を揺らしながら大きな音が北の方角からラムゼイが寝ている砦を襲った。こんな大音と揺れは前世でも味わったことがないほどである。思わず飛び跳ねてしまった。

「ご、ご主人様！　大丈夫ですか⁉」

ヴェロニカが着の身着のままラムゼイの部屋へと飛び込んできた。相当焦っていたのだろう。胸元がはだけている。青少年の部屋にそのまま入ってくるのは如何なものだろうか。

「あ、うん。大丈夫。とりあえず、食料庫と武器庫が無事かどうか見てきて。ボクは砦の中を見回ってくるから」

「承知しました！」

そう言ってラムゼイの部屋を飛び出していくヴェロニカ。その彼女と入れ違いで入ってきたのはグリフィスである。眠い目を擦りながらラムゼイの部屋に入ってくる。

「うぉーい。大丈夫だったか？　ひどく揺れたな」

「ちょうど良いタイミングで来たねグリフィス。さ、ボクと砦の見回りに行くよ」

グリフィスを伴って砦を見回り、ラムゼイは補修が必要な場所を記録して回る。どうやら食料庫も武器庫も大きな損傷はなかったようなので、一安心したラムゼイは解散して再びベッドへと潜るのであった。

ちなみにダニーは一切起きてくることはなかった。

朝。雨が降るか降らないか微妙な濁った天気の中、ラムゼイはすぐにゴードンと合流する。彼には村の状況を確認してもらい、ラムゼイはロジャーと合流して山の様子を見に行く。

「やっぱりだね」

山の西側がごっそりと崩れており、麓にある村を飲み込んでしまっていた。麓からは女性や子供たちの悲鳴や鳴き声が聞こえてくる。

ただ、向こうはボーデン領だ。ラムゼイが勝手に手助けするわけにはいかない。

ラムゼイは良心の呵責を感じてはいたが、これも仕方のないことだと自身を無理やり納得させてその場を後にした。

すぐにゴードンを見つけて地震の原因が土砂崩れであることを告げる。そしてそれを広めてもらい、村人たちの不安を払拭するのだ。

　これで村のほうは大丈夫だろう。問題はボーデン男爵のほうである。ラムゼイは急いで砦へと戻るとダニー、ヴェロニカ、グリフィスの三人を呼んで戦いが近いことを告げるのであった。

王国歴551年8月25日

　コステロは頭を抱えていた。彼の頭を悩ませる問題とはもちろん土砂崩れのことである。麓の村は以前、ラムゼイたちに燃やされた村であり、再建のために多くの資材を投入していた。

　しかし、それもこの土砂崩れで全てが水泡に帰していた。せっかく再建していた村が壊滅したという知らせはコステロの心にくるものがあった。

　ただ、いつまでも悲観に暮れていることは許されない。コステロは領主なのだ。壊滅してしまった村をどうするか決断しなければならない。再び復興するのか、それとも村民を違う村に組み込んでしまうのかを。

　どちらを選んでも前途多難な道となるだろう。前者であればもう一度資材を集めなおさなければならない。後者であれば村人たちの説得だ。

　ここでコステロはふと疑問に思う。なぜ村が壊滅したのかと。これの理由は明白である。ベバリー山が崩れたからだ。ではなぜ崩れたのか。それはおそらく昨夜の大雨のせいだろう。

　コステロはなんとかラムゼイのせいにして賠償金をせしめたいと考えているのだ。むしろ、そうしなければお金を即席で用立てることはできない。

その時、コステロがいる執務室の扉がコンコンコンコンと四回叩かれた。これは来客を告げる合図である。すぐさま戸を叩いた使用人を中に招き入れる。

「どうした？」

「それが、ラムゼイ＝バートレット士爵の使いの者がこちらにいらっしゃっております」

コステロは耳を疑った。なぜラムゼイの使いがコステロのもとを訪ねてくるのか全くわからなかったからである。コステロ自身にも思い当たる節はない。

「会おう。応接間で待たせておけ」

使用人が一礼をして執務室を後にする。コステロは自身の身なりを整えながら思考を巡らせる。ラムゼイが何用で使いを出してきたのか、と。

しかし、考えてもわかるはずもなく、仕方なしと応接間の扉を開けた。中にいたのは若い男性が二人だ。二人ともバートレット家の紋章が入った防具に身を包んでいる。

「お待たせいたした。私がコステロ＝ボーデンだ」

「コステロ卿。お時間を割いていただき感謝いたします。私はダニーと申します。こちらはグリフィス」

ダニーは自己紹介を済まして隣にいるグリフィスを紹介する。紹介されたグリフィスは軽く一礼をした。コステロは貧乏ゆすりをしている。どうやら挨拶よりも用件を早く知りたいようだ。

ダニーはそれを察したのか一通の書状を手渡す。コステロはすぐに封蝋を割ってその場で読み始めた。するとだんだんとコステロの顔が赤くなっていく。

そして書状を握りしめている手にも力が入って震えているようだ。羊皮紙の端が皺になっている。

その様子を見ているダニーは、自身の足が震えてくるのがわかった。

「なんなんだ、この内容は！」

怒りに打ち震えたコステロは書状を足元に投げ捨てる。思わずダニーは声をあげそうになってしまった。それをグッと堪え、毅然とした態度を崩さない。

横目でグリフィスを見るダニー。彼はどうやら動じていないようである。見た目通り芯の太そうな武人なのだろう。

「何、とは？」

「この手紙の内容だっ！」

コステロが投げ捨てた手紙に書かれている内容を要約するとこうだ。土砂崩れにバートレット領の木材が巻き込まれてしまったので、それを返して欲しい、と。

「その手紙の内容の通りでございます。伐ってそのまま置いてありました丸太がいくつか土砂崩れに巻き込まれた様子。そちらをお返し願いたい」

コステロがこれを二つ返事で返せるわけがない。それどころかつい先ほどまで逆にラムゼイたちから賠償金をせしめようと画策していた男である。

「何を申すか！　そんな何処にあるかもわからぬ物を渡せるわけがなかろう！　むしろ、こちらはそちらの領内で起きた土砂崩れで相当の被害を被っているのだ。相応の賠償をいただきたい！」

「これは異なことを。ベバリー山を割譲いただく際に認めたことをもうお忘れですか」

ダニーはそう告げ、一枚の書状の写しをコステロに手渡した。先のヘンドリック辺境伯との戦での講和条件の写しである。

「書いてありますよね。『もし土砂崩れが起きたとしてもラムゼイ＝バートレットに責任は一切ない』と。つまり、こちらに責任はない。そして我々には物資を返却を請求する権利がある。わかりますか？」

これにはコステロも反論のしようがない。しかし、だからと言ってダニーの要求を飲むこともできない。コステロが困って黙っているとダニーが勝手に話を進め始めた。

「我々への補償として木材を丸太で三十本用意いただきたい」

「な⁉」

コステロに丸太を三十本も用意する力は残っていない。となると補償を延期してもらうか、領地を割譲するなど他の方法で補填するか、それとも一切補填しないかの三択となってくる。

コステロの頭の中には最後の選択肢以外、端から眼中になかった。格下の、それもポッと出の士爵風情に下手に出るほど落ちぶれてはいない。コステロの貴族としてのプライドがそれを許さないのだ。

「悪いがそれは飲めん。話は以上だ。おい、お客人のお帰りだ！」

コステロはこれ以上話などしないという意思表示も含めてダニーとグリフィスを屋敷から追い出した。そのことに関してダニーもグリフィスも顔色一つ変えたりしない。

しかし、外に出てコステロの屋敷が見えなくなった頃、ダニーが大きく息を吐き出してその場にへたり込んだ。よく見ると足が震えている。

「あー。緊張したぁ。ラムゼイも無茶なことさせるよなぁ」

「そんなことはない。お前だったらできると見込んで頼んだのだ。むしろ誇るべきだろう」

座り込んでいるダニーの肩を持ち上げるグリフィス。確かにグリフィス一人だとこの役目は回ってこなかっただろう。ラムゼイの信頼が篤いダニーだからこそ任された大役なのだ。

「しっかし、ものの見事に交渉は決裂だったな」

「そうだな。まあ、ここまでは想定の範囲内だが」

二人とも今回の交渉が纏まるとは微塵も思っていなかった。それだけバートレット家は無理難題を吹っ掛けたのだ。

これで開戦する大義名分を得ることができた。やや牽強付会なのは否めないが『ボーデン男爵家がバートレット士爵家の物資を不当に得て返還に応じない』として攻め入ることができる。

ダニーとグリフィスの二人は駆け足でラムゼイのいる砦に戻ると彼に交渉の詳細を伝えた。そこからラムゼイの行動は早かった。

ラムゼイはこの内容を羊皮紙に記して方々にばら撒いた。ヘンドリック辺境伯からイグニス大公、ドミニク子爵や果ては王都にいる父のもとへも。

羊皮紙だって安くはない。文字通り羊の皮を紙代わりにしているのだ。そう易々と量産できるものではない。従って高級なものなのである。

そんな高級な羊皮紙を惜しげもなく消費していくラムゼイ。これを見ていたヴェロニカはラムゼイに異を唱えた。

「ソレはいくら何でも贅沢に使い過ぎでは？　羊皮紙代は領民の作った作物や木工品を売ったお金で賄っているのですよ」

「確かに領民の血税で賄った羊皮紙だけど、これで我が兵が勝つ確率が上がるならボクは惜しみなく使うよ。兵が死ぬくらいなら惜しみなくお金を使う」

ラムゼイは負けじと言い返す。ただ、その反論がヴェロニカにはピンときていないようだ。彼女に理解してもらうために例をもって説明する。

「これはこちらに正義があるという事実を確定させているのさ。例えば、勝手に人のものをもって帰ったとする。周囲の人からはどう思われてると思う？」

「それは……もちろん、周囲の人はものを盗んだと思ってるのではないでしょうか」

「じゃあ、その周囲の人が『あの家の人は貸したものを返してくれない』と知っていたならば？」

「それなら貸したものを取り返しているのかもしれない、と思ってるかもしれません」

そう、つまり兵士たちの心理的な負担を軽減するために行なっているのだ。これがあるのとないのとでは最後のひと押しが変わってくるとラムゼイは考えていたのだ。最後のひと押しとは敵兵にトドメを刺せるか刺せないかだ。

それと同時にダリルとヘンドリーには別の書状も手配していた。これにはボーデン男爵領を攻略するのに戦略的に重要なことが記載されていた。

「それよりも兵の準備はどう？」

「はい！　買っていただいたお陰で装備も充実しておりますので、準備は万端です」

ラムゼイは昔、マーケティングの戦略で学んだランチェスターの戦略というものを思い出していた。

この戦略には二つの法則がある。が、今回重要になってくるのは第二法則のほうだろう。

この法則は攻撃力＝兵力数×装備性能であるということ。つまり、武器性能の差を大きくするか兵数を揃えないことにはラムゼイたちに勝ち目はない。

兵の総数に関しては今からどうすることもできない。ダリルとの戦いでコステロのほうにも傷が残っているだろうが、それでもラムゼイよりはコステロのほうが兵を揃えることができるだろう。となるとラムゼイたちの装備を拡充させ、コステロ軍の装備を不足させないといけない。ラムゼイはその両方を狙ってヘンドリーを動かしたのだ。

これで装備の性能差は開いているはず。あとは兵数の問題を解決することができれば安全に勝ちを呼び込むことができるのだが。

「よし、じゃあこの手紙を急いでヘンドリーとダリル卿に渡してきて。返事が戻ってきたら攻め込むよ」

「承知しました」

そのための布石を打ったラムゼイは返事が来るのを今か今かと待つのであった。

王国歴551年8月26日

ラムゼイのもとにダリルとヘンドリーの二人から返事が届いていた。どちらの返事にも可であると記されていた。ラムゼイは声に出して「よしっ！」と叫ぶ。

ダニー、グリフィス、ヴェロニカの三人を呼び出したラムゼイはこれからボーデン男爵領へと攻め入ることを宣言する。今までの戦とは違い、今回はラムゼイが単独で挑む戦だ。

これまでは上流貴族による圧倒的な兵数差で勝ちを拾ってきた。しかし、今回頼れるのは自分の将兵のみだ。それに兵数は劣勢ときている。それでもラムゼイは挑まざるを得ないのだ。

「大将はヴェロニカ。グリフィスとダニーは副将として補佐に回ってくれ。もし、ヴェロニカが間違っていたら制止してあげるんだぞ？」

「あいよ」

「わかった」

軽く返事をするダニーとグリフィスとは対照的にヴェロニカは神妙な面持ちのままでいた。元々は自身が軍籍を置いていた領だ。思うところは人一倍あるだろう。

ラムゼイは当初、今回の戦からヴェロニカを外すつもりでいたのだ。しかし、ヴェロニカのほうから今回の攻略戦に参加させてほしいと志願してきたのだ。

それであればとラムゼイはヴェロニカの好きにさせることにした。たとえそれがどのような結果を招くことになろうとも、である。

もちろん、万が一を考えてダニーとグリフィスを伴わせているのだ。問題はないはずである。ただ、ヴェロニカの今の表情を見る限り、入れ込み過ぎだ。ラムゼイは堪らず声を掛ける。

「ヴェロニカ、大丈夫？」

「もちろんです！　必ず、勝利を、ご主人様に！」

「……ああ、うん。頼む」

何か言おうと悩んだ挙句、その決意を一押しすることにしたラムゼイ。それから詳細な作戦を決めるための軍議に移る。その際にラムゼイが施した仕掛けを明かした。

「この手紙なんだけどね。ダリル卿とヘンドリーには領境まで兵を進めてもらっているんだ」

「それは援軍を頼んだ、ということでしょうか」

「いや、違う。あくまでも領境まで兵を進めてもらっただけだ。名目は軍事演習ってとこかな」

このラムゼイの言葉にピンとこない二人。ヴェロニカも質問したは良いものの事情を飲み込めないでいる。しかし、グリフィスだけはその意図を汲んでくれたようであった。

「なるほど。考えましたな、大将」

「どういうことだ？　俺にもわかりやすく教えてくれよ」

「ヘンドリー卿もダリル卿もボーデン男爵領との境で軍事演習をするだけだが、向こうからしてみれば攻め込まれると思うわけだ。ということは当然守るための兵を割かなくてはならなくなる。そうなってしまっては各個撃破の的だ」

そう。ラムゼイはコステロ軍を分散させるためにアレコレと手を打っていたのだ。ラムゼイの読みではコステロ軍は多くて三〇〇だろう。両方に一〇〇ずつ割いてくれれば良い勝負に持ち込むことができると踏んでいるのだ。

別に自領内でどう兵を動かそうとその領主の勝手だ。文句は言われるかもしれないが所詮はその程度である。

「それであれば斥候を放ってコステロ軍の動向を逐一調べたほうが良いでしょうね」

「うん。そうだね、ボクもそうしたほうが良いと思う」

ヴェロニカの意見に賛成するラムゼイ。すると彼女はすぐさま斥候を北と南に放つ指示を出した。そして告げる。

「それでは我々も行動を始めましょう」

「できるだけ被害は少なくお願い。みんな生きて帰ってきてね」

こうして、ラムゼイ士爵軍単体でのデビュー戦が始まろうとしていた。

コステロは戦争の準備のために慌ただしく指示を飛ばしていた。ラムゼイから届いた宣戦布告状は既に原型を留めないほど破られている。

「兵数は？」

「三五〇名は。しかし、装備が揃っておりません」

「急ぎ四〇〇は集めろ。まずは装備よりも人手だ」

コステロが将軍であるトロットと軍議を開く。すると、トロットに装備が足りないと嫌味を言われてしまったのだ。お前がお金欲しさに売るから、と。そのトロットが続けて尋ねる。

「それで、ルドヴィグ＝フォン＝ガーデル卿には援軍を求めたのですか？」

「いや、求めていない。そう何度も助けを請えるか！　相手は格下だぞ！」

コステロはルドヴィグに助けてもらってばかりの現状を非常に憂いていた。彼ほどの人物であれば見返りなどなくとも援軍として馳せ参じてくれるだろう。

しかし、コステロはそれを良しとはしなかったのだ。これでも男爵という面子がある。他の貴族にそうそう借りは作りたくない。

「そうは言いますがね。向こうがヘンドリック辺境伯を伴ってきたらどうするんです？」

このトロットの意見は至極尤もである。自分の誇りとは関係なしに向こうは親分を引き連れてくる可能性はあるのだ。流石にそれは不味い。

「わかった。であればヘンドリック辺境伯の抑えをルドヴィグ卿にお願いするとしよう。どうだ。我々とラムゼイの小僧の一騎打ちならば負けないであろう？」

コステロはトロットに負けるはずないよな、と圧を掛けた。これには自信満々に答えるトロット。微塵も負ける気はしていないようだ。何せ兵数が何倍もあるのだ。負ける要素がないだろう。

懸念があるとするならば装備が末端の兵まで十分に行き届いていないことだが、精鋭五十名には充分な装備を渡すことができている。それであれば問題ないとトロットは判断していたのだ。

「まずはルドヴィグ卿に連絡だな」

そう呟くとコステロはスラスラと書状を認める。もう書き慣れたものだ。それがまた悲しくなってくる。そして、その書状を持たせて一人の兵を西に派遣したのであった。

王国歴551年8月27日

ルドヴィグは中庭にて兵士たちに交じり鍛錬をしていた。当主自らが一兵士と木剣を使って本気で立ち合っているのである。

「ぐあっ！」

「つぎぃ！」

そしてこれがまた強いのだ。既に盛りは過ぎた年齢ではあるが息一つ乱れていない。恐らく力の抜き方を知っているのだ。

そんな彼のもとに一人の伝令兵がやって来た。もちろんコステロが派遣した兵である。急ぎということであったのでそのまま中庭に通されることになった。

「こちら、我が主からの書状にございます」

兵士が跪いて一通の書状をルドヴィグに渡す。それを受け取ると直ぐに封蝋を割ってその場で読み始めた。彼の顔が段々と曇っていくのがわかる。

「また援軍の催促か」

そう呟くルドヴィグに対し、即座に訂正を入れる伝令兵。そう。今回、ルドヴィグにお願いしたいのは援軍ではなく牽制である。

「ふん。どちらも似たようなものであるが、牽制のほうがまだマシか。五〇〇……いや、三〇〇の兵を用意しろ！」

大声で号令をかけるルドヴィグ。周りの兵たちは手慣れたものである。文句ひとつも言わずに即座に出撃の用意をし始めた。

ここでルドヴィグに牽制を断るという選択肢はなかった。もし、コステロが潰れてしまったら東側を牽制する親帝国派の力が弱まってしまうからだ。

なので仕方なしにヘンドリック辺境伯領を牽制しに行くのだ。名目は領内での演習といったところだろう。領内で勝手に演習をする分には誰にも文句は言われない。

それであれば本格的な演習にしようと精鋭を三〇〇名連れていこうと考えていたわけである。しかし、その準備が整って今から出撃だというときにもう一人、コステロの伝令が走り込んできた。

「申し上げます！　ゴーダ平原にヘンドリック辺境伯の兵およそ三〇〇が布陣！　急ぎご出陣を！」

「ぬぅ……。やはり五〇〇だ！　五〇〇で辺境伯領との境まで進軍するぞ！！」

ルドヴィグの鶴の一声でさらに二〇〇の兵が準備を始め、先の三〇〇はルドヴィグ配下のホランドが率いて先発していった。

こうして、ルドヴィグもラムゼイとコステロの諍いに引き摺り込まれてしまったのであった。


ところ変わってヘンドリック辺境伯の領都であるヘンドスにあるダリルのお屋敷。そこでは主従が何やら相談をしていた。

「ダリル様、出陣のほうが完了しました」

「そうか。流石にガーデル伯爵が出てくるかな?」

「おそらくは」

アンソニーの報告を聞きながらワインを傾けるダリル。流石に一筋縄ではいかないと考えているようだ。とはいえ、ダリルは戦を起こす気など髪の毛ほどもない。なので、危なくなったら逃げ帰れば良いだけである。

「ロロ、上手くやれているかな」

「おそらくは。下を信じて待つのも上の務めにございますぞ」

「わかってる」

アンソニーの諫言を鬱陶しそうに手をひらひらと振るいながら払う。誰がなんと言おうともダリルはロロが心配なのである。

ロロはダリル配下の二十代半ばで気の優しい、それでいて思慮深い青年だ。ダリルが見初めて直臣にして早五年。徐々に頭角を現し、今回やっと一軍を任されたのである。

交戦させるわけではないが将としては初陣である。心配するなというほうが難しいだろう。そのロロから早馬がダリルのもとに届いた。

内容はいたって簡潔だった。ガーデル伯爵に動きあり。援軍求む。これだけである。この初陣という浮かれて無理をしがちな状況においても一歩引いて冷静に援軍を求めることができるあたり、流石は辺境伯の将である。

この要請にダリルは素直にゲオルグを派遣する。もちろん兵も一〇〇〇ほど連れて。これでダリルはガーデルと睨み合う形となった。

もちろん開戦するつもりはない。つもりはないが、向こうがその気だった場合、負けてしまう。十中八九、負けるだろう。そうしないために、ゲオルグを派兵するのだ。

「さてラムゼイ。ここからどうする？」

ダリルは愉快そうな顔をしながら各地にはなった斥候の報告を待つのであった。

王国歴551年8月28日

「急報！　南のドミニク子爵が兵をこちらへ差し向けております！　その数は二〇〇！」

早朝。やっと空が白み出したという頃、コステロのもとに一人の伝令が飛び込んできた。

コステロは遅くまでラムゼイ軍の対応と村の復興の両方に対応するため、書類とにらめっこをしていたのだ。そして、今しがたようやくベッドの中に潜り込んだばかりである。

だというのに最悪な目覚め方をさせられてしまったコステロ。寝起きで働かない頭を無理やり覚醒させるが如く水を一気に飲み干すと、再び伝令の報告を聞き始めた。

「ドミニク子爵が出陣してきたのだな？　それは子爵本人が？」

「いえ、軍を率いているのは息子のヘンドリーだということです。現在、真っ直ぐ我が領との境に進軍しております」

「領を越えてはいないのだな？」

「はい。越えてはおりません」

正直、コステロはヘンドリーのことを快く思っていなかった。というのもヘンドリーにはモスマンと共に一杯食わされた苦い経験があるからだ。

このヘンドリーの進軍をどう捉えるべきかコステロは考えあぐねていた。ラムゼイに呼応したのだろうか。その可能性もありえなくはない。

「ラムゼイ軍はどうなっている」

「はっ！　一〇〇名の兵が真っ直ぐ領都のボスデンに向かっているとのこと」

相手は士爵。頑張って兵を掻き集めても一〇〇が限界だ。それであれば倍の二〇〇でもって当たればほぼほぼ負けることはない。

「まずは兵を一〇〇名だけ南のドミニク領方面に向かわせよ。だが、こちらからは決して攻め込むな。近くにコスタ砦があったな。そこに籠り、なんとしてでも死守させよ」

これで攻め込まれたとしても守りきれるはずである。北にルドヴィグの五〇〇名とコステロの一〇〇名、南はコスタ砦に一〇〇名。そしてラムゼイ軍には二〇〇名で対処。これで問題がない。はずであった。

しかし、ここでコステロを悩ますある問題が一つ浮上したのである。

「承知しました。こちらは誰に率いてもらいましょう」

そう。率いる将がいないのだ。二〇〇の本体は将軍のトロットと、その彼の副官で百人長のカバロが率いている。北に向かった一〇〇を率いているのもボーデン男爵軍の百人長であるカチョ人だ。

本来であれば百人長のヴェロニカに軍を率いてもらって南で籠城してもらうことができたのだが、生憎ともうヴェロニカはコステロのもとにはいない。

かといって将なしで兵だけを砦に入れようものなら、何もできず直ぐに壊滅するだろう。となると無理やりにでも将に率いてもらわなければならない。

「仕方がない。副官のカバロを呼び寄せ、彼に率いらせてコスタ砦に籠れ」

「はっ。急ぎそのように伝えます」

伝令が部屋を飛び出していく。彼の足音が遠ざかっていったところでコステロは再びベッドに倒れこんだ。

ヴェロニカ率いるバートレット軍一〇〇名はベバリー山を越えて真っ直ぐにボーデン男爵領の領都であるボスデンへと向かっていった。

しかし、そのまま通してくれるはずもなく、先行させていた偵察部隊から領都前にトロット率いるボーデン軍二〇〇が布陣しているという知らせが入った。

おそらく、兵を北の辺境伯と南の子爵に割いているため、これだけ少ない数になっているのだと予想ができる。しかし、北側はガーデル伯爵軍と合流するとすぐに戻ってくるだろう。

「さて、どうしようか。このままぶつかっても兵力差で勝ち目がないぞ」

口火を切ってそう言ったのはダニーである。ただ、ヴェロニカはその言葉には答えずに偵察兵からさらに詳細な情報を聞き出していた。

「敵の大将は？」

「兵を率いているのはトロット将軍とのことです」

「相手の装備の状況は？」

「皮鎧に兜、それから長槍を装備している者が多数です。ただ、装備にはばらつきがあります」

「弓兵は？」

「後方に十名ほど。数は多くありません」

「わかったわ。ありがとう」

そういうと少し考え込むヴェロニカ。それにつられてダニーもグリフィスも黙り込んでしまった。三人の中を風が駆け抜け草木が揺れる音がする。

「あー、まず確認なんだが先鋒はグリフィス隊で後詰がヴェロニカ隊。んで俺が遊撃で良いんだよな？」

この沈黙に耐えきれなくなったダニーが口火を切って言葉を発する。これには「ああ」とグリフィスが手短に反応した。

「じゃあよ。そのまま突っ込めば良いんじゃねえか？　こう、魚鱗の陣だっけ？　っていうのを敷いてさ。装備の差で勝てるだろ」

ダニーはラムゼイから習った陣形を手近な棒を使って地面に描く。

「あのな、戦はそう簡単じゃないんだ。お前は少し黙ってろ」

ダニーはグリフィスに窘められてしまった。しかし、それをフォローする者がいた。ヴェロニカだ。口を閉ざしていたヴェロニカがようやくその重たい口を開いた。

「いや、案外それもアリかもしれないわ。もちろん、装備の性能に頼って突撃するのは愚策としか言いようがないけど」

それからヴェロニカを中心に色々と軍議を進めた結果、三人の隊は配置を変更した。まず、グリフィス隊には近接戦闘に強く体力のある兵を四〇名。それらを重装備にして配置。

それからヴェロニカとダニーは弓の得意な兵を三〇名ずつ。そして身を潜めるのに最適な場所を求めて周辺の地理をくまなく調査し始めたのであった。

◇

トロットは苛立っていた。然もありなん。朝起きたら副官であるカバロがいなくなっているのだ。聞けばコステロの命令で南の防備に当たったとのこと。しかも大量の弓矢を持ってである。

気持ちはわかる。砦に籠る以上、弓矢は必須だ。だがそれで本陣が手薄になってしまっては本末転倒というものだろう。

「ラムゼイ軍の動きはどうだ？」

「はっ。こちらに向かってきております」

「そうか。じゃあこのまま前進してドード丘の上に陣取るぞ」

トロットは大きく溜め息を吐いた。副官がいなくなったということは、全て自身で差配しなければならないのだ。流石のトロットも隊を二つに分けて両方を操るなどという芸当はできない。

兵を前進させて領都ボスデンのすぐ近くにある小さな丘の上に陣を張った。高所を取るのは兵法の基本である。

そこから東を眺めると向かってくる一つの兵団が見えた。数は五〇ほど。旗には片刃の剣に蛇の紋章が描かれている。

「来たぞ！　配置につけぇ!!」

この時、トロットは想定よりも敵兵が少ないことを危惧していた。少ないということは兵を潜めたか二手に分かれたかのどちらかである。前者だった場合は深く踏み込まなければ良いだけだが、後者だった場合は他の町村が危ない。

それから目の前の兵を見た。全員が厚い皮鎧に大楯、兜に槍を持っている。完全武装の重装備だ。トロットは残りの兵の行方を思案したいところだったが、それを許さないのがグリフィスである。

「俺はバートレット軍の将、グリフィスだ！　主命により潰させてもらう！　掛かれぇ!!」

「ちぃっ！　応戦しろ！　矢を惜しみなく使え！　丘の中腹まで来たら駆け下りて一気に畳み掛けるぞ！」

グリフィスは口上を述べて全軍で突撃してきた。これにトロットも応戦する。流石に数が優っているトロットが優勢のようだ。グリフィスは「退けぇ！　退けぇ！」とにべもなく逃げ帰ってしまった。

これにはグリフィスの誤算が一つあった。重装備をさせた兵が勢い良く坂道を登れないのだ。挙げ句、弓兵たちの良い的になってしまったのだ。弓兵の数が多ければあっという間に全滅していただろう。

幸い、装備を着込んでいたのと弓兵の数が揃っていなかったために致命的な傷にはならなかったが、このままでは勝負にならないと判断したグリフィス。

結果、一当てだけして槍も大楯もその場に捨てて必死の形相で逃げ帰る羽目になってしまったのであった。これに気を良くしたトロットが追撃の指示を出した。

「奴らのケツを突き刺してやれ！」

この勢いに乗ってグリフィスの後を追うトロット。しかし、途中である違和感を感じていた。この撤退があまりにも統制が取れ過ぎているのである。

長年に渡って将の座にいるトロット。もちろん経験もそれなりにある。敗走する兵というのは一方向ではなく、もっと散り散りに逃げ散るはずなのだと考えていた。

つまり、この先に何かがあるのだ。そう考えたトロットはすぐさま兵に静止の指示を出した。

出したのだが、それに反応したのは一五〇ほどの兵だけであった。残りの五〇はトロットの指示も聞かずにグリフィスのお尻を追いかけている。

これは何もトロットが指示を出したのではない。というのもこの五〇の兵、コステロが無理やり集めただけの寄せ集めの衆だったのだ。初陣ということもあり、頭に血が上っている彼らにトロットの指示は届いていなかった。

そのまま直進していった新兵五〇名は茂みの中に伏兵として潜んでいたダニーとヴェロニカに挟まれ、弓で全滅にまで追い込まれてしまったのであった。

そう。この兵を潜ませるためにヴェロニカたちは周辺の地理をくまなく調査していたのだ。

この結果、兵力を大きく削ることに成功はしたがトロットに大打撃を与えたというほどではない。左翼にヴェロニカ、右翼にダニーが展開している。そして敵を殲滅する勢いで矢を放っていった。もう戦意はないだろうが手を休めることはない。

これでバートレット軍は五名が戦線を離れ、ボーデン軍は五〇名が討ち取られたのであった。兵数差は詰まったとはいえ、まだボーデン軍のほうが優勢だろう。

トロットにもう少し戦闘前に敵兵の数が少ない理由に対して考える時間があれば、あるいは相談できる副官がいればこの惨事は防げただろう。しかし、そのどちらもなかったためにこうなってしまったのである。所詮は貴族の従士上がりの将だ。

ここから仕切り直しの二回戦目へと突入することになる。これに焦ったのはバートレット軍のほうである。なにせもたついていると南北からトロットへ加勢があるかもしれないのだ。

「ここは力で押していく。向こうに弓兵が少なく、こちらには多い。装備もこちらのほうが充実している。グリフィスが前に展開して頂戴。私とダニーの部隊で刈り取るわよ」

二人は二つ返事で応える。グリフィスは自身の部隊に武器を供給すると静止しているボーデン軍に勢い良く突っ込んだ。両脇から雨のような矢が降ってくる。ここからは総力戦だ。

これは泥沼の戦いと言っても過言ではなかった。ただ、明暗を分けたのは弓と将の数だろう。トロットの指示は悪くなかった。ただ、部隊を三つに分けて事細かに指示を出すのはいくら何でも難しい。

「弓兵は右翼の敵を狙え！　中央だと同士討ちが起きる可能性がある！　それから兵を五〇ほど分け

て左翼の弓兵にぶつけろ！　易々と弓を打たせるな！　ダメだ。右翼にも三〇ぶつけろ！　ばかもん！　弓兵と連携を取らんかっ！」

これに対し、各々がその場で的確に判断をしていくバートレット軍。これによりじわじわと兵力差を縮ませていく。

「こっちに五〇もきてるぞー。後退しつつ敵兵を削いでいくぞ。何、三〇で五〇を倒せれば十分だ」

「中央で死守だ！　死なないことを第一に考えろ！　戦況は両翼の弓兵が変えてくれるぞっ！」

「こちらに向かってくる敵三〇を敵弓兵との射線に入れるよう後退！　それから近づいてくる兵を減らしてくわよ！」

最初に戦況が大きく動いたのはヴェロニカの部隊であった。ヴェロニカ隊三〇に対し、トロットは弓兵を一〇、槍兵を三〇の合計四〇を当てて対策とした。

しかし、ヴェロニカの後退が上手かった。相手の射線上に敵の槍兵を入れながら後退していたいのだ。

ボーデン軍の弓兵は射線上に味方がいるため射ることができない。そしてヴェロニカはゆっくりと後退しながらも矢を放ち続けて迫ってくる三〇名の敵兵を殲滅した。

それからさらに兵を二分割して一方をボーデン軍の弓兵に。そしてもう一方をグリフィスの援護に回すため中央の側面に回り込ませて矢を放ち続けた。

「射って射って射まくれ！　勝利はもう目の前よ！」

これに呼応するグリフィス。中央は若干の兵数差があったため、耐えに耐え忍んでいたがヴェロニ力の援護で反撃の機会を得ることができた。これを逃すわけがない。

「左から崩すぞ！　俺が右を守る！」

この戦の命運を分けたのは前に出ることができるかどうか、つまり己が主君に対して命を賭けることができるかどうかだろう。

バートレット軍の三人にはそれができ、ボーデン軍のトロットにはそれができなかった。とはいえ一軍を預かる将である。

「くっ！　退くぞ！　撤退ぃー!!」

引き際の判断と手際は見事という他なかった。バートレット軍の両翼の弓兵をどうすることもできない以上、勝ち目がないと判断したトロットは被害の拡大を防ぐべく撤退の判断を下したのだ。

なんとか勝利を収めたバートレット軍ではあったが、グリフィス隊の被害が激しく、この戦いで全軍合わせて二十八名の死傷者を出してしまった。これで合計の被害は三十三名だ。

ただ、ボーデン軍はこれ以上の九十六名の被害を出しており、残っているのは五十余名となっている。ここにきてようやく兵数差を逆転することができた。

「よし！　このまま攻め込むわよ！」

「待て待て。まずは兵に一息いれさせろ」

逸るヴェロニカを抑えグリフィスが兵に休息を与える。どうやら今度は彼女が頭に血が上っているようだ。このまま攻め込んでも勝てる気がしない。もちろん三人も身体を休ませながら領都の攻略に考えを巡らせていた。

「それでどう攻める？」

「そうね。堅実に行きましょ。まずは様子を窺いながら一つの門に集中攻撃してみるのはどうかしら」

「そうだな。流石に情報がねえから行き当たりばったり感は否めないがスピード重視だな」

ダニーの問いに答えるヴェロニカ。そしてその案に追従するグリフィス。兵に休息と補給を済ませた彼らは領都ボスデンを目指してまっすぐに進軍していった。

ボスデンでも最後の激しい抵抗があるに違いない。三人は心の中でそう考えていた。しかし、実際はそこまで激しい抵抗がされなかったのだ。

というのも、このトロット。先の敗戦でコステロを見捨て、兵をまとめて西へと逃れていたのだ。どこへ行くかは思案中だが将と兵であれば拾う神も出てくるだろう。何よりトロットにはコネがある。

トロットが逃亡したとは知らないコステロは彼の帰還を今や遅しと待っていたのだが、やってきたのは片刃の剣に蛇の紋章旗を掲げた奴らである。この時のコステロはこの世の終わりを見た顔をしていた。

「じゃあ一番近いあの門をこじ開けましょうか」

「「応！」」

「全軍、突撃！」

ヴェロニカの号令でボスデン攻略戦の火蓋が切って落とされたのであった。

「さーて、この辺で良いかな？」

一方そのころ、ヘンドリーはドミニク領とボーデン領の境に立っていた。ボーデン軍がコスタ砦に籠っているのが見える。彼らはとても緊張した面持ちだ。

「あーあ。あんなにガッチガチに守りを固めちゃって。表情もガッチガチじゃないか」

ヘンドリーの目的は時間稼ぎだ。戦をすることではない。なので、使者を立てることにした。ヘンドリーが会って話したいという旨を伝えるために。

コスタ砦を預かっているカバロはもちろん二つ返事で快諾した。こちらもこちらで兵を率いてきた理由を問いただしたいところだろう。

ヘンドリーがやってきて最初に行ったことは昼食を摂ることであった。それもたっぷり一時間。その姿をじっと見つめるコスタ砦のボーデン軍。おかしな構図である。

それから衣服を整えてから護衛を数名連れてコスタ砦の前まで進み出た。もちろん中には入らない。そのほうがお互いのためである。

「私はボーデン軍のカバロと申す。このコスタ砦を預かっている者だ」

「こんにちはー。ヘンドリー＝ドミニクです」

気の抜けた返事を返すヘンドリー。どんな時もいつでも平常運転が彼のモットーだ。それに困惑しながらも質問を重ねていくカバロ。

「貴公らは何故、我が領を脅かす!?」

「え、別に何もしてないよ。だってボクたち、ここに演習に来ただけだし。勝手にそっちが勘違いしたんでしょ」

確かにヘンドリーは領境に近づいたとはいえ、ボーデン領を脅かすことは一切していない。ラムゼイに呼応して襲ってくるのではないかとコステロが警戒したのだ。

ただ、警戒するなというほうが無理である。何せヘンドリーはコステロと仲違いしたモスマンと懇意にしているのだから。

「じゃあ、ドミニク子爵家はこちらに攻め込む意思はない、と？」

「うん。今のところは、だけどね」

そう言われると撤退するにできないカバロ。しかし、ヘンドリーの父であるイルマ＝ド＝ドミニクがいつ心変わりするともわからない。

これでは埒が明かないとカバロは質問を変えてヘンドリーの言に間違いはないのだ。

それはそうだ。自分とこの場にいる兵一〇〇名の命が掛かっているのだから。

「貴公らはラムゼイ＝バートレットの味方か否かお答えいただきたい！」

「んー。味方と言えば味方、になるのかなぁ。いやー、実を言うとお金で買われたんだよね。ここで演習をやってくれって。ほら、ドミニク家はお金さえ払ってくれれば何でもするから」

あっけらかんと全てを暴露するヘンドリー。口止め料は貰っていないということだろう。ヘンドリーとは対照的に慌てるカバロ。

何故なら彼には見えていたのだ。ラムゼイが描いた絵の全貌が。つまり、まんまとラムゼイの策に嵌り彼らはここまで出兵させられてしまったのだ。その目的はただ一つ。

「い、急ぎ帰還するぞ！　本陣が危ない！」

「あれー。もう帰っちゃうの？　その砦、いらないならボクが貰っちゃうよ？」

ドミニク領を睨んでいるこの砦は彼らにとっては目の上のタンコブと言っても良いだろう。それを奪取できるのであればヘンドリーにとってもこの上ないことである。

ラムゼイとの約束の中には『ボーデン男爵領に侵攻してはならない』という約定はない。つまり、ヘンドリーが領地を切り取っても文句は付けられないのである。

これに困ったのはカバロだ。急ぎトロットのもとへと駆け付けたいが砦を離れるとここをヘンドリーに奪取されてしまう。

「それはボーデン家と敵対するということでよろしいかっ！」

「いいよ、別に。逆に聞くけど貴方はドミニク家と敵対できるの？」

この言葉に青ざめるカバロ。だがこれはヘンドリーの脅しであり罠でもある。ここでの正解は砦を放棄してトロットの援護に駆けつけるであった。

ラムゼイとの戦が終わった後に砦を奪取したヘンドリーに対して抗議すれば良いだけであり、何も今ずっとこの砦を死守していなければならないわけではない。

対するヘンドリーは余裕の表情である。この戦、ラムゼイが勝とうがコステロが勝とうがどちらでも良いのだ。もしラムゼイが勝った場合だが、ラムゼイとの約束した報酬とこの砦を奪取して戦果は充分。

そしてコステロが勝った場合だが、おそらく砦を奪取したところに難癖をつけてくるだろう。しかし、ボーデン領に二連戦を仕掛ける体力は残っていないはず。つまり、この砦一帯を実効支配できてしまうのだ。

なんなら困窮しているコステロに端金《はしたがね》を握らせて金で黙らせてしまえば良い。コステロも理と利で判断すればそうするしかないとわかるはずだ。

流石は商人。この戦で労せず益を得ているのはヘンドリーなのかもしれない。

そしてカバロが選んだ選択は中途半端なものであった。七〇の兵を残し、三〇の兵を援軍としてトロットのもとへと向かわせるというものである。

一見すると良策に見えるだろう。彼我の戦力差から守り切れる人数を割り出し、余剰分を援護に派兵する。しかし、兵を分けたことによって各個撃破の隙が生まれるのだ。

先にトロット率いるボーデン軍と合流できれば上策、先にバートレット軍に見つかれば愚策の中の愚策に変わり果てる。果たして、その結果は如何に。


「おい！　まだ門は開かないのか!?」

場面戻って、ボスデン攻略戦。

ダニーが大きな声で叫ぶ。領都のボスデンには数えるほどの兵しかいないが一般の領民たちが協力して街を守っており、なかなか門が開かないでいた。

このボスデンには老若男女問わず二千の領民が住んでいる。その働き盛りの男手が加わったとなれば訓練を受けていない兵とは言え抵抗は激しくなるのは必定だ。

これに痺れを切らしたのが誰であろうヴェロニカであった。その彼女から思わぬ言葉が口から飛び出し、ダニーとグリフィスは思わず振り返った。

「火矢を放て！　必ずこの街を占領するわよ！」

大将に任命してくれたラムゼイに対する行き過ぎた忠誠とコステロに対する今までの不遇の恨みがヴェロニカの心にも火を灯してしまったのだろう。

ヴェロニカはなんとしてでもボスデンを攻略しなければならないと思っている。それでないとラムゼイにも見放され、またしても不遇の扱いを受ける恐怖と彼女は戦っているのだ。

ラムゼイは男女問わず才あるものであれば相応の地位を持って迎え入れる。しかし、他の諸侯はどうだろうか。それゆえ必死なのだ。彼女も。

兵は彼女の指示通りに火矢を街中に放ち始めた。すると段々とごうごう音を立てて門の中が赤く染まっていくのがわかる。これで幾分かは楽になるはずだ。

「領主様。あちこちで火の手が上がっております！」

「……止むを得ん。領民たちは荷を纏めて逃げさせよ。反対側の門を開けて皆を逃がすのだ」

火の手が上がると同時に決断を迫られるコステロ。そして彼が下した判断はもっとも人道的な判断であった。領主の鑑ともいえよう。

コステロは趨勢は決したと諦観していた。トロットが戻って来ず、代わりにヴェロニカがやって来た時点でそのことを深く理解していたのだ。我々は負けたのだ、と。

ここまでくると一発逆転ができるのは宝くじで一等を当てるよりも薄い可能性でしかない。となれば最後は貴族らしく散るだけである。

既にコステロの妻は子を連れて帝国へと帰って行ってしまっていた。置手紙を一枚だけ残して。もうコステロには失うものは何もない。

「残る兵士は我と共に来いっ！　皆を逃がすために華々しく散ろうではないかっ!!」

「「「応っ！」」」

ヴェロニカたちが門を破ると同時に襲い掛かるコステロ率いる兵。先陣を切っていたグリフィスも流石に意表を突かれてしまった。が、すぐに立て直して応戦する。

多勢に無勢。コステロたちが劣勢であった。しかし、ここである種の奇跡が起こったのだ。バートレット軍の後方にボーデン軍三〇名が現れたのだ。カバロの送った援軍である。

すぐに状況を理解した援軍はバートレット軍のお尻に思い切り噛み付いた。意図せず挟撃の形となったのだ。即座に対応するヴェロニカ。

「くっ。ダニー。後ろからのヤツらをお願い！　私とグリフィスは前を突破するわよ！」

「ちょ、マジかよ」

ダニーは反転して三〇名の突撃を受け止める。想定していなかっただけに相当な被害が見込まれそうである。もう敵味方入り乱れての白兵戦である。

ダニーがなんとか敵兵を押しとどめている間、グリフィスとヴェロニカがコステロを追い詰めていた。ここでも将の数差が出てしまった。

ヴェロニカがコステロに勢い良く斬りかかると、それを目の端で見ていたグリフィスは、ヴェロニカが率いていた兵も自部隊に組み込んで的確な指示を飛ばしていく。

「久しいな。ヴェロニカよ」

「何を白々しい！　私と兵を見捨てた癖に！」

コステロにだって言い分はある。領主たるもの常に選択を迫られるのだ。大多数のために少数を切り捨てるか、それとも少数のために大多数に無理を強いるか。

少年漫画やおとぎ話の英雄のように全てを包み込むことはできないのだ。

コステロは多少の剣術ができるとはいえ、あくまで領主。本業には敵いっこない。それに加えて最近は机仕事に従事して身体を動かすことをおろそかにしており、加齢という問題もある。

息が上がってきたコステロは剣を握る握力もなくなってきた。無情にも次々と放たれるヴェロニカの連撃。そしてはじけ飛ぶ剣。

「ふぅ、やはり、敵わんな」

一息入れてそう呟く。どうやらここまでらしい。もう戦は終盤に差し掛かっており、コステロの負けが決定的となっていた。思わず目を閉じる。

「さようなら」

リンと鈴が鳴るような美しい声、それが、コステロの聞いた最後の言葉であった。

ヴェロニカ率いるバートレット軍勝利の報は直ぐにラムゼイのもとへと届けられた。それを聞いたラムゼイは僅かな手勢を率いてボスデンへと向かう。

「ご主人様！　まだこの辺は危ない可能性があります。自重ください！」

「ああ」

ヴェロニカが目敏くラムゼイを見つけるとこちらへと走り寄ってくる。彼女の諫言もラムゼイには届いていなかった。それはラムゼイが目の前の光景に驚きを隠しきれなかったからだ。

焼け落ちた家に漂う焦げたにおい。そこは本当にボーデン男爵領の領都だったのだろうか。ラムゼイに気が付いたグリフィスとダニーも近寄ってくる。

「ほらよ。死体もみるか？」

グリフィスがぞんざいに剣を投げてくる。おそらくコステロが使っていた剣だろう。ラムゼイはそれを受け取ると首を横に振った。

「いや、いい。それよりも報告をお願い」

ラムゼイはまず、ボーデン男爵領にある村すべてに伝令を送った。戦が終わったことと乱暴狼藉を働かない旨を伝えるために。それから三人から報告を受けることにした。

三人を一人ずつ呼び出して報告を聞く。これは客観的に報告を受けるための処置だ。そして、その報告は目を覆いたくなる内容であった。勝ったは良いもののバートレット軍の生き残った兵は二〇にも満たない。

ラムゼイは完全に読み違えていた。ヴェロニカの気持ちを汲んだつもりだったのだが、それが裏目に出てしまったようだ。これは彼女の責任ではない。読み間違えたラムゼイの責任である。

「ひとまず帰ろう。みんな、そしてヴェロニカ。よくやってくれた。ありがとう」

残った兵を纏めて砦へと戻るラムゼイ。心身ともに疲れたであろうヴェロニカを彼女の自室に押し込み男三人で会議を開く。

「二人とも済まなかった。これはボクの判断ミスだ」

「いや、俺らのせいでもある。諌めなきゃいけない立場だったのにそれができなかった」

ボスデンの街を焼いてしまったのは完全に悪手だ。ラムゼイだけではなく、グリフィスもダニーもそのことは理解していた。

あの乱戦の中、彼女を止めることができなかった。それを悔やむ二人。そこにラムゼイを加えた三人は彼女の心を蝕む闇を垣間見た気がしていた。ボーデン軍ではそれだけ不遇な扱いをされていたのだろう。

彼女含めバートレット軍の将三人は自身が主導した戦はこれが初めてである。全員が経験不足なのだ。

「とはいえ、もう起きてしまったことだ。なんとかしないと」

領都であるボスデンを焼いた以上、ボーデン男爵領で暮らしていた人たちのラムゼイに対する憎悪というものは一入《ひとしお》だろう。

このままではバートレット領に組み込むこともままならない。そしてラムゼイはこれで諸侯に悪評が広まると思い込んでいる。領都を焼く田舎の成り上がり者と。この辺り、ラムゼイは前世の感覚が抜けていないのだ。

そして兵も八割以上を失ってしまった。今まで時間と労力をかけて鍛えてきた兵が全て無になってしまったのだ。これもラムゼイを悩ませる充分な要因だ。

「何とかしなければ」

試合に勝って勝負に負けるとは正にこのことだろう。

二人を下がらせて休息を取るよう命じた後、ラムゼイは生き残る方法を一人で一昼夜を考え抜き、静かに筆を執るのであった。

◇

「失礼します」

「失礼しますわ」

「失礼しまーす」

三者三様の言葉をかけて入室してくる。入ってきたのはリヒトとパメラ、それからパーシーであった。それから直ぐに跪く。

「首尾はどうであった？」

そんなに広くはない部屋の中央やや奥よりにある机で励んでいる男がそう尋ねる。目線は机の上に置かれている資料に落としたままではあったが。

男の後ろには大きな窓があり開放感は充分だ。ただ、今の時間だと逆光で男の姿はシルエットしか映っていない。

「はっ。概ね閣下の思惑通りかと。ただ、モリス陣営の兵を減らすことには成功しましたが、イグニス陣営には然程ダメージはないかと。自国内での内乱ですので王国には傷が残っているのは確かです」

「ふむ。そうか」

報告を受けた男性の眉一つ動かない。自分で振った割にはこの話に興味はないのだろう。それからリヒトが言葉を続ける。

「私が愚考しますに王国への侵攻はまだ時期尚早かと」

「ほう。何故そう思う？」

このリヒトの言葉に対しては口元が僅かに上がった。どうやら少し興味が出てきたようだ。リヒトも自身の考えを述べていく。

「マデューク八世の命は長くないでしょう。そうすれば王弟と王太子とで世継ぎ争いが起きるものと。この両者を争わせれば王国は疲弊し容易に併合できましょう」

「確かに。だが、流石に王国も馬鹿ではあるまい。そろそろ国王が世継ぎを定めるやもしれんぞ？」

「それはあるかもしれません。しかし、どちらが選ばれようとも選ばれなかったほうは納得しないでしょう」

「そうだな」

男は短く同意する。それを聞いたリヒトの肩からふっと力が抜けた。しかし、油断はできない。次に聞かれることはわかっている。今じゃないのであれば何時が良いか、である。リヒトは聞かれる前に先んじて答えた。

「国王が崩御して両陣営がぶつかり一年後が最良の時と存じます。なんなら選ばれなかったほうに肩入れしても良いかと。具体的には五年後を想定しております」

「それまではどうする？」

「我々の西に位置するマフレード朝ペリジャムを制圧しておくのが良いでしょう。代替わりしたばかりなので、ここで安定政権を築かれると厄介です」

「言い分はわかるが我々の台所とて裕福なわけではないぞ。だが、まあわかった。検討して上にあげておこう」

そう言うとリヒトは一礼して一歩下がった。男が次に話しかけたのはパメラに対してである。どうやらこの二人も浅からぬ仲のようだ。

「パメラ、あの薬はどうであった？」

「はい閣下。充分な効き目でしたわ。嗅がせるだけですごく元気に襲ってくるものですからビックリしちゃいましたけど」

「あまり使い過ぎるな。依存性が高いから不審がられる確率が上がってしまう」

「ええ、承知しておりますとも。奴隷で何度も試しておりますから。次はどこへ行けばよろしくて？」

「いいや、今は動かなくて良い。東には当分行けぬからな」

「じゃあ私は手駒を増やしておきますわ。送り込むための若い子女を用意して頂戴」

「わかった。手配しておこう」

男のその回答を聞くとパメラは満足そうな表情を浮かべて恭しく一礼をしてから下がる。次は自分の番だとパーシーは呼ばれてもいないのに前に進み出た。

「どうかしたのか、パーシー？」

その様子を見た男はできる限り優しくパーシーに尋ねる。ただ尋ねただけだというのにパーシーの顔色が見る見るうちに曇っていった。これには流石の男も少し慌てている様子が窺える。

「私には何もないの？」

「いや、あるぞ！　もちろんではないか。それはだな、その――」

「やっぱりないんでしょ？」

「いや、そんなことはないぞ」

本当はなかった。正直に話すとパーシーまで連れていく必要はなかった。彼女の役割は諜報や間諜として動く際に人目を欺くための要員である。もちろん、行く行くは一角の人物に育て上げるつもりなのだが、強く出ることができない。お偉方の娘なのだ。

今回は本人の強い希望もあってリヒトに同行することを許可したが男としては無茶なことはして欲しくない。一歩間違えたら自分の首が物理的に飛んでしまう。

「どうだ。楽しかったか？」

「うん！　とっても楽しかったよ！」

「そうか。いずれはパーシーにも同じような仕事を頼むだろう。準備しておいてくれ」

「うん！」

パーシーは満足そうに大きく頷くとリヒトのもとへと寄っていった。胸を撫で下ろす男。

とにかくこの男の中で次に攻めるのはマフレード朝と決まっていた。リヒトの意見は正しい。

「みな、今回はご苦労だった。また忙しくなる。今はゆっくりと休んでくれ」

「はい」

「はぁい」

「はーい」

入室と同じく退室の時も三人はバラバラに返事をする。男はそれを見送った後、グラスに注がれている水を呷る。帝国にも新たな風が吹こうとしていた。

バートレット英雄譚

第四章

王国暦551年8月30日

ラムゼイ率いるバートレット士爵領がボーデン男爵領を武力にて制圧する。それも領都を焼いて。各領ではこの話でもちきりであった。ダリルはその報を聞くなりロロを旧ボーデン男爵領へと進軍させた。表向きは兵が足りていないラムゼイたちの援護だが実情は領土を実効支配するためである。

こうしてダリルはボーデン男爵領の北部二割ほどを獲るため、この地に砦を築き始めた。ラムゼイにはこれを止める術はない。なんとも強かな男である。

「いやあ、彼は有能だね。もう少し太らせて良い手足になってもらうとしようか」

「全くですな。こうも短期間で男爵領を落すとは思いもよりませんでした」

それと同時にヘンドリーもコスタ砦を占拠。そしてそのままカバロたちまで抱き込んでしまった。彼の才にも目を見張るものがあるだろう。

「彼と友達で良かったよ。これでボクたちのドミニク領ももう少し潤うというものだね」

乱世とは非情なものである。ただ、捨てる神があれば拾う神があるというのもこの世の常。意外なところに意外な手紙が届いた。

ある男が手紙を手にしていた。封蝋を割って中を読み進める。全てを読み進めるとその書状を携えてこの部屋を後にし、そのまま手紙を持って登城する。

「失礼します」

「おお、おはよう、ルーゲル卿。今日も早いな」

「おはようございます、シーモア卿。こちらを拝見いただきたいのですが」

そう言って届いた手紙をシーモアと呼んだ男性に手渡すハンス＝ルーゲル。このシーモアという男こそ現在のハンスの上司であり、王より内務卿の位を賜っている男である。

内務卿とはマデューク王国での位である。宰相の下で主に内務に励む役職で、内務の長といっても過言ではないだろう。

年はハンスよりもやや上といったところだろう。シーモアのほうがふくよかで柔和なのが印象的だ。

なによりも士爵という下級貴族や下級官吏にも分け隔てなく接すると評判の名臣だ。

ただ、彼自身は侯爵位であり由緒あるシーモア侯爵家の当主だ。フルネームはディーン＝リー＝シーモアである。その彼が一通の手紙を手にして城内を駆ける。もちろんハンスを連れて。

トントントン。

城内でも頂上付近に位置する部屋の戸を叩く。中からは粘っこい声で「誰だ？」と尋ねる声に答えるディーン。

「ディーン＝リー＝シーモアにございます」

「入れ」

先ほどとは違う声が入室を許可した。しわがれた、声を出すのもやっとという声だ。そしてディーンが話したいほうの人物でもある。

「失礼します。陛下」

そう断りを入れてから中へと入室する二人。ハンスは固まって木偶人形と化していた。中にはベッドに横たわっている老人とその傍に侍るように控えている一人の男がいた。侍従のヤンだ。

「どうしたのだ。内務卿」

「はっ。一通の書状が届きまして」

その内容を要約して伝えるディーン。その書状の差出人はハンスの息子のラムゼイ＝バートレットであった。彼が父親に当てた手紙だ。その内容というのが意外なものであった。

陛下と中庭にて約束した通りにボーデン男爵を打ち倒したこと。それからボーデン男爵領を陛下に献上すること。そして預かっていた王笏をお返しすることが記載されていた。

「ふん。あの小僧め。余の冗談を真に受けおって」

そっぽを向きながらそう呟くマデューク八世。しかし、その表情は心なしか嬉しそうであった。

「陛下。こちらの約束というのは事実で？」

「事実じゃ。何、イグニスの祝宴時に会ってな。まさか本気にするとは思わなんだ」

「それで、こちらは如何されます？」

「小僧を呼び寄せよ。余自ら褒美を授ける。余にも焚き付けた責任があるでな」

「はっ。して、褒美というのは」

「そうじゃな。余の命を達したのだ。爵位を一つ上げてやれ。それから褒美じゃ。王家が吝嗇《りんしょく》だと思われては癪じゃからな」

そう言うと地図を要求するマデューク八世。それからディーンやハンスの力を借りてバートレット領の位置を確認する。その地図はまだ更新されておらず、ルーゲル領のままであった。その事実がハンスの胸を突く。

「ここか。おお、横に王国直轄領があるではないか。それをくれてやれ」

その領というのはバートレット領の広さの二十倍である。破格の報酬といっても過言ではない。しかし、こんな暴挙に出るのには理由があった。

マデューク八世はわかっていた。自身の命が長くないことを。その後、息子や弟に好き勝手されるくらいなら自身が存命中に好き勝手しようとしていたのだ。

しかし、そうそう上手く行かないのが世の常。それをやんわりと拒絶したのは侍従として侍っているヤンであった。

「いけません陛下。そのようなことをされては他の領との諍いの種になるだけにございます。嫉妬に狂ったヘンドリック辺境伯が彼に襲い掛かりましょうぞ」

ヤンの言い分は一理あるだろう。野心家であるダリルが身近にいるのだ。ラムゼイが広大な領地を持っているとなれば彼をはじめとする上級貴族からは良い餌としか思われないだろう。

「安心してください陛下。陞爵の件は私が責任をもって取り計らっておきます。褒美に関しても各方面と調整して決めておきましょう。この私が」

「いやはや、ヤン殿だけでは大変でしょう。私もお手伝いしますぞ。何せ内務卿ですからな」

「そうじゃな。其方たち二人なれば安心じゃ。ではそのように手配を頼むぞ」

「はっ」

「はい……ちっ」

ハンスには聞こえていた。ヤンが最後に舌打ちをしていたのを。そして一瞬だけではあるが苦虫を噛み潰したような顔でディーンを睨んでいたことを。

「それではこの後に決めてしまいましょうか。私のほうで何人か声を掛けておきましょう」

「そうですな。直ぐに決めてしまいましょう。私のほうでも声を掛けておきますぞ」

ハンスはお腹を押さえている。どうやら胃が痛いようだ。自分の息子のこととは言え厄介事を降りかけてきた息子を恨めしく思うのであった。

◇

集められたのはディーンとハンスとヤンの他にヤンの同僚のエダムとポーネ。軍務からシュレッド。人務からカンタル。外務からライオルが集められていた。

軍務とは文字通り王国軍を司る部署で人務は人事を司る部署だ。そして外務も文字通り他国との折衝や外国との折衝を司る部署になる。

音頭を取るのはディーンであった。彼は内務卿なのでこの中では一番地位が高い。次に高いのがヤンで次席侍従官となっている。その他はみな同じ位だ。

「みな、概要は聞いておるな」

その問いかけに頷く一同。それを見て安心したディーンは話を次へ進めることにした。この会議には主導権の争いと同時に各部署へ広く周知させる働きがある。ディーンとしては後者の効果だけ欲しいのだがヤンが関わってきた以上、致し方ない。

「まず、陛下はこの広大な王国の直轄地を与えることを望まれた。それに反対したヤン殿。もう一度理由をお聞かせ願えますかな」

「もちろんですとも。ラムゼイ卿はまだ若く広大な土地を治めるのは難しいと思われます。それに急に広大な土地を与えても他の貴族の良い餌になるだけでは」

これ自体は正しいとハンスは思っている。ただ、やはり親としては広大な土地を与えてあげたいのだ。やはり土地の広さは領の豊かさに匹敵するものがある。そこでハンスはヤンに声を掛けた。

「ではヤン殿は何を与えるのが最良だと」

「そうですねぇ。やはり金銭で良いのでは？　田舎の土豪風情であれば金銭が一番ありがたがるものでしょう」

この発言を受けて彼の取り巻きであるエダムとポーネが「まさに」「しかり」と声を上げて彼をよいしょする。これに反論をしたのがシュレッドだ。

「いやいや、陛下が土地を下賜されると仰られたのだからそこはずらさないほうが良いのでは？」

「確かに。金銭と言うがヤン殿は国庫の状況を理解されているのかね？」

これに賛同するのはハンスだ。彼は内務卿のもとで日々国政に精を出している。着任してわかったのだが、マデューク王国の財政は宜しくないのだ。そのため、お金で爵位が買える売爵令を出さざるを得なくなったのである。

「確かに仰る通りですな。ではハンス卿はどうすれば良いと？」

これに回答するのは難しい。今回集まっている面々の中でハンスとラムゼイが親子関係であるということは周知の事実だ。何を言っても親の子贔屓と言われることは明白である。なので素直に伝えることにした。

「私が案を出すと子贔屓と言われるでしょう。遠慮させていただく」

「なれば参加する意味はないのでは？」

そう言うのはヤンの取り巻きであるエダムである。ハンスは睨むことしかできなかった。それからというもの、自身の意見を通そうと各人が躍起となって意見を言い合う。主にぶつかっているのはディーンとヤンだ。

ここで、カンタルが全員の意見をまとめ始めた。どうやらこの会議に疲れてしまったらしい。ウンザリした顔をしている。

そしてディーンもこうなることを見込んで彼に声をかけていたのだ。人務卿のもとで人を見る目を養ってきたカンタルを。

そして、その彼の目にはこう映っていた。まず、ハンス。彼はラムゼイの父親だ。彼は領地であれ金銭であれ息子に良いものを贈りたいはず。そしてその上司であるディーンもそうだろう。

反対にヤンは適当なものを送り付けてお茶を濁したいはずだ。良い品、良い領地は自身の子飼いのために残しておきたい。そしてその取り巻きであるエダムとポーネもそうだろう。

シュレッドとライオルと自身は証人の役割だとカンタルは考えていた。もし、下賜する領地が国境沿いであれば二人も何かしらの注文を付けてくるかもしれないが。そのそれぞれの事情を加味してカンタルは静かに発言した。皆はそれを静かに聞いている。

「まず、ラムゼイ＝バートレット士爵……失礼、男爵になるのでしたな。彼には領地を下賜する。ここまではよろしいか？」

カンタルは一同をゆっくりと見渡す。全員が静かに頷いていた。それからカンタルは自身の考えを伝える。

「それでは此処なんかは如何だろう」

カンタルは広げてあった地図のある地点を指差す。それは王国の南東に位置する旧ダーエ侯爵領であった。ダーエ侯爵領は国家の転覆を謀った罪によって取り潰された家柄である。その領地は全て召し上げられ、王国の直轄地となっていたのだ。

これに異を唱えるのはもちろんヤンである。侯爵家は広大な土地を持っており、その全てをラムゼイに渡すとなるとダリルに匹敵するほどの国力を得ることができるだろう。

だが、ヤンの言葉を遮ってカンタルは言葉を続ける。そう。カンタルの考えはまだ途中なのだ。

「まあ待っていただきたい。ただ、このまま全て渡すと不相応に広大な土地を渡すことになるでしょう。そこで、ダーエ侯爵領の本来の広さをお渡しするということでどうだろうか」

本来の広さとカンタルは告げた。これを理解するためにはダーエ侯爵家を説明しなければならない。

ダーエ家は由緒ある家柄ではあるが、最初はダーエ男爵家であったのだ。

領地も侯爵時の半分もないだろう。ただ、それでも他の男爵家よりも領土は広く、今のバートレット領よりも遥かに広い。例えるなら玉ねぎで有名な淡路島と同じくらいで、今のバートレット領よりも約四倍ほど広い面積となる。

ただ、この場所。拓かないと可住地面積が極端に狭いのだ。領土の北西に標高六百メートルのサレール山がそびえており、その裾野にしか街を作れないのが難点である。

また、北には大きなショーム湖もあり、この二つで土地の三分の一は占められてしまうのだ。もちろん、ダーエ家が開拓したチェダーの村は未だ顕在であるが、人口も五百人には届いていないだろう。山を切り開いて開拓すれば可住地面積は広がるだろう。そこに労力を惜しみなく注ぐことができるか否かはラムゼイの胸三寸次第だ。

「なるほどなるほど。では残りは引き続き王国の直轄地ということですな」

「左様」

どうやらヤンの印象は悪くないようだ。実のところ、この旧ダーエ領の統治は上手く行っていない。領民がダーエ家のことを今でも尊敬しているからだ。

国から代官が派遣されるのだが、一年で三回も代わっている。代官が世間知らずな貴族のボンボンという理由もあるが、領民も迎合しようとしない強硬な態度が大きな要因だ。

そこを下賜すると言うのだ。ヤンが反対するわけがないだろう。しかし、ここでポーネが口を挟んできた。そしてそれは避けて通れない問題でもあった。

「ふむ。下賜する領地はわかったが今治めているバートレット領はどうするので？」

「それは返上いただくことにしよう。ボーデン領とバートレット領とその東にある王国直轄地がまとまれば王国としても管理しやすい」

この考えに皆は考え込む。が、その静寂を破るようにディーンが大きな声で言い放った。そしてヤンもそれに追従する。ただヤンとしてはこれ以上ダリルに力を付けさせたくないので、彼からラムゼイを取り上げる意図があった。

「わかった！　カンタル卿のその案に賛成しよう。ヤン殿もそれでよろしいか」

「……承知しました。では、そのようにいたしましょう」

ここで長々と時間を費やすわけにもいかない。この場にいる全員がカンタルの案に賛成した。

こうして全会一致でラムゼイの転封が決まってしまったのであった。

王国歴551年9月1日

ラムゼイのもとに手紙が届いていた。それも一通ではない。何通もである。差出人はどれも士爵家、大手商会、男爵家といった塩梅である。

もちろん内容は揃いも揃って私の娘を妻にと書かれている。先のボーデン男爵領を武力によって制圧し、街を燃やしたという悪評から一時期は縁談も鳴りを潜めていたが、その領を王国に返上するとなってから手紙の量に拍車がかかった。

「この人たちは一体どこで情報を得てるんだ？」

「それはやはり王城に勤めてらっしゃる友人知人からではないでしょうか」

ラムゼイがつまらなそうに一通の手紙を机の上に投げ捨てる。それをヴェロニカが整理しながらラムゼイの疑問に答えた。

ヴェロニカはボーデン男爵との戦が終わった直後、かなり憔悴していた。それだけ心身ともにすり減らしていたのだろう。

自身がボーデン男爵の領都を燃やしたことでどうやらラムゼイに背びれ尾びれが付いて悪評が立ってしまったらしい。なんでも逃げる住民を一方的に虐殺していった血も涙もない冷酷者だとか。

彼女はそのことをどこからか聞きつけてしまったらしい。全く、人の口に戸は立てられないとは言い得て妙である。

叱るつもりだったラムゼイも憔悴しきった彼女を見て、充分に反省していると判断したのだ。

それにラムゼイはそれのどれもヴェロニカのせいにはしなかった。曰く、任命した自分に責がある、と。それに副将であったダニーとグリフィスからも謝られてしまった。

この二人も責任を感じていたのだ。ラムゼイからヴェロニカが過ちを犯すようであれば制止して欲しいと要請されていたにもかかわらず、何もできなかったことを。

そしてラムゼイはこのことを喜んだ。もちろん過ちは犯さないほうが良い。しかし、こうして反省し次への糧となるのであればそれは無駄なことではないのだ。

「ボクはまだまだお前を見捨てる気も見放す気もない。一度の失敗くらいでヘコたれていたらこの先やっていけないよ！」

ラムゼイの厳しくも愛のある一言と仲間たちの支えもありヴェロニカの心は回復していたのだ。これにはラムゼイも安堵している。そんなヴェロニカがラムゼイに手痛い一言を浴びせた。

「もう手紙を貰いたくないのであれば早く妻を娶ればよろしいのでは？」

「いや、そうなんだけどさ。ほら、会ったこともない人と結婚するとか、ね？　やっぱりお互いの意思というか――」

「何を乙女みたいなことを仰っているのですか。ほら、ここなんてどうです？　ノートレット商会の娘ですって。娶れば資金に困ることはないでしょう」

そういって一枚の手紙を投げ渡される。しかし、ラムゼイの食指は依然として動かないままであった。そこにダニーがお代わりの手紙を持って部屋へと入ってくる。

「まだまだ来たぜ。モテモテじゃねーか、羨ましい。ぺっぺっ」

「うわっ、ちょ、汚い」

やさぐれているダニーはラムゼイに唾を吐き掛けてスタコラと部屋から逃げ出した。ラムゼイは顔を洗ってから手紙を一つ一つ確認していく。

その中に気になった手紙が一通混ざっていた。差出人はモールスである。どうやらサンドラが手紙を出すようモールスにお願いしたらしい。

「ドルトムに行ってくるかぁ」

ヘンドリーとも話がしたいと思っていたラムゼイ。手早く出掛ける準備を済ませる。そのまま部屋を出ようとしたラムゼイは扉の前で止まってしまった。ヴェロニカが仁王立ちで待ち構えていたからだ。

「ご主人様。この手紙の山はどうするのですか？　断るにせよ返事を送らないと失礼に当たりますよ」

「あー。帰ったらやる、かな。じゃ」

そう言って脇を抜けようとするラムゼイだったが、ヴェロニカに首根っこを掴まれてしまう。どうやら一人で出かけようとしたのがヴェロニカの逆鱗に触れてしまったらしい。

「一人歩きはただでさえ危ないのに、戦が終わったばかりなのですよ！」

ヴェロニカの言いたいことはわかる。ラムゼイは悪評が立ってしまった以上、狙われるかもしれないのだ。それにボーデン領の人々はラムゼイのことを快く思っていないだろう。

仕方がないのでラムゼイはジョニーをお供につけてドミニク子爵領の領都であるドルトムへと足を運ぶことにしたのであった。

「ラムゼイさま。今日は何用っすか？」

ジョニーがラムゼイに尋ねる。今回のラムゼイのドルトム訪問の目的は大きく二つ。まずはヘンドリーに会うこと。それからサンドラに会うことである。

まず最初に向かったのはヘンドリーが住んでいる屋敷だ。あくまで当主であるイルマではなくその息子であるヘンドリーに会いに来たのでアポイントは取っていない。

すると案の定、ヘンドリーは留守にしているとのこと。彼がどこに行ったかはドミニク家の家令も存じ上げないとのことだったので、言伝だけを頼んで屋敷を後にする。

その際、奴隷商にいますと伝えるのは何となく憚られたラムゼイは『君が良く行くお店に私はいます』と伝えてもらうことにした。それもそれでどうかと思うが。

奴隷商である『昔の話が実る木』へと向かう最中、ふとラムゼイは止まった。また少女が例の花を売っていたからだ。

「このお花、もらえるかな？」

「はい！　5ルーベラです！」

ラムゼイはお金を支払い、その対価として商品を受け取らせる。ジョニーに。それからいくつかの質問を少女に投げ掛けた。

「このお花、前も売ってたよね？」

「はい！　売ってました！」

「これ、どこから仕入れてるの？」

「し、しいれ？」

どうやら仕入れという意味がわからないようだ。流石に少女にそれの理解を求めるのは酷なようだ。ラムゼイは噛み砕いてわかりやすく伝える。

「えーと、このお花はどこから持ってきたの？」

「あそこ！」

そう言って指差したのは教会であった。それも帝国で主流と言われている小教派の教会だ。それでラムゼイも察する。この花は帝国から流れてきているのだと。

ということは帝国にはイモを食す文化があるのだろうか。それとも未だに観賞用としか捉えていないのだろうか。考えても結論は出ないがラムゼイの推測は後者であった。

何故ならば少女の販売価格が安すぎるからである。イモの有用性に気が付いているのであればもっと高値をつけても良いくらいだ。

「ありがとう。また、このお花を売ってね」

「うん！　シスターに言っとく！」

ラムゼイは少女の前を後にして奴隷商のもとへ向かった。モールスはラムゼイが来たことにすぐに気がつき、彼を丁寧に接待する。

「ようこそいらっしゃいました。お待ちしておりましたぞ。ささっ、こちらへ」

モールスはラムゼイを今までと違う部屋へと通す。ボタンに見えない壁のでっぱりを押すと奥へと通じる部屋への手がかりが現れた。

奥に広がるのは蝋燭の明かりだけの部屋だ。テーブルとソファが二つ置かれているだけの簡素な部屋だ。ラムゼイは促されて奥の椅子に腰掛ける。

「まずは男爵への陞爵、誠におめでとうございます」

向かいに座ったモールスがラムゼイに告げる。しかし、そのことを当のラムゼイが全く知らなかったのだ。寝耳に水である。

「それ、まだ聞いてないんだけど。どこの情報？」

「おや、そうでしたか。存外に動きが遅いですな。では転封の話も？」

もちろん知らない。青天の霹靂とは正にこのことだろう。モールスは使用人に地図を持ってこさせてテーブルの上に広げた。

「バートレット卿の今の領地はこちら。そして転封後の領地はこちらにございます」

モールスが二か所を指し示す。それは北東にある現在のバートレット領と南東にある未来のバートレット領だ。それを見てラムゼイは驚く。領地がいきなり増えているのだから。

「こんなにですか？」

「はい。まあ妥当でしょう。王都からも離れている辺鄙な場所ですし、何よりも山と湖が邪魔過ぎる場所です」

ラムゼイにはこの土地が宝の山に見えていた。というのも資源が豊富にあるのだ。湖と山があり、広大な土地もある。これでラムゼイは自領を豊かにできると考えていた。

先の男爵との戦ではラムゼイも思うところがあった。周りに乗せられ仲間に迷惑を掛けた挙句、他領主に横取りまでされる始末。不甲斐なさを感じていた。

土地と資源があるのであれば、人が揃えば怖いものはないだろう。天地人とは昔からよく言ったものである。

しかし、これとモールスがラムゼイを呼び出したこととは何も繋がらない。今回は何用なのか問うことにした。

「このラムゼイさまが新たに移られる領地は旧ダーエ侯爵領なのです」

ダーエ侯爵家。ラムゼイは何処かでその名前を聞いたことはあったが思い出せずにいた。その様をジッと見つめるモールス。そしてラムゼイは思い出した。サンドラのことを。

「そうか、そういうことか。それでボクに何をしろと？」

「いえ何、私は商人ですので」

つまりモールスはラムゼイにサンドラを買うことを勧めているのだ。それを狙い、モールスがサンドラの名を騙ってラムゼイを呼び出したのだ。

確かに新たに統治する領主の妻がダーエ侯爵の娘であったら統治は楽に進むだろう。それは歴史が証明している。

「まあ、本人の意思次第ですから」

それにダーエ侯爵家が領民から慕われていたかどうかも大きな要素だ。慕われもしていないのであれば娶るメリットはない。

ただ、その点は問題ないとモールス。それであればとラムゼイは再びサンドラのもとへと足を運ぶことにした。

相変わらず彼女はそこにいた。髪も傷んで少し痩せこけている。状態は良くなさそうだ。イヤな姿を見せてくれる。

「サンドラ」

ラムゼイがそう呼ぶとサンドラは返事もせずに目線だけをラムゼイに移した。目には未だ力が残っている。ラムゼイは注意がこちらに向いたことを確認してから話しかけた。

「前の話、考えてもらえたかい？」

相変わらずだんまりだ。痺れを切らしたのかモールスがサンドラに非情な宣告をする。それは誰も幸せにならない宣告であった。

「困りましたね。私も売れない商品を置いておくわけには行きませんので、この話がまとまらなかった場合、残念ですが『処分』させていただきます」

これにはサンドラも大きく反応を示した。驚愕している様相が見て取れる。しかし、モールスもずっとサンドラを置いておくわけにはいかない。それであれば処分と称し、捨て値で商人や貴族に売り飛ばすだろう。

「……何が、目的なの」

サンドラが初めて口を開いた。彼女もまた自分の運命を選択しなければならない。ラムゼイと共に行くか、それともわからない場所に売られるか、死ぬかである。

「強いて言うなら一目惚れかな」

ラムゼイは何処か飄々と答える。こうサラっと答えるのが彼なりの照れ隠しなのだ。内心は心臓が破裂しそうになるほど激しくビートを刻んでいる。

事実、サンドラの見た目は美しく整った顔立ちをしているが、今は窶れて埃まみれとなり見る影がない。

「何。じゃあ、私があんたの妻になるってこと?」

「うん」

そう告げた直後、思い直したラムゼイは直ぐに前言を撤回する。別にサンドラのことが嫌いになったわけではない。サンドラと上手くやっていくために告げるのだ。

「ごめん。やっぱりさっきのは嘘。ちょっとは打算もある。実は旧ダーエ侯爵領を拝領することになる、らしい」

「何。その『らしい』って」

「いや、なんかそうなるってこの人が」

ラムゼイは全責任をモールスに押し付ける。なぜなら転封の件も陞爵の件もラムゼイ本人は何も聞いていないからだ。

しどろもどろに説明するラムゼイ。それを聞いたサンドラが思わず吹き出す。

「ぷっ、何それ。変なの」

ラムゼイは呆けてしまった。サンドラの笑顔があまりにも美しかったから。そして釣られて笑うラムゼイ。佇むモールス。これが若い感性かと驚きを隠し得なかった。

「ふう、まあいいわ。貴方に買われましょう。どちらにせよ、殺されちゃうもの。イヤだったら死ねば良いだけだし」

ひとしきり笑った後、サンドラがそう宣言した。こうしてラムゼイはサンドラを購入することにしたのであった。

そこからもちろんひと悶着はあった。それはラムゼイとモールスの間での価格交渉が難航したという点である。モールスがサンドラを渡す条件として3000ルーベラを要求してきたのだ。

「3000!?　最初は2000ルーベラじゃなかったか?」

「いえいえ。3000ルーベラですよ。サンドラ嬢であればそれだけの価値はありますからな?」

「でも捨て値で売るって――」

「これが捨て値です」

モールスはそう言い切る。言い切られてしまってはラムゼイにはどうすることもできない。本来の商談であればモールスは折れていただろう。次につながる可能性があるのだから。

しかし、ラムゼイがここを離れるとなるともう客としてこの商会を訪ねる確率はないに等しいはずだ。それであればと強気の姿勢を崩さないモールス。

とは言えラムゼイも領民からのお金を預かる身。いくら貴族だからといって無闇にお金を使うわけにはいかない。国民の金を勝手に使って良い国とは違うのだ。

「わかったよ。それなら何人かおまけに奴隷を付けて」

「まあ良いでしょう」

こうしてラムゼイはサンドラと二十人の奴隷を引き連れて拠点である砦へと戻ることになった。サンドラは長期間に渡って牢に閉じ込められていたため、まともに歩くこともままならない。

ラムゼイがサンドラを負ぶってバートレット領まで向かっていく。

「ねぇ、貴方の領ってどんなところ?」

「んー。ただの田舎だよ。街もないしね。自然は豊かだけど、それだけかな」

それにもう直ぐ転封になるらしいしね、とラムゼイ。それを聞いたサンドラはラムゼイの耳元で囁くようにこう言った。

「よかったわね。私が高飛車で我儘な女じゃなくて」

確かに上流貴族の子女であればバートレット領のような片田舎で暮らすなんて考えられないだろう。

だがサンドラは違うらしい。そうでなければ音を上げて買い手に妥協し、牢から出してもらっていただろう。

ただラムゼイはサンドラのことを充分に高飛車な女性だと認識していた。前回も今回もラムゼイの問いかけに対する返答は両方とも無視であった。

「う、うん。そうだね」

ラムゼイはそう答えるのが精一杯であった。早くも尻に敷かれる予感があたりに漂っていたのであった。

王国歴551年9月3日

九月も始まり段々と涼しくなってくる今日このごろ。やはり国の北側に位置するため涼しくなるのも早く感じる。

「今のうちに麦を買い占めて。収穫したばかりの今の値が一番安いから。木は植えなくて良いからどんどん伐って。お金に換えちゃって」

そんな中でもラムゼイはせっせと仕事に励んでいた。というのも転封になるからである。まだ正式な書状はラムゼイのもとに届いていないが、父であるハンスからその旨を伝える手紙が届いていた。

なので、ラムゼイは急いで領の全てを現金化しているのだ。後任？　そんなもの知ったことではない。まずは自分たちが強くなることが大事なのである。

それからラムゼイは領民たちも連れていくつもりであった。

「貴方、これはどうするの？」

サンドラが大量の書状を抱えて執務室に入ってきた。彼女はラムゼイの献身的な看護もあって今では普通の生活を送れるようになっていた。

ラムゼイが本拠である砦にサンドラを連れて来た日は大変だった。ダニー、ヴェロニカ、グリフィスの三人はラムゼイの「ボク、結婚するね」という一言に度肝を抜かしていた。

貴族の結婚は家の繋がりである。ラムゼイのような新興貴族はその相手を慎重に選ばなければならないのだ。

だというのに、あっさりと結婚を決めるラムゼイ。何よりもバートレット家を大事にしているヴェロニカが怒らないわけがない。

一通り事情を説明して納得してもらった後、ラムゼイはサンドラを自室のベッドの上に横たえ水を飲ませる。

「体調はどう？」

「お腹空いた」

「わかった。待ってて」

「みゃう」

コタを撫でながらそう言うサンドラ。

ラムゼイはその言葉を聞いて階下へと降りて行く。そして調理場へと向かい、ニンニクと玉ねぎ、大豆がたっぷり入ったスープに水団を入れ、取れ立ての卵を浮かべた。栄養満点なのは間違いない。

「できたよ」

「ありがと。って熱いわね」

夏だと言うのに熱々のスープを作るラムゼイ。作ってくれたのは嬉しいが流石に眉を顰めるサンドラ。彼女は思った。私の旦那はどこか抜けていると。

それに味も少し薄味だ。彼女が上流貴族で濃い味に慣れていたからという理由もあるが、バートレット領には調味料も足りていないのが大きい。

ただ、牢で出されていた食事よりは美味しいし何よりも愛を感じる。そのことがサンドラを嬉しくさせていた。

それらを食べ適度な運動を続けた結果、サンドラの顔色も良くなり髪や肌に艶が出てきたのだ。

そのサンドラが抱えていた手紙をラムゼイの目の前に置く。どれもこれも見合いのお誘いだ。サンドラの笑顔が怖かったとラムゼイは後に語っていた。

「うーん、返事の内容は決まってるけど送るのは少し待って」

ラムゼイは彼が旧ダーエ領に転封になってから婚約を発表するつもりであった。そうすることで各人たちが勝手に勘違いしてくれるのだ。ラムゼイはダーエ領の人々に迎合するために婚約した、と。

いや、もちろんその打算がないとは言い切れないが、決め手はあくまでもラムゼイの一目惚れである。どこの誰ともわからない相手と結婚するくらいなら自分で出会った人と結婚したいと考えていた。

この時代ではありえないだろう。

「つまり、国王からのお達しが届いてから婚約を発表するということですか？」

「そゆこと。それまでは死ぬ気で稼ぐぞ」

そこからラムゼイたちは死ぬ気で木を伐り、魚を獲って売りに出した。そうしてバートレット領にある資源を根こそぎ奪い尽くす勢いが出てきたころ、ラムゼイのもとに一人の男が現れた。

何を隠そう、父であるハンス＝ルーゲルである。ラムゼイには父が少し痩せこけたように見えていた。恐らく年齢のせいだろう。

「久しいな、ラムゼイ。元気に暮らしているようで安心したぞ」

「父上こそ、ご健勝で何よりです」

一年と半年近く会っていなかった親子。積もる話も山盛りなのだが仕事を優先するハンス。ラムゼイはそれを父親らしいと感じていた。

「ラムゼイ。お前には男爵への陞爵と旧ダーエ侯爵領のアレク地方へと転封が決まった。これがその証書だ。急ぎ準備にかかってくれ」

「承知しました。陞爵の儀はいつの予定でしょう」

「四日後だ。なので、ラムゼイは私と共に王都へ来てくれ」

これはまた急な話である。ここから王都に急いで向かっても三日はかかるだろう。ラムゼイはこの予定を組んだ人間を大声で罵りたい気分だ。

ハンスに少しだけ時間を貰い、出掛ける支度を済ます。

まずはヴェロニカにコタの世話をお願いした。彼女も猫は好きなのか、快諾してくれた。

またその際、ラムゼイはダニーに小さく耳打ちをした。『ウサギさん可愛い』と。これはラムゼイとダニーが予め決めていた符牒である。

この『ウサギさん可愛い』の意味はギリギリまで村の資源の現金化を続けろ、お金は複数に分けて隠して輸送するという意味である。

ラムゼイは後のことをダニーに託し、彼はハンスと共に王都へと向かうこととなった。外に出て驚いたのだが、ハンスは馬車で来ていたのだ。それも王家の紋章が入っている。

ラムゼイは王都にサンドラも連れていくことにした。もちろん伴侶としてである。当然、ハンスがそのことを無視するはずはなくサンドラのことを尋ねられた。

「ラムゼイ。その子はなんだ？」

馬車の中でハンスが尋ねる。するとラムゼイがもじもじ始めたではないか。それを不審がるハンス。そして息子をジト目で見るサンドラという少女が馬車の中にいた。

「えーと、妻にする予定のサンドラです」

ラムゼイが意を決してハンスに伝える。ハンスはその報告を聞いて瞳を丸くしていた。口をあんぐりと開けているハンスに対し優雅に自己紹介をするサンドラ。

「初めまして、お義父様。私、サンドラ＝フォン＝ダーエと申します。いえ、今はもうサンドラ＝バートレットでしょうか。以後、お見知り置きの程を」

そして馬車の中にもかかわらずスカートの両端を軽く摘まんでお辞儀する。当たり前ではあるがサンドラはマナーもきちんと修得している。

「これはご丁寧に。……ん、今、ダーエと申したか？」

「はい。サンドラ＝フォン＝ダーエにございます」

ハンスの問いにニコリと微笑みながら答えるサンドラ。それを聞いてハンスはギロリと息子を睨む。そして息子は視線を逸らす。ただ、それで逃れられるはずもなく、ラムゼイは仕方なしに重い口を開いた。

「偶然です、父上。私が惚れた女性が偶々ダーエ侯爵の令嬢だっただけで」

「王家に弓引こうとした娘を嫁に迎えるなど。他の貴族がどう思うか」

「私は他の貴族からの評価よりも領地の統括という実と愛を取ります」

わかっている。ラムゼイ自身もこっぱずかしいことを口にしていると。ただ、時として理想と情熱は人を動かすことができるものである。

「そうか。お前は男爵だ。好きになさい」

そう。ラムゼイは爵位でハンスを超えたのだ。超えた息子をハンスは止める父親ではない。既に独立した一人の大人として自由にさせるつもりである。

「サンドラさん」

「はい」

ハンスは神妙な面持ちでサンドラのほうを向く。それに釣られてサンドラも居住まいを正している。

「不肖の息子だが、何卒よろしく頼む。十五歳とまだまだ若く未熟な部分も多々ある。どうか支えてやって欲しい」

「もちろんです。私も彼には助けられましたので今後は私が彼を助けたいと思っています」

「そうか……そうか。ありがとう」

ハンスはそう言うと窓の外をジッと眺め始めた。ラムゼイは父親の顔をじっと見る。その瞳は潤んでいたようにも見えた。

ラムゼイがそんな父親をじっと見つめていると不意に裾が引っ張られる。もちろん引っ張った犯人はサンドラだ。

「何？」

「貴方、十五歳なの？」

「うん、あ、正確にはまだ十四だったかな？　まあ、今年で十五になるよ」

「何よ。貴方は私より年下じゃないの」

聞けばサンドラは今年で十六になるのだと言う。ラムゼイよりも一歳だけだが年上になるのだ。それを何やら気にしているサンドラ。普通、貴族は年下の妻を娶るのが慣習らしい。

ラムゼイはその慣習をくだらないの一言で片づけた。どうせこの慣習も年下好きの昔の貴族が自身の結婚の正当性を保つためにそうしたのだろう。正直、あってもなくても全く影響のない慣習だ。

それからラムゼイは父であるハンスといろんな話をした。領の運営に関する相談から現在の政情まで手広く。

父とこんなに話をしたのは初めてかもしれない。なにせハンスは長兄に構ってばかりだったから。

王都へ向かうまでの三日間、ラムゼイは父と今までの溝を言葉で埋めるかのように馬車に揺られてゆっくりと、そして柔らかに話をするのであった。

王国歴551年9月7日

ラムゼイは王都に立っていた。王都に来るのは生まれて初めてだ。ヘンドスも賑やかだったが王都はその比ではない。

例えるならヘンドスは札幌だ。政令指定都市なだけあってそこそこ賑わっている。が、王都は東京だろう。賑わうというより人が邪魔に感じてしまう。

「まずは私の屋敷でゆっくりしていくが良い」

ハンスはラムゼイたちを家の前に下ろすと彼自身はそのまま馬車で何処かへと行ってしまった。おそらくラムゼイを連れて来たことを報告しに行ったのだろう。

家前の物音に気づいてか、母であるヘレナが出てきた。ラムゼイを見て目を丸くしている。それもそうだ。もう二度と会えないと思っていたのだから。

「ラムゼイ！」

「お久しぶりです、母さん」

ラムゼイは少し背伸びした声でヘレナに話しかける。少しでも成長したところを見せたかったのだろう。ヘレナは彼にゆっくりと近づき、そして優しく抱きしめた。

「元気にしていましたか？」

「もちろん！　みんなに支えられて頑張っているよ」

一通りの挨拶を済ませるとヘレナの目がサンドラへと向かう。それに気が付いたラムゼイは彼女をヘレナに紹介することにした。

「母さん、ボクの妻（になる予定）のサンドラです」

ラムゼイの紹介に合わせてスカートの裾を掴み頭を下げるサンドラ。その仕草は様になっており、改めてサンドラがお嬢様であることを実感させられる。

「あら、まあまあ！」

ヘレナは声を上げ口元に手を置く。そして少しだけ後ろに下がった。どうやら驚いているようだ。積もる話もあるので彼女は二人を屋内に案内した。

彼女たちが住んでいるお屋敷はお世辞にも上等なものとは言えなかった。外壁も痛んでおり補修が必要だろう。士爵という最下級の貴族が王都で暮らすのも楽ではないことが窺える。

立地も王都の外れのほうだ。やはり物価も高いのだろう。後で時間があればスラムも見てみたいとラムゼイは考えていた。

家の中はヘレナの努力もあり清潔感が保たれていた。二人で暮らすには十分な広さの室内だが物は最低限しかない。これは質素倹約を旨としているからだろう。

「おお。やっと来たのか」

そこには一人の男性がいた。少しでっぷりとした男性だ。頭は少し禿げあがってきており、ハンスよりも少し年上だろう。ラムゼイはその見知らぬ男性に少し身構えてしまった。

「お前がラムゼイか。中々良い面構えをしているな。俺にそっくりではないか。わははは！」

「ラムゼイ。この方は私の兄、つまり貴方の伯父にあたるギルモア＝バルフよ」

ヘレナの紹介に合わせて手をひらひらと振るギルモア。そう言えばハンスが領を離れるとき、義兄を頼ると言っていたのを思い出す。

「はじめまして。ラムゼイ＝バートレットです。こちらは妻のサンドラ」

「はじめまして」

「改めて。ギルモア＝バルフ士爵だ。人務卿に仕えているぞ。おっと、お前さんは男爵になるんだったな。じゃあ敬語を使わんといかんな。わははは！」

なんとも愉快な人である。ハンスとは正反対の人柄だろう。そんな彼が椅子に座るよう促してきた。大人しく腰掛ける。

「いやー。男爵か。甥っ子が男爵とは俺も鼻が高いぞ」

これにはラムゼイも言葉に詰まる。そんなことないと言えば男爵より下の士爵に甘んじているギルモアやハンスを蔑むことになる。

とはいうが、男爵は下から二番目の地位だ。人数もそれなりに多くまだまだ偉い地位というわけではないのも実情である。

「それにアレク地方だろ？　あそこは広いぞー？　人手は足りてるか？　なんなら良い奴紹介するぞ。なんたって俺は人務卿の部下だからな。わははは！」

「足りてないですねぇ。欲を言うなら書類仕事を任せられる人材が欲しいですね」

「そーかそーか。手配しといてやろう！」

なんとも癖の強い人である。ただ、悪い人ではないことはラムゼイにも伝わってきた。ただ、話の持って行き方が強引なのだ。

「さて、じゃあ無駄話はこれくらいにするぞ。時間がないのでな。今後の話をしようか。まず、明後日に登城してもらってそのまま陞爵式だ。そこで男爵への陞爵と旧ダーエ領への転封が正式に決定される。当面の問題は――」

そう言うとギルモアは椅子に座っているラムゼイの胸を見る。いや、正確には着ている服を、だ。

そしてラムゼイに一言。

「お前さん、陞爵式のための服は持っているのか？」

◇

ラムゼイはサンドラに連れられて王都の中を走っていた。その理由はもちろん服を仕立てるためである。サンドラは王都に何度か来たこともあり、また服を仕立てたこともあるらしい。

そのサンドラのおすすめの仕立屋に向かうために彼らは広い王都を走っていたのだ。何せ式は明後日である。時間がないのだ。

「ここよ」

サンドラはそのまま扉を押し開き中へと進んでいく。もう手慣れたものである。ラムゼイはというとおどおどしながら彼女の後をついていった。

「いらっしゃいませ。こ、これはダーエ侯爵家の！」

「元だけどね。悪いんだけど私とこの人の服を急いで仕立ててくれない？」

店員の中にサンドラを覚えていた者がいたらしい。貴族相手の客商売で顔を覚えられないのは致命的なのだろう。その店員とサンドラがあれこれと話し込んでいる。

「ね、ねえ。持ってきた服じゃダメなの？」

「流石に今回は無理よ。国王陛下への謁見だし貴方が主役なのだから」

どうやら以前仕立てた服ではダメなようだ。もう服のことはサンドラに一任することにしてラムゼイは窓から通りを見渡す。通りを歩く人々は笑顔で如何にも楽しそうだ。帝国の影など微塵も感じさせないくらいに。

ただ、治安は良いとは言い難かった。ラムゼイは見てしまったのだ。少年が婦人の鞄から財布を抜き取る様を。ラムゼイはなんだか胸を締め付けられる思いがした。

「ラムゼイ、ちょっと」

窓を眺めて呆けていたラムゼイはサンドラに呼ばれて我に返る。何気に初めて名前を呼ばれたかもしれない。しかし、そんな感慨に耽る間もなく店員さんにあれよあれよと服を脱がされてしまった。

「え？　え？」

「はい、じゃあ採寸しますねー」

慣れた手つきでラムゼイの身体を採寸していく店員。もちろんサンドラはその場で採寸となるわけもなく別室へと案内されている。というか、サンドラも新しい服を買うのか。

一通り身体をまさぐられた後、ラムゼイは腰を抜かしてしまった。というのも支払いへと移ったからである。その額が今までとは比べ物にならないのだ。

「1800ルーベラになります」

1800ルーベラもあればバートレット領の領民を三か月は食わせていける額だ。それを二着の服に費やせというのだからラムゼイの胸中は推して知るべしだろう。

「何呆けているのよ。私にポンと3000ルーベラ出した癖に」

別室から戻ってきたサンドラが尻込みしているラムゼイの尻を叩く。確かに言われてみればサンドラの言う通り、彼女一人に大金を使った、言うなれば彼女に貢いだラムゼイが言える台詞ではない。

「それは、ほら。旧ダーエ領を円滑に統治するためにですね――」

「良・い・か・ら！」

なんだか日本の政治家みたいな答弁になってしまったラムゼイ。泣く泣く代金を支払う。どうやらこの料金には特急料金も含まれているようだ。

「幸い、サイズが合いそうな服を少し手直しするだけで済みますから、これでも安く済んでるほうですよ」

店員さんの慰めを受けつつラムゼイたちは仕立屋を後にした。店の外に出るとサンドラはラムゼイにある提案をした。

「ねえ、ラムゼイ。折角だから歩かない？」

「そうだね。やることもないし王都をゆっくりと見物しようか」

「私がオススメの場所に連れてってあげる」

王都は綺麗なクモの巣の形をしており、その中心に王城が聳え立っている。もちろん王城に近ければ近いほど裕福で高貴な方々が住む街となっている。

逆を言えば端に行けば行くほどスラムと化していくのだ。だと言うのにズンズンと端へと向かっていくサンドラ。

ラムゼイは顔色一つ変えずに彼女の後を付いていくが、内心は襲われるのではとドキドキであった。

「どこに向かってるの？」

「私の昔馴染みのお店にね」

サンドラが指定したお店はくすんだ色をした看板が取れかかっている、お世辞にも綺麗とは言い難いお店であった。躊躇いもせずに中へと入るサンドラ。ラムゼイはやはりただただ付いて行くだけである。

「へーい。いらっしゃいま……サンドラさま⁉」

喫茶店でボーっと外を眺めていた無精ひげを生やした男性が気怠そうな歓迎で客を迎え入れていた。しかし、その客が元侯爵令嬢のサンドラだとわかると驚きの余り手にしていた酒瓶を落してしまった。

「相変わらず繁盛してないわね。どの口が私を買い戻すと豪語していたのやら」

「いやぁ。へへへ……。それで後ろの奴さんはお嬢のコレですかい？」

男は頭を掻いて笑って誤魔化しながら親指を立てて話を逸らす。後ろの奴さんというのはもちろんラムゼイのことだ。サンドラは男に対して自信満々に答える。

「あら、貴方にしてはよくわかったわね。私の旦那よ」

そう言いながらラムゼイの腕を手繰り寄せる。男はそのサンドラの仕草にさらに目を丸くして丸くなりましたなぁと呟いた。

「ラムゼイ。この男はねドープと言ってしがない喫茶店を営んでいるように見えるけどお爺様の代に王都に送り込んだ密偵よ」

「どーも、旦那さん。以後お見知り置きを。っても先先代が送り込んだのはうちの親父ですがね」

「初めまして。ラムゼイ＝バートレットです。こちらこそよろしく」

ガッチリと握手を交わす。サンドラはそんな男たちに興味ないと言わんばかりにさっさと手近な席に着く。そして一言。

「いつもの」

「あいあい。お嬢は変わらないねぇ」

ドープは慣れた手つきでグラスにミルクを注ぐとそこに蜂蜜を一掬い。どうやらサンドラはこれがお気に入りのようだ。口に含んでミルクと蜂蜜の甘さを味わった後、ゆっくりと嚥下する。

「それで、父様を陥れた張本人は見つかったの？」

「そりゃもちろん。首謀は人務卿ノーマン＝コーディ＝テレンス＝オーツ侯爵でさ。他にも子飼いの貴族たちが関わってますがね」

「……オーツ侯爵」

そう呟くサンドラの手は自然と握りこぶしとなって震えていた。憎しみは何も生まないとわかっていても止められるものではないだろう。もちろん、ラムゼイも止める気はない。

「よくわかりましたね」

「目的を達した後は口が軽くなるもんでさ。それに上位貴族を嵌めるんだ。大勢の人間が関われば漏れるところから漏れるわけで」

確かにドープの言う通りだろう。人の口に戸は立てられぬということだ。そんなドープにも悩みがあった。これからの彼の去就だ。

「そんでバートレット卿とそのご夫人は私を今後どうするおつもりで？」

ドープが今日まで働いていたのは恩義と負い目からである。これまで雇ってくれていたサンドラの両親に対する恩義、そして未然に姦計を暴くことができなかった負い目。

もちろんドープも次の職に対して希望はあるが、それを決めるのはダーエ家に連なるサンドラの夫。つまりラムゼイである。

「そうだね。ドープはダーエ侯爵にいくらで雇われていたんだ？」

「月に300ルーベラで。もちろん諸費用は込み。王都は色々と住みづらくてね」

「んー。じゃあ、月に200ルーベラ出すよ。あとは成功報酬ってことで」

この国で生きていくには月に50ルーベラ稼げれば事足りる。もちろん食費が50ルーベラだ。住むとこはなくても生きていくことはできる。

そもそも50ルーベラすら稼げない人たちがスラムには多くいるだろう。彼らは身を寄せ合って生きているのだ。

そこから考えれば200ルーベラでも破格と言えよう。ラムゼイはその十倍近い出費を直近で二度もしているため財布の紐が固くなっているのだ。

「まぁ男爵ですもんねぇ。仕方ないか。それで手を打ちましょう、旦那様」

そういって大袈裟に頭を下げるドープ。彼もラムゼイが男爵になったばかりで懐事情が厳しいことを察してくれたのだろう。優しい一面がある男だ。かと思いきや、お辞儀から戻ると手を差し出すドープ。

「何？」

「今月の賃金」

訂正しよう。ドープはちゃっかりしている男であった。

王国歴551年9月10日

ラムゼイは仕立てあがったばかりの服に袖を通して身なりを整える。表には王家の紋章がついた馬車が止まっていた。

今日は待ちに待ったラムゼイの陞爵式の日である。ヘレナはラムゼイの髪型が決まらないとずっと彼の頭を触っている。

「母さん、もう良いから」

「陛下に謁見するのだから身だしなみは正さないとダメでしょう」

「別に見初めてもらうわけじゃないんだし良いって」

「あっ、もう！　粗相をしないようにね！」

ラムゼイは母の手を半ば強引に振り切って馬車に乗り込む。中には既にハンスとサンドラが座っていた。

「ごめんなさい！　すぐに向かいましょう」

ヘレナが見送る中、ラムゼイを乗せた馬車が王城に向かって走り出す。その馬車の中でハンスはラムゼイにあれこれと尋ねていた。ハンスも我が子が心配なのである。

「ラムゼイ。式のマナーは覚えているか？」

「はい、おそらく」

「参加される方々の名前も」

「覚えました」

「そうか。なら良いんだが」

ハンスも落ち着かないのか、しきりに足を揺らしている。サンドラも自身の髪の毛の先をくるくると回すようにして弄んでいる。

「ねえ、本当に私も行って大丈夫かしら」

「大丈夫。サンドラの顔を知ってる貴族はほとんどいないんでしょ？　それに町娘のサンドラってことにしとけば大丈夫だよ。それよりも妻がいないことのほうが重要視されそうだ」

確かにサンドラの存在がバレたら大事になるだろう。しかし、遅かれ早かれバレることである。それにバレたとしても知らなかったで通せば良いとラムゼイは考えていた。

それよりも妻がいないことのほうが問題だと考えているラムゼイ。妻がいない人間は半人前として扱われてしまうのがマデューク王国という国である。

「ラムゼイ。くれぐれも粗相のないようにな」

「わかってますって」

父の諫言を軽くいなして迎えた本番。ラムゼイとサンドラは巨大な扉の前に立っていた。金色に輝いており門を開くためだけに四名の衛士がいる。

「ほら、リラックスしなさいよ」

「うん。あー、サンドラがいてくれて良かった」

式典には伴侶を連れて参加することになっている。これも古い慣習だ。独身の貴族は半人前だとして見下されてしまうのだ。とは言え、大抵は幼少時に許嫁をつけられるのだが。

扉がギィと鈍い音と共に開く。その部屋の最奥で国王陛下が玉座に座ってラムゼイを見つめていた。両脇には王国の重臣たちがずらりと並んでいる。そこにはラムゼイも見知った顔がいくつかあった。

「ラムゼイ＝バートレット。これへ」

「はっ」

そうラムゼイを呼んだのは人務卿のノーマン＝コーディ＝テレンス＝オーツ侯爵である。人務卿が陞爵式を執り行うしきたりなのだ。サンドラの瞳が細くきつくなっていく。

ラムゼイはサンドラを伴って国王陛下の前へと進み出ると首を垂れて膝をつく。サンドラもそれに従っていた。脇からは「意外と若いな」とか「どこの娘だ?」という声が聞こえてくる。

その騒めきが落ち着いて辺りが静かになりつつあるところ、寛闊《かんかつ》な声が辺り一面に響いた。

「これよりラムゼイ＝バートレットの陞爵式を執り行う。この度、貴君を男爵へと陞爵し、アレク地方へと転封することを命ずる」

「はっ。謹んで拝命いたします」

ラムゼイはノーマンから一通の書状を恭しく受け取る。それから再び跪く。すると、上から一枚のマントがかけられた。男爵のマントだ。色は深く濃い青である。

それから勲章もラムゼイは下賜された。豪華な箱に入った男爵の位を示す濃紺の爵位勲章である。

「ラムゼイよ。この度は逆賊の退治、誠にご苦労であった。これからはラムゼイ＝アレク＝バートレットと名乗れ」

「はっ」

ゆっくりと、しかし威厳に満ちた声で国王であるマデューク八世が言葉を発した。その内容は過激なものである。

なにせ、自身の家臣を悪人と断定したのだから。もう歳を取り過ぎて呆けているのかもしれない。

「何を仰いますか、陛下！　コステロは陛下の忠実な臣ではありませんか!?」

その国王に意見する者がいた。王太子であるエミールである。国王陛下に軽々に意見を述べられるのは王妃か王弟か王子くらいなものだろう。

「控えぬか、エミール！」

これに一喝を入れたのはエミールの叔父に当たる王弟のイグニスである。ここ最近、この二人は幾度となく意見を対立させていた。

これは静かな後継者争いだと他貴族は見ていた。イグニスは歳離れた王弟のため、年齢が近い二人。どちらに付くか一つ誤るとお家存亡の危機である。

エミールは王座に興味はない。ただ、国のために働いてくれたボーデン男爵が不憫でならないのだ。それにイグニスが政権を奪うと確実に消されるという危機感は持っていた。

「もう良い、わかった。儂は決めた。玉座を譲る」

これに嫌気がさしたのか、国王マデューク八世はこの場で玉座を退く宣言をしていた。これには周囲も度肝を抜かれただろう。気になるのは誰が次の玉座に座るかである。

国王自身も次の王位を誰に譲るか明言しないと骨肉の争いになることはわかっていた。

しかし、今の今まで決めかねていたのも事実だ。それだけ自身の息子であるエミールを信じていないのだ。

エミールも自身が父にあまり好かれていないのを自覚していた。ここ最近、父親であるマデューク八世に会うと帝国との関係をネチネチと指摘されているからである。

とは言え、エミールを帝国の姫と結婚させる話はマデューク八世が推し進めてきたことだ。どこで父子がすれ違ってしまったのだろうか。

「この度、孫のリュークを王位に据える。イグニス。其方が摂政となり後見せよ」

できれば自身の直系に王位を渡したいマデューク八世。しかし、エミールでは諸外国との関係が心許ない。渡すならイグニスのはずだ。

しかし、マデューク八世としてはやはりどうしても直系に王位を渡したかったのだ。

そして考え付いた苦肉の策がこれである。しかし、これは逆効果でしかない。政をイグニスに取り仕切らせたいのだろうが、幼いリュークの一番近くにいるのは母親である帝国の姫、ローゼリッテだろう。

そして父親であるエミールが言うことも疑わずに信じるだろう。いくら摂政であるイグニスといえども王が定めたことを覆すことはできない。

「はっ、承知しました」

「はっ」

イグニスとエミールは揃って返事を返す。どちらも最善ではないが次善だと考えているのだ。

幼い王さえ黙らせてしまえば実権はこっちのものだと考えるイグニスと、幼い王を支配、洗脳してしまえばこっちのものだと考えるエミール。

ラムゼイの陞爵式だというのに主役はそっちのけで周囲はどう幼い王に取り入るかの話し合いを始めたのであった。

「えー、これにて陞爵式の終わりを宣言する」

ざわつく場内を抑えきれないままノーマンが閉会を宣言した。これでラムゼイは晴れて男爵の位を授かることになったのであった。

バートレット英雄譚

第五章

王国歴551年9月13日

ラムゼイとサンドラは無事に陞爵式を終えてバートレット領へと戻っていた。もちろん二人だけではない。代官として赴任するジャック＝オゴム男爵と一緒にである。

護衛と称してジャックの側近たちも一緒にバートレット領へと向かっている。おそらくラムゼイたちを追い出してそのまま旧バートレット領に赴任するつもりなのだろう。

「ラムゼイ卿。到着しましたら急ぎ出立の準備を」

「わかりました。出立の準備は家臣に任せ、ボクは引継ぎを」

馬車の中ではそんな話を何度も交わしている。どうやらこのジャックなる者、初めて領地を任されたということで浮かれているようである。

これからの旧バートレット領には不安しかないがもうラムゼイにはどうすることもできない。できることは困ったことがあれば訪ねて来て欲しいと伝えることくらいである。

しかし、旧バートレット領から新バートレット領となるアレク地方までは距離が遠いのが難点である。ここからアレク地方へと行くには山か湖を越えないといけないのだ。

「おかえり。ラムゼイ」

「ただいま。ダニー」

ラムゼイたちを出迎えてくれたのはダニーである。彼は笑顔で親指を立ててこちらを見ていた。どうやら準備は滞りなく済んでいるようだ。そんなダニーを後目に見ながらジャックが拠点の砦へと足を踏み入れていく。

「ここが拠点ですかな？」

「はい、中の執務室に資料がございます」

ヴェロニカに案内を任せてラムゼイはダニーとこっそり話をする。もちろん、ジャックとその側近たちにバレないようにである。

「ラムゼイ。アレ（材木）をアレ（現金化）してグリフィスと他数名でアレ（隠）してあるからよ」

「そうか！　ありがとう。じゃあグリフィスにはアレ（金）の他にアレ（食糧）も持たせて、兵にアレ（重装備）を身につけさせてヘンドリーのところまで先に行ってるよう伝えておいてよ」

「あいよ。それから領民にはアレし（付いて来）たいヤツはアレ（荷物）まとめてアレ（準備）しとけって言ったんだが問題ないよな？」

「もちろんだよ。彼らにもグリフィスと共に先行してもらおう」

流石は長年連れ添った悪友というだけはある。阿吽の呼吸で意思疎通を図りながらすぐさま次の指示を出すラムゼイ。そしてダニーはそれを正確に読み取っていた。

それからラムゼイは拠点である砦の中へと入る。そこでは既にヴェロニカとジャックが資料の擦り合わせを行っていた。

「これが前期の税収かね。少ないのではないか？」

「この村はできたばかりですので我が主の計らいで減税していたからにございます」

「うぬぅ。これでは我々の生活がカツカツになってしまうな」

どうやら税収に関して話し合っているようだ。ジャックが税収が足りないと嘆いているらしい。ジャックはここで王都と同じ生活ができると思っているのだろう。余りにも無知である。

「ラムゼイ！」

そんなラムゼイのもとを訪ねて来たのはゴードンたちであった。農業カルテットであるウィリーやヘンリーの他にアーチボルト翁などもそこにはいた。

「みんな。どうしたの？」

「俺たちはさ。お前と一緒に移ることができない。……ごめん」

そう。ゴードンたちはラムゼイと一緒にアレク地方へと行かない決断をしたのだ。ゴードンは村長としての役目がある。それを投げ出していくわけにはいかない。

ウィリーたちも結婚し子どもができている。彼に付いて来いと言うのは酷だろう。

「そっか。そうだよね。……みんな、今までありがとう」

「何。こっちこそさ。お前のお陰で幸せに暮らせてるよ」

肩を寄せ抱き合うラムゼイとゴードン。ラムゼイは彼に感謝しかなかったし、ゴードンもまたラムゼイには感謝しかなかった。二人とも互いに居場所を作り合えた仲なのだ。二人は目に涙を溜めながら別れを惜しむ。アーチボルトは「涙腺が緩くなったのぅ」と呟き、頻りに目頭を擦っている。

「いつ旅立つんだ？」

「もうすぐには」

ラムゼイが皆との別れを惜しんでいると中から疲れた顔をしたヴェロニカがやって来た。それだけで何があったのかを察するラムゼイ。

「あいつらは領地経営を甘く見ていますね。さっそく税を増やす話をしております」

ヴェロニカのその言葉にラムゼイの心が曇る。いや、ラムゼイだけではない。その場にいるゴードンたちも伏し目がちになってしまった。

「困ったらヘンドリック辺境伯に泣きつきなよ。あの人は野心の塊のような人だからね。きっと無下にはしないさ」

「もちろん。そうさせてもらうよ」

そう言って無理やり笑顔をつくって別れる。ラムゼイは彼らの後姿をずっと眺め、それが見えなくなってもその方向を見つめていた。

ラムゼイは彼らの後姿をずっと眺め、それが見えなくなってもその方向を見つめていた。

「ご主人様。そろそろ」

「……うん」

ヴェロニカに促され、やっと砦の中に入るラムゼイ。そこは既にジャックとその配下の者たちが我が物顔して鎮座していた。

「それにしても何もないですな」

「え？　あ、ああ。そうですね」

ラムゼイにそう語りかけるジャック。どうやら全ての物をヴェロニカやダニーたちが運び出してくれていたようだ。

「纏める荷物もありませんでしたな。ラムゼイ卿」

これは暗に早くさっさと出ていけとジャックが告げているのだろうか。ラムゼイは今の発言をそう受け取ることにした。

「そうですね。では引き継ぎは滞りなく済んだということでよろしいでしょうか」

「勿論ですとも」

引き継ぎの書類を二通取り出すと、互いに署名して一通ずつ保管する。これで引き継ぎは完了となった。旧バートレット領は王国の直轄地に組み込まれ、この辺り一帯を治めることとなる。

「じゃあ、行こうか」

「はい」

ラムゼイはヴェロニカを伴ってヘンドリーのいるドルトムへと向かった。そこには既にグリフィスとダニーが皆を揃えて待っていた。

皆というのはグリフィスが連れていた兵士の他、ダニーや木こりのロジャーに狩人のオズマ、それに鍛冶師のディエゴに大工のエリックなど、ラムゼイを慕っている領民が数十名である。

「そしてなんで君がいるの？」

「まぁ、良いじゃねぇか。俺もそろそろ独り立ちしようと思ってたところなんだ」

みんなに混ざって立っていたのはアシュレイであった。彼はコリンズ商会で下積みを終えてこの度、晴れて独立することと相成ったわけである。

そしてラムゼイが加増されて転封するという話を耳にした彼はラムゼイのもとにお抱えの商人がい

ないことを思い出し、あわよくばを狙ってラムゼイに付いてくる選択をしたのであった。

「いや、付いてきてくれるのは嬉しいんだけどね」

「だろー？」

「じゃあ、早速だけどお仕事お願いね」

そう言ってラムゼイはアシュレイをポンと押す。アシュレイはよろけて三歩後ろに下がった。そしてぶつかる。振り向くアシュレイ。そこにはヘンドリーが静かな笑みを浮かべて立っていた。

「やあ、ラムゼイ。陞爵と転封おめでとう」

「ありがとうヘンドリー。旧領をもう追い出されちゃったよ。あ、それはうちのお抱え商人だからよろしくしてやってね」

ラムゼイはアシュレイをヘンドリーに売り込んでおく。これからバートレット家の商いはアシュレイに任せるつもりなのだ。顔を売っておかなければならない。

「そうなんだ。私はヘンドリー＝ドミニク。この領主の息子だね。まあ、でも商人ならドミニクは知ってるか」

「もちろんでございます。ドミニク商会を知らない商人はもぐりでございましょう。あ、ご挨拶が遅れました。私はアシュレイと申します。先日まではコリンズ商会にて働いておりましたが、この度ラムゼイさまとともにアレク地方へと参ることとなりました。以後、お見知りおきを」

流石は商人。咄嗟に振られたとしても淀みなく口から言葉が溢れてくるアシュレイ。それを見ていたヘンドリーも彼には商人として及第点を与えていた。

「そうそう。前に約束していたライ麦。持って行ってよ」

ヘンドリーがライ麦を荷車一杯に乗せてラムゼイに渡す。これはボーデン男爵領を攻略する際に渡した材木のお釣りである。

「ありがとう。でもまだライ麦を買い入れたいんだ。その辺りはアシュレイ、頼むよ」

何だか済し崩しに良いように扱われているアシュレイ。ただ彼自身も不満はないのか交渉に乗り気であった。それに対し、ヘンドリーも代理人を立てる。彼らは目をギラつかせながらライ麦の価格交渉に入った。

「それにしてもやられたよ。まさか男爵領を全て国王陛下に献上するとはね。せっかくコスタ砦を抑えていたのにそれもパーになってしまった」

「悪いことをしたとは思ってるよ。でも、それなりに儲けたでしょ？」

「まあね」

ヘンドリーの後ろに控えているのはコスタ砦を守っていたカバロであった。どうやらボーデン男爵領が潰れた後、そのままヘンドリーの配下として収まったらしい。

優秀な人材というのはどの領も喉から手が出るほど欲しいものだ。カバロが優秀かは定かではないがヘンドリーがそのまま雇い入れたということはそういうことなのだろう。

「それにしても辺境に飛ばされたね」

「土地は沢山余ってるからね。開発のし甲斐があるよ。それに当分は戦はしたくない。もうこりごりだ」

ラムゼイは戦で得たものも大きかったが、同時に失ったものも大きかった。鍛えた兵も減りゴードンたちとも別れを告げる始末。

もっと上手く立ち回っていれば、諸侯に踊らされて男爵領に攻め込まなければと悔やんでいた。

「そうだ。ヘンドリーは船を一隻用意できるかい？」

「船？　まあできないこともないと思うけど……。何に使うんだい？」

「もちろん移動のためさ」

ラムゼイはこのままドミニク領を南下してグレイブ伯爵領を横切りショーム湖を渡ってしまおうと考えていたのだ。これで楽に新バートレット領のアレク地方まで行くことができる。

「なるほどね。でも大きすぎるとショーム湖まで運べないだろうから、小さめの船で何度か往復するのが良いだろう。じゃあ手配しとくよ。今日はこの街に泊まるのかい？」

「うん。そうさせてもらって色々と買い込んで準備を整えようかと」

「わかった。それとグレイブ伯爵に予め手紙を出しておいたほうが良いんじゃないかい？」

「確かに。すっかり忘れていたよ」

「それはこっちで手配してあげるよ。父さんと連名のほうが効果あるだろうしね。その分――」

「わかってるよ。色々と買わせていただきます」

「毎度どうも」

ヘンドリーはそう言い残してラムゼイたちの泊まる場所を手配する。それなりの人数がいるのだが、そこは子爵。彼らの兵舎を空けてもらってそこに泊まることにした。もちろん料金はしっかりと取られたが。

そして準備と称して色々と買い込むラムゼイたち。エリックからは釘を大量に買い込めだのロジャーからは新しい斧が欲しいだのディエゴからは鉄鉱石を買い込めだの言われながらも必要なものを購入していく。

まずは作物。大量に買い込んだライ麦の他、ニンニクと玉ねぎと大豆も買い込んでいく。もちろん旧領で実った作物も持ってきているが、ライ麦は加工にも使うため大量に必要なのだ。

それから釘と斧。釘がなければ家を建てることができないし、斧がなければ材木が手に入らない。種の類は旧領の物を持ってきているので必要ないだろう。

問題は鉄鉱石である。これは今買い込んでも直ぐに使うことはできないだろう。というのも鉄を生成するための鍛冶場がすぐには用意できないからだ。ディエゴには涙をのんでもらうことにするラムゼイ。

そして船である。ヘンドリーが用意したのは二十五人ほどが乗れるだろう小さな船である。俗に言うロングシップというものだ。ただ問題はこれをどうやって湖まで運ぶかというところだろう。

「担げば良いんじゃない？」

あっけらかんと言い放つヘンドリー。確かにこの船は全長が約十七メートル、幅は三メートルもない大きさだ。大人三十人もいれば優に担ぐことができるだろう。

「うーん、訓練と称して兵たちに持たせるかなぁ」

「何なら運ぶ人員を貸しても良いけど？　もちろん――」

「有料でしょ？　もうお金がないんだよ」

食糧やら何やらを買い込んだお陰で暖めていたラムゼイたちの懐が寂しくなってきている。せっかく領の資源を現金化して３００００ルーベラ貯めたのにドミニク領で２５０００ルーベラも使ってしまった。

やはり船を購入したのは痛かった。船を増産するとなると船大工も雇わなければならない。流石にこれはエリックには無理である。となると節約を心掛けていかないといけないだろう。

「うん。兵たちに持たせて兵たちに漕がせる。これも訓練ということにしよう！」

この後、ラムゼイがヴェロニカやグリフィスからしこたま怒られたのは言うまでもないだろう。

王国歴５５１年９月１４日

ラムゼイたちは日が昇ると同時に新バートレット領へ向けて出立していた。ヘンドリーは相変わらず夢の中であったので代わりに家令にお礼と挨拶を述べる。

「どうぞ、お気をつけて」

「お世話になりました。では」

それだけ述べるとラムゼイは南へと歩を進めた。ラムゼイに付いてきたのは総勢百名にも満たない領民。それらが列を成して歩いていく。

「ねえ、サンドラ。アレク地方にはどれくらいの人が住んでるの？」

「そうね。私が住んでいた頃は千人ぐらいだったはずよ。お父様も重要視していなかったしね」

どうやらダーエ侯爵家ではアレク地方を重要視していなかったようだ。確かに首都からは遠く離れているのは侯爵としては難点であっただろう。

ただ、広大な大地と山、湖と資源は豊富にあるアレク地方。何故ここを重要視していなかったのかとダーエ侯爵家の当主を小一時間ほど問い詰めたいと考えていたラムゼイ。

それとも何か土地に重大な欠陥があったのだろうか。例えば荒野で作物が育たないなど。こればかりは実際に現地に赴いて土質を確かめてみるしかない。

「じゃあ、ボクたち合わせて千百名くらいってことか。まだまだ伸ばせる余地があるね」

コステロが治めていたボーデン男爵領でさえ五千人いたのだ。それ以上の土地があるアレク地方であれば一万人は余裕をもって養うことができるだろう。いや、三万人だって机上では可能なはずである。

「そう思って足をすくわれないようにね」

「……はい」

そんな夢を描いていたところ、見透かされていたのかサンドラに釘を刺されてしまう。

とは言えラムゼイのやることは変わらない。できるだけ多くの領民を幸せにすることである。

「大将！　向こうから何か来たぜ！」

先頭を歩いていたグリフィスが大声で叫ぶ。どうやら異変があったようだ。ラムゼイはヴェロニカをサンドラの傍に控えさせて自身は先頭へと走る。

「集団が向こうから来ているのが見えるか？」

グリフィスが指差す方向から騎馬の一団がこちらに向かっていた。何人かが大きな鳥が羽ばたいている紋章の旗を持っている。あれはグレイブ伯爵の紋章である。その一団の長と思わしき男性が叫んだ。

「止まれぃ！　その方らがバートレット男爵一行か⁉」

先頭を走っていた見るからに武に覚えがありそうな男性がラムゼイたちに制止を求める。別に反抗するつもりもないので大人しく止まるラムゼイ。

「はい。私がラムゼイ＝アレク＝バートレットです」

「ふん。グレイブ伯爵がお呼びだ。ついて参れ」

高圧的な態度で呼び出されるラムゼイ。この騎兵長もラムゼイのことを下に見ているのだろう。あるいは無抵抗な領民を虐殺した悪魔とみなしているかである。そして、さらに論《あげつら》う騎兵長。

「なんだ。馬は一頭もいないではないか。ちょうど良い。走ってくるのだな」

確実に嫌悪されているだろう。本来であれば開戦の事由になってもおかしくはない行為だ。しかし、まともにぶつかったところでラムゼイに勝ち目はない。そういった意味も込めて挑発しているのかもしれない。

「ダニーは皆を連れて先に湖へ向かって。どんどん渡っちゃって構わないよ。ヴェロニカは引き続きサンドラの護衛を。そして二人も湖を渡って領内に入って。グリフィスと何人かはボクと一緒に付いてきて」

ラムゼイは素早く判断を下すと各人がそれに従って動き出す。グリフィスはラムゼイについて行く供を五人ほど選び即座に準備する。

「大将。奴らさっさと駆けて行きましたぜ。どうします？」

「あんまりゆっくり追っても『遅い！』って言われそうだよねぇ。仕方ないから駆け足で向かうか」

「あいよ。全員駆け足！」

ラムゼイもグリフィスたちに混ざって駆け足で騎兵を追っていく。普通の貴族であればすぐに音を上げる状況であるが、生憎とラムゼイはアーチボルト翁にみっちりとしごかれてきたのだ。この程度では音を上げたりはしない。

一時間ほど軽くジョギング程度の速度で走っていると街が見えてきた。騎兵がそこに入って行ったことを考えると恐らく領都なのだろう。

「よし。じゃあいったん小休止してゆっくりと街へ近づこう」

息を切らしたまま街の中に入るのは品がないと思われてしまう。それに万が一のために皆が船で移動できるよう、できるだけ時間を稼いでおきたいという考えもある。あの騎兵長の言動は明らかに好意的ではなかった。

「よし、じゃあ胸を張って堂々と入ろうか」

呼吸が整っていることを確認したラムゼイは全員に告げた。そして歩き出そうとしたところ、グリフィスに肩を思い切り掴まれてしまったのだ。

「な、何？」

「大将。危ないと感じたら四の五の言わずに逃げましょう。大将だけでも」

切実な声色で嘆願するグリフィス。どうやら彼はラムゼイが殺されることも視野に入れているようであった。正直、ラムゼイはそこまでされるとは想像もしていなかった。しかし、グリフィスは違う。

「なんなら、このまま逃げちゃうのもアリかなぁ？」

「いいえ、ここまで来たら無理ですぜ。騎兵に追われたら一発でコレでさあ」

グリフィスが己の首に手刀を当てる。ラムゼイは己の考えが甘いことを恥じた。自身だけでなく、グリフィスたちを巻き込んでしまったのが非常に悔やまれるのだ。

確かに、今のラムゼイには後ろ盾がなさ過ぎる。流石にダリルはここまで影響力を伸ばしていない。

ラムゼイは覚悟を決めて街の門をくぐるのであった。

「よくお越しくださった。ラムゼイ卿。私がカルロス＝レ＝グレイブです。手紙は拝読させていただきましたよ」

あのまま即座に屋敷の応接間へと通されたラムゼイ。もちろんグリフィスたちは別室で待機である。

そこには立派なカイゼル髭を蓄えた老年の男性が椅子に座っており、こちらを認識すると立ち上がって近寄ってきた。

「どうも。このような恰好で申し訳ございません。ラムゼイ＝アレク＝バートレットです」

下手に出て擦り寄ってくるカルロスに不気味さを覚えるラムゼイ。それと同時に視界の端に映る不機嫌そうな壮年の男性も気になっていた。その男は身なりは整っており髭も綺麗に剃られている。

その視線に気が付いたのかカルロスが壮年の男を紹介する。しかし、男は壁に寄り掛かったまま動こうとしない。

「これは私の息子でカルゴです。息子ともどもご贔屓に」

「はあ。あの、なんで私はここに呼ばれたのでしょう」

「おお！　そうですな。呼んだのは他でもございません。我が領を通行するということで通行税をお納めいただきたく」

あくまでも腰の低い物言いだが、言っている内容はえげつない。要は領地を通るならお金を寄越せと言ってるのだ。しかし、ここを通らないとなると大きく迂回しなければならず、食糧が持たない可能性がある。明らかな嫌がらせだ。

お金はない。が、支払わないと敵対行為とみなされてしまう。それは今は不味い。ここは支払うという選択しかラムゼイには残されていなかった。

力無きものの訴えなど、聞いてもらえないというのが世の常である。そのことはラムゼイも痛いほど理解していた。そしてラムゼイに力はない。

「わかりました。我々は百名を連れてきております。そこで100ルーベラお支払いしましょう。当家も転封直後で金子が心許ない。今回はこれで矛を収めていただけませんか？」

「ええ、ええ。もちろんですとも。こちらこそ心苦しい申し出をば。なにぶん我が領も経営が苦しくて」

ラムゼイは憤っていた。何を白々しい、と。後ろのカルゴの服装を見ればわかる通り、グレイブ伯爵家はお金になぞ困っていない。恐らくはラムゼイがどう反応するか試していたのだろう。

ラムゼイは100ルーベラを取り出して近くにいる侍女に渡す。その侍女がカルゴの前を通ってお金をカルロスのもとまで運んだ。

「お近くに転封になったのも何かの縁。これを機に良きお付き合いができればと考えております。では」

ラムゼイはカルロスを上回るほどの下手な対応でその場を辞した。その退室の扉が閉まった直後、不機嫌そうに壁にもたれかかっていたカルゴが大きな声で父であるカルロスに詰め寄り始めた。

「何をやっているのだ！　あんな成り上がりの男爵に下手に出て！　恥ずかしくはないのか、親父!!」

「耳元で騒ぐでないわ。ではお前はどうするべきだと言うのだ？」

詰め寄ってきたカルゴをいなしながらお金を懐にしまう。

「そんなもの、さっさと潰して取り込んでしまえば良いじゃないか！」

「陛下が下賜された土地だぞ。そう簡単に攻め込めると思うな。逆に我らの反逆を疑われてしまうわ。それよりも、だ。こちらに首を垂れるなら生かさず殺さずに搾り取るまでよ」

「……甘いっ！　親父には貴族としての誇りはないのかっ！　あんな田舎の成り上がり者、俺が軽く一捻りしてくれよう！」

そう叫んで応接間を後にするカルゴ。このカルゴの怒号は退席したラムゼイの耳にも届くほどであった。

「ふぅ。誰か、あの阿呆に目付を。決して逸らせるでないぞ」

どこも後進の育成には苦心しているようであった。

ラムゼイがグレイブ伯爵のもとで苦虫を噛み潰している頃、ヴェロニカたちはショーム湖へと到着していた。ここからはラムゼイが賜ったアレク地方になる。

「船を下ろせ！」

ヴェロニカの指示通り湖に船を浮かべる兵士たち。そこにまずはサンドラを乗せる。その次がヴェロニカだ。そして漕ぎ手として兵士を二十人ほど乗り込ませる。空いたスペースには荷物をたんまりと載せて。

「ダニーは残された人たちをお願い」

「あいあい。任されましたよ」

「それじゃあ出発！」

オールで漕ぎ出す兵士たち。しかし残念なことに上手く真っ直ぐに進まないのだ。それもそのはず、今日初めて船に乗った兵士たちに真っ直ぐ漕げと言うのが酷と言うものだろう。

ぐねぐねと蛇のように曲がりながらも何とか対岸へと渡るヴェロニカたち。しかし、兵士たちは一往復もする前に肩で息をするほど疲弊している。

「困ったな。何か良い方法を考えないと」

ヴェロニカは兵を休ませ、その間に何か良い案はないかと思案する。こんなときにご主人様がいればという言葉が頭の中に浮かぶが首を振ってその考えを振り払う。

「ねえ、何か考えはないかしら。私では浮かびそうもないの」

堪らずヴェロニカは休んでいる兵士たちに助言を求める。身体を休めて頭だけを働かせろということだ。しかし、兵士たちからは良い案どころか、案の一つも出てこない。

「要はこの湖を早く疲れずに移動できれば良いのよね？」

そう声を掛けたのは一人涼しい顔をしているサンドラだった。そして今回の問題は彼女の言う通り、残っている人々を早くこちらに移動させることである。

「そうです」

「なんで兵たちは疲れているの？」

「それは舟を漕ぐという慣れない作業をしているからでしょう。直線で進めていないのもロスになってます」

「船以外で辿り着くという選択肢は？」

「ないに等しいでしょう。迂回するには山を越えなければならず、日数的にも体力的にも厳しいかと」

「じゃあ、直線で進めるようにするしかないわね」

ヴェロニカは思った。何をこの奥様は何を言っているのだ、と。だが、兵士の一人であるジョニーは違った。サンドラの言葉をヒントにあることを思いついたのだ。

「あ、あの！　紐とかないですかね？」

「紐？　あるだろうが、何に使うつもり？」

「はい！　紐を結んで長くしてそれを使って移動すれば労力や時間の短縮になるかと」

ジョニーの言い分はこうだ。出発地と目的地で紐を固定し、その紐を船の上で引っ張りながら移動したほうが効率的だというのだ。

この意見にはヴェロニカをはじめ他の兵士たちも大いに賛同していた。しかし、問題はそれを実行できるだけの紐が用意できるかどうかである。彼らが渡っているショーム湖の直径はおよそ三キロ。それだけの長さの紐を一本で用意するのは難しいが、結び合わせれば何とかなるのではないか。これが兵士たちが出した結論であった。今は皆で荷を持って移動している最中であり、その荷を固定するのに紐を大量に使用している。

ヴェロニカとサンドラ、そして兵を半分残して舟は戻っていく。戻った兵は対岸に残っているダニーにサンドラたちが考えた移動方法を伝えた。

「わかった。おーい、みんな！　悪いんだけど紐を貸してくれないか？　荷造りに使っている紐も全部だ！」

ダニーは大きな声を出して付いてきてくれた旧バートレット領の人々に紐を集めるように告げる。皆は何に使うか訝しんでいたが特に反対する理由はないのでダニーの言葉に大人しく従う。

その集まったさまざまな種類の紐――その中には荷造りに使っていたロープのほか、ベルトの代わりに使っていた紐なども混ざっていた――を結び合わせていく。

「ようし！　じゃあ住民と紐を乗せて漕ぎ出せ！」

舟に兵を十人と移民を十人、それに荷物と結んだ紐を載せて舟を漕ぎ出す。これで兵たちは二往復目だ。もう腕がパンパンになってきている。

「ひぃ、ひぃ」

ジョニーなんかはもう顎が上がって苦しそうにしている。しかし、向こう岸に着くまで休むことは許されない。文字通り蛇行しながらなんとか対岸へ住民を渡すことができた。

これで十人の住民を渡すことができた。残りは七十人だ。つまり七往復しないといけないのだ。ただ、ここからはスピードが違う。なぜならば紐が通ったからだ。

「ふはぁ。おい、交代してくれ」

到着した瞬間にジョニーが地面に倒れ込む。そして待機していた同僚の兵士と役割をバトンタッチをする。そしてそれを快く受け入れた。

「じゃあ紐の端を近場の木に括り付けて」

ヴェロニカの指示に従い、紐の端を木に括り付けると待機していた兵士たちが舟へと乗り込んだ。その紐をガイドにして舟を漕ぐ。

もう舟の方向を気にする必要はないのだ。ただ身体全身を使って力いっぱい舟を漕げば良い。するとスルスルと舟は目的地へと進んでいく。これは舟を漕ぐよりも断然に楽だ。こうして兵を交代しながら住民と荷、それから連れてきた家畜を全て新しいバートレット領へと運び込むことに成功した。

「何とか領地に辿り着けたね」

あの後、ラムゼイたちを船に乗せてアレク地方へと辿り着いたラムゼイ一行。彼らがまず最初にするべきことは拠点をどこに置くか定めることである。

しかし、拠点の位置を決めるにはラムゼイたちには情報が少な過ぎた。

「グリフィスは周辺の地図の作成を急いで。ヴェロニカは仮の拠点の設営。ダニーは資材集めを急いで」

「承知！」

「かしこまりました」

「あいあい」

ラムゼイは三人を頼もしく思いながら見送った。そう、もうラムゼイは最初に入植した時のように一人ではないのだ。兵士と手の空いている領民を三等分して彼らの下につける。ラムゼイの心の中では拠点を湖の畔に置くことを決めていた。長浜城のように水運での物流の拠点にする狙いがあるのだ。物資が集まることの強さをラムゼイは歴史から学んでいる。もちろんその歴史というのはマデューク王国の歴史ではなく日本の歴史のほうなのだが。

ただ、問題は湖との関係だ。大雨が降った時に決壊、そして浸水する場所に拠点を置くことはできない。そのためにグリフィスに周辺を探ってもらっているのだ。

ラムゼイは空いた時間を使ってサンドラとともに領民に配る食料の準備を行う。この食料も潤沢にあるとは言い難い。大切に使わないと冬を越すことができなくなるギリギリの量だ。

「ねえ、ラムゼイ。釣りは得意？」

「んー。まあまあ、かな。なんで？」

「麦はあまり使いたくないのよ。取っておきたいの。湖があるんだから魚が釣れるでしょ。それに越したことはなくて？」

ラムゼイはそのサンドラの台詞を聞いて目を丸くしていた。確かに物言いは高圧的だが的を射ている発言である。上級貴族の娘として蝶よ花よと育てられてきたサンドラから建設的な意見が出るとは思ってもみなかったのだ。

「何よ」

「いや、何でもないけど。確かにそうだね。船もあるし、釣りができそうな領民を集めてお願いしよう」

食べることができる魚が釣れることを願いながらラムゼイは釣りができる領民を率いて舟を漕ぎ出し始めた。

王国暦551年9月15日

調査には丸一日を費やした。その間に雨風を凌ぐための仮設のテントを張り、資材として近くにあった木を二十本ほど手当たり次第に伐ってきた。

「領地内の湖の淵を歩いてきたが、あの辺りが小高くなっていて地盤も安定してそうだったぜ」

「ありがとう。うん、じゃあその辺りに拠点を築いて溜め池も用意しよう」

グリフィスは昨日一日を費やして調査した成果をラムゼイに報告する。そして、その報告を終えるとヴェロニカが建設したテントに倒れ込み大きな寝息を立て始めた。

エリックを引き連れてグリフィスが指定した土地へと向かう。確かに湖の畔ではあるが小高い丘になっており、水害に強そうな場所であった。

「うーん、確かに悪くはなさそうだけど、土地が平らじゃないから建てるのが大変そうだなぁ」

そう。小高い丘になっているのだが、土地が山なりになっており平らではないのだ。まずはこの土地を均すことから始めないと堅陣な拠点を建てることができない。

「じゃあ、どの辺を均そうか」

「そうだなぁ。この辺りが一番広くて良さそうじゃないか？　なあ、ラムゼイ。今度はどんなの建てる？」

ウキウキしながらそう尋ねるエリック。ラムゼイとしては今度は堅固な城というよりも象徴としての城を建てたいと考えていた。山城ではないので堅固な城を建てるのは難しいのだ。

「うーん、大きな城を建てたいな。エリックは土壁で城を建てることってできる？」

「土壁？　うーん、やったことはねぇが、やってみるか！　まずは木で骨組みを組んでから粘性の土を張り付けていくか……」

エリックはブツブツと呟きながら考え込み始めた。ラムゼイは兵士たちを集めてエリックが指定した土地を切り開いて平らに均していく。

仮の拠点を設営し終えたヴェロニカは周辺の地図作成をグリフィスから引き継いでおり、ダニーは相変わらず資材を集めてくれている。今日は木材だけではなく石材も集めてきてくれているようだ。

「ねえ、ラムゼイ。あなた、村々に挨拶に行かなくて良いの？」

「あ」

その間の抜けた顔を見る限り、どうやらすっかりと忘れていたようだ。このアレク地方には確か三百人規模の村が三つほどあったはずだ。

「やばい。ねえ、誰かいない!?」

「んあ？　どうしたんだ？　大将」

ラムゼイの呼び声に応えたのは、またしてもグリフィスであった。というよりも手が空いているのが彼しかいないのだ。

「うん、確かこの近くに村があるでしょ？」

「そういえばここから南西に進んだところに何かあったな」

グリフィスが夜を徹して行っていた地図の作成はまだ精巧なものではないが、大まかな配置は記載されていた。そこには確かにここから南西に村があると記されている。

「ちょっとそこに挨拶しに行こうかなと」

「確かにそれは必要でしょうな。おい！」

グリフィスが一声かけると彼の部下が上から下まで装備を全て揃えてラムゼイたちの前に現れた。鎧は全て磨かれており、バートレット家の紋章もきちんと刻まれている。

「新しい仲間にはしっかりと挨拶せにゃあならんでしょう」

どうやらグリフィスが気を利かせてくれたようだ。ラムゼイはグリフィスとその部下を引き連れて村へ向かって進軍していく。

本当であればサンドラを連れて行きたいところだ。しかし、村とダーエ家との関係性がわからない以上、まずはラムゼイが単独で乗り込んで村の温度感を確かめるのが吉だろう。

これでダーエ家に好意を持っているのであればサンドラに説得を依頼し、敵意を持っているのであればサンドラの存在を伏せるだけである。

途中、その村人と思わしき人間がラムゼイたちを確認すると血相を変えて村へと戻っていく様子が見て取れた。それを不審に思うラムゼイ。

とはいえ村は目と鼻の先だ。それの疑問を胸の内に収めて村へと歩を進めた。ラムゼイはその疑問を解消しなかったことを即座に後悔する。なぜなら村人たちが武装してこちらを敵視していたからだ。

「ねえ、グリフィス。いま、どんな状況？」

「奇遇ですね大将。たったいま、俺もそれを尋ねようと思ってたんでさあ」

村人たちは手に鍬や鋤を手にして身構えている。ラムゼイは全く状況が飲み込めていない。とりあえず村長を呼んでもらうことにする。

「すみませーん！　あの、ボクたちに敵意はないです！　村長さんを呼んでくださいませんかー？」

ラムゼイは下げている剣を投げ捨てて敵意がないことを示すと大きな声で村長を呼び出した。村人たちも流石に異変に気がついたのか何人かが村の中心部へと戻っていく。

待つこと数分。それなりに腰が曲がった老婆がラムゼイたちの前に姿を現した。どうやら彼女がこの村を治めている人物なのだろう。そしてその彼女が頭を下げる。

「村の者が粗相をば。近頃、盗賊が出没するとあって皆、神経質になっております。何卒ご容赦を」

「いえ、こちらは気にしておりませんので」

ラムゼイは事を丸く収めるためにあくまでも友好的なスタンスを貫く。老婆は謝ってはいるが他の村人たちが納得していないのがありありと伝わってくる。

「こほん、改めて。新しくこの領を任されることになりましたラムゼイ＝アレク＝バートレット男爵と申します。尽きましては詳しいお話を――」

「うるせぇ！　帰れ！」

ラムゼイが話を切り出そうとしたところ、老婆の後ろに控えていた男性の一人が聞く耳を持たない意思を表明する。老婆は懸命に宥めようとしているのだが、頭に血が上っているせいか言葉が耳に届いていないようだ。

その男性の言葉を皮切りに口々にラムゼイたちを罵り始める村人たち。流石のグリフィスもこれには危機を感じたのか抜剣した。それに続いて兵士たちも抜剣する。一触即発の雰囲気が醸し出されてきたのを感じたのか、ラムゼイがグリフィスを制して一言。帰るよ、と告げる。

「良いんですかい？」

「うん。ボクたちは話し合いに来ただけだからね。穏便に済ませられるなら穏便に済まそう」

もちろんこのまま頑なにラムゼイ、ひいては国に対して反旗を翻し続けるのであればラムゼイも実力行使にでるしかないだろう。

おそらく前に赴任していた代官が重税を課すなりして村人たちの信を失ったのだろう。ラムゼイは勝手にそう解釈をして踵を返して歩き始めた。

「やりましたな！　おばば様!!」

男性が村をまとめている長老役の女性に対し、嬉しそうに声をかけた。憎き領主はスゴスゴと逃げ帰っているのが遠くに見える。

「何を言ってるんだい。これじゃあ我々が悪者じゃないか。向こうが話し合いを希望していたというのに」

ため息を吐いて頭を振る老婆。どうやら今までのボンクラ代官どもと今回の幼い少年は趣が違うようであった。このまま代官に逆らい続けるわけにはいかないのだから。

代官どもは圧政を敷いていたために総出で抵抗したという言い訳をすることができる。しかし、今回の少年は我々と話し合おうとしていたのだ。それを追い返すなどナンセンスとしか言いようがない。

国代官や領主を追い返すというのは村にとって生死を賭ける行動である。それを感情的に行ってしまった男性には失望しかなかった。

「仕方がないねぇ。向こうが無茶してくるまでは穏便に過ごすんだよ」

老婆はそう言って村人たちを散らす。その顔はどこか悲しそうな表情であった。それに気がついたのは村の若者であるペッピーだけであった。

「おばば様、どうしたんですか？」

老婆の後ろに控えて転んだ時の対応を頭の中でシミュレートするペッピー。運動の類は得意ではないが心根の優しい勤勉な少年である。

「いやな。ダーエ侯爵さまが治めてくれていた頃は良かったのぅと昔を懐かしんでおっただけじゃ。いかんの、歳を取ると昔がよく思えて仕方ないわ」

杖をついて歩きながらそう零す老婆。ペッピーは難しいことは理解していないが、今の状況がよくないことだけはわかっている。ただ、どうすれば良いのかは考えても答えは出なかった。

「我々の村はまだ良いほうかもしれんの。他の村は人頭税やら地税やら死亡税など重税を課せられたりしておるらしい。だというのに賊の退治もまともにしてくれんという。世も末じゃの」

「そんなに良かったんですか？　そのダーエ侯爵さまが治めてくれていた頃というのは」

「たった数年前のことじゃぞ？　覚えておらんのか」

ペッピーは村の少年らしく今まではのほほんと暮らしていたのだ。誰が治めていようと関係なかったのだ。それがどうだ。今は領主の問題が全ての大人たちを悩ませているではないか。

「ダーエ侯爵さまはの、それは非常にできたお方だったのじゃ。温和な人柄での、税も安く賊の取り締まりもきちんとしてくれておったからの」

「次のあのお若い領主さまもダーエ侯爵さまみたいな人だと良いですね」

ラムゼイのことを若いとペッピーは称したが、彼もラムゼイとはそう変わらない年齢である。老婆からしてみればどちらもまだまだ子供だ。

「そうじゃ、ペッピー。悪いのじゃが先ほどの小僧のもとまで一走りしてくれんか？」

「え？　それは構いませんけど、行ってどうすれば良いんです？」

「まずは今回のことを謝ってきておくれ。本来であれば儂が行くべきなのじゃろうが腰がな」

そう言って老婆は腰をトントンと叩く。謝るという誰も行いたくない行為を一人の年若い男性に行わせる心苦しさは感じていた。しかし、村のためには誰かが謝らなければならないのだ。

それにあわよくばという考えがある。それなりに友好関係を築いておき、いざという時に助けてもらおうという算段だ。そうなった場合、おそらく傘下に入ることを求められるだろうが、それくらいは造作もないことだ。

そもそもこの村は領主の管理下に置かれているのが正しい姿である。現在が異常なのだ。

「いえ！　お気になさらないでください、おばば様。それじゃあちょっと行ってきますね」

「ああ、頼んだよ」

着の身着のままの姿でラムゼイの後を追っていくペッピー。そのペッピーと入れ違いに一人の村の男が老婆の前に息を切らしながらやってきた。

「おばば様！　隣の村の者がこちらに！」

「なんだい慌てて。急ぎなら通してやんな」

そういうと傷つき足を引きずっている男性が老婆の前で倒れ込んだ。村人はその男性を急いで治療するが血が止まらない。

「わ、わたしは、隣の、ラグ村の、も、者です。ラグ村は、賊に襲われ……」

男性はそこまで言いかけると全身からふっと力が抜けたように動かなくなってしまった。どうやら事切れてしまったようだ。

「全く、厄介なことになったね。誰かラグ村の様子を見てきておくれ！」

その老婆の一言で数名の男性が慌ただしく動く。老婆は項垂れ、腰をさらに曲げながら自身の家へととぼとぼ帰っていったのであった。

「はぁ。上手くいかないなぁ」

ラムゼイは村からの帰り道、大きく肩を落としながら歩いていた。グリフィスが彼を慰める。どうもグリフィスは物事を楽天的に捉える性格のようだ。

「次は上手くいきますって。まずは俺らの拠点を整備しちゃいましょうや」

「そうだね。もうすぐ雪の季節かぁ。ってここ、雪降るのかなぁ」

おそらく降るだろう。たかだか五十キロや百キロ移動したところで気候が変わったりはしない。するとすれば本当に境目だろうが、その確率のほうが低いだろう。

「急いで街の構想を練らないと」

どこに何を配置するか、これは街を形成していく上で非常に重要な問題となる。ラムゼイは都市計画を急いで練る必要があるのだが、いかんせんその方向の知識がない。あるのは長安や札幌が碁盤の目になっているくらいである。

みんなのもとへと合流し、ヴェロニカに地図を見せてもらう。段々と詳細が書き込まれてきた。領の北側には湖が広がっており、グレイブ伯爵領との境目には山が聳え立っている。

南西の一番良い立地には村がすでに形成されており、残されている土地は多くはない。そしてラムゼイの手元にある有効なカードは酒ぐらいである。

「うん。今建てている湖の畔の城を中心に街を形成しよう」

ラムゼイは決断した。湖の辺りに街を作ることを。メリットとして水運が発達するので商業が盛んになるという予測を立てたのだ。

港をつくることで各領地から商船が来るようになるだろう。それは大きな収益を生むはずだ。

また、湖なので海とは違い塩害の心配をする必要がない。農作物を育てるにあたって真水が近くにあることは喜ばしいことである。

ただ、気にしなければならないのは水害である。大雨などで洪水になってしまっては一溜まりもない。ここに街を作るのであれば治水はしっかりと行わなければならないだろう。

「城の前に半円状の広場を設置して、それから蜘蛛の巣状に街を作っていこう。通りを先に決めて区画をつくっちゃおう」

ラムゼイは地図にどんどん都市計画プランを書き込んでいく。それを後ろから見守るヴェロニカ、グリフィス、エリックの三人。

「だけど、まずはこの湖の畔に大きな小屋を建てて。差し当たって百人が寝泊りできる広さの」

そんな夢物語を描いたとしても、屋根のある場所で眠れるようにするという現実問題を解決するほうが先である。なのでエリックにはダニーが集めてきた資材をそれに充てるようお願いをした。

「おっしゃ。任せとけ！　行く行くは物置小屋にでもできるようにしておくぜ。よし、取りかかんぞ！」

「いや、そこを城にしちゃうから。急いでるけど多少時間かかってでも頑丈に建てて」

引き連れてきた弟子とともに資材を取りにいくエリック。これで一息ついたとラムゼイが椅子に座った時、後ろからそーっと声を掛けられた。

「あのぉー」

「うわ！　ビックリした！　え？　誰？」

「あ、驚かせてごめんなさい。えっと、ペッピーです。あの、おばば様に言われて――」

しどろもどろに用件を話すペッピー。正直、ラムゼイには彼が何を言っているのか全くわからなかった。ただ一つ、兎に角謝っているということだけはわかる。

一度深呼吸をさせ、ラムゼイは絡まった糸を紐解くように丁寧に質問を投げかけた。

「まず最初に君は誰？」

「チェダー村のペッピーです」

「ボクに何の用？」

「謝りに来ました！　ごめんなさい！」

「……なんで謝りに来たの？」

「おばば様に言われて」

先ほどからペッピーが口にしているおばば様というのが誰を差しているのかラムゼイにはわからない。ただ、この土地に居付く何かしらの手がかりになると感じていた。

「えーと、ペッピーだっけ？　何歳？」

「十四歳に、なります、です！」

ラムゼイとまさかの同い年である。十四歳といえば中学二年生だ。もう少し大人びていたような気もするが、ペッピーはペッピーで心根は真っ直ぐで優しい正直者であることはラムゼイにも伝わっている。

そして過度に緊張しているのだろう。だからしどろもどろになっているのだとラムゼイは考えた。それであれば話を長引かせるのも忍びない。

「謝罪は受け入れる。その上でそのおばば様？　と話がしたい。そう伝えて来てくれるかい？」

「は、はい。わかりました！　それでは失礼します！」

ペッピーは踵を返すとそのまま走り去って行ってしまった。ラムゼイは感心していた。何よりも誰にも咎められずにここまで入り込めたことに。

もちろん、ラムゼイたちと一緒に移動してきた領民がいるとはいえ、誰も知らない人には警戒したくなるものである。ペッピーはその警戒をさせない人間なのだ。

よく言えば自然体、悪く言えば何処にでもいる、そんな男なのだ。ペッピーという人物は。

「今、誰か来ていましたか？」

エリックと共にラムゼイが立てた都市計画の詳細を軽く話し合っていたヴェロニカがサンドラを連れて戻ってくる。サンドラは暇そうだ。

「ああ、チェダー村から使いの者が。サンドラ、チェダー村ってどこの村かわかる？」

「どこの村も何もここから目と鼻の先にあるそこの村よ。さっき行って来たんじゃないの？」

「ああ」

その一言でラムゼイは全て合点がいった。つまり、先ほど挨拶に行った村がチェダー村だったのだ。

そしてまとめ役の老婆がペッピーのいうところのおばば様だったのだ。

そのおばば様とラムゼイが話し合いを持とうとしたところ、村人の男性によって済し崩しに中断せざるを得なくなってしまった。そのことをペッピーが代わりに謝りに来たのだろう。

もし、ラムゼイがチェダー村に怒りを覚えていたらペッピーの首は繋がっていなかっただろう。緊張するなと言うほうがおかしな話だ。

「どうする？　私も手伝ってあげなくもないけど」

「うーん、そうだね。じゃあ、食糧を来年まで持たせるよう配分しておいてくれる？」

サンドラをチェダー村との交渉に用いることもラムゼイの頭の中をよぎった。

しかし、まだまだ領主や代官といった人物に拒否反応を示す人間がいる以上、サンドラに危害が及ぶ恐れがある。これは得策ではない。

それよりも食糧の分配を任せてしまうほうが安全だし、彼女の性に合っているとラムゼイは考えたのだ。なんというか、彼女は人を従わせる何かをまとっているのだ。恐らく生まれ育った環境のなせる業だろう。

最低限の四則演算もできるので大きな勘違いがない限り、上手く分配してくれるはずである。それにラムゼイはできる限り最初から切り詰めるようお願いもしておいた。

「チェダー村に関してはペッピーからの連絡待ちだな。まずはボクたちの寝床を確保しよう」

暦は秋に入り段々と冷えてきている。雨は冷たく身体の体温を奪って心身ともに絶望へと追い込んでいってしまうだろう。そうなる前に最低限の住居だけは用意しなければならないとラムゼイは考えていたのであった。

◇

「頭ぁ。今回も上手く行きやしたね」

男の一人が両手を縛られたうら若い女性を膝の上にのせ、胸を弄りながらリーダー格の男性に語り掛ける。反対の手にはカップが握られており、そこにはエールが並々と注がれていた。

「そりゃそうよ。俺たちがそんじょそこらの村に負けるわけがねーだろ。だっはは！」

頭と呼ばれた男性も上機嫌でエールを呷っている。他にも彼の部下と思わしき男たちが酒池肉林の大騒ぎを繰り広げていた。

逆らうものは殺す。男も殺す。女と子供は拐かす。そして売り払う。それが彼らダンタプ盗賊団であった。彼らはラグ村を潰した直後で盛り上がっていた。

「次はどこを狙います？」

「待て待て。まずはこいつらの体を充分に楽しんで、そして売り払ってからだ」

そう言って頭は両腕に抱きかかえた女性の胸を乱雑に揉む。頭の鼻の下は伸びきっていた。女性たちは涙を流すも助けてくれる人は誰もいない。

「だが、そうだな。……おい、ザール！　お前は次に襲う村の下調べをしておけ！」

ザールと呼ばれた青年は隅っこでぼそぼそのパンと粗末なスープを口にしていた。指示されたザールはコクンと一つ頷くとパンとスープを掻き込んでお腹の中に収める。

そして盗賊団が根城にしている山の中腹の穴ぐらから這い出て一人とぼとぼと歩き始める。彼が最初に行うのは懇意にしている奴隷商への手配だ。この奴隷商も一筋縄ではいかない曲者で表ではよい顔をしつつ裏では盗賊から安く奴隷を仕入れているのだ。世も末である。

「これでよしっと」

ザールは奴隷商から預かっていた鳩の足に赤い紐を括りつけて空に帰す。鳩は勢い良く暗闇へと吸い込まれていった。赤い紐は奴隷が手に入った合図である。これを受け取った奴隷商は人を派遣して捕らえられた村人たちを買っていくのだ。

それを見送ってから今度は山を下り始める。そして地図を頼りに近くの村を巡っていくのだ。彼は盗賊らしくない身なりをしているので警戒されにくい。みすぼらしい擦り切れた服に線の細い手足。明らかに碌なものを食べさせてもらっていないのが出会うだけで鮮明に理解できるだろう。

そんな彼が盗賊の一味だなんて誰が想像できるだろうか。しかし、彼にはダンタプ盗賊団にしか居場所はないのだ。盗賊団を追放されればすぐに野垂れ死ぬ自信があるザール。

彼も彼で生き残るために必死なのだ。罪悪感は胸に感じつつも先ほど地図で確認した目ぼしい村へと向かう。最初に向かうのはチェダー村だ。

「大きな村だと良いな」

彼らが探しているのは百人前後の村だ。まだ盗賊団が五十人前後しかおらず、最も効率的に襲える村がその規模だからである。

ただ、この盗賊団。厄介なことに段々と人数が増えていっているのだ。それも何処かの馬鹿領主がむやみやたらと重税を課すなりするからであろう。

特に新たに赴任した新任の代官や腐敗してきた代々の領主にその傾向が多く見られていた。もちろん、そのような領は心ある領主にすぐに取り潰されてしまうのだがこれも鼬ごっこである。

そんなわけでザールがこれから向かうチェダー村が大きな村だと良いと呟いたのは、大きな村であれば襲われない確率が高くなるからだ。

最終的な判断を下すのは頭であるダンタプではあるのだが、彼は賊に似合わず堅実な性格のためより手堅いほうを選ぶだろう。

まあザールが心配したところで必ず何処かの村は襲われてしまうのだが。そんなザールの後を一人の男が追いかけてくる。ザールとは反対に筋肉が程よく育っていて今で言う細マッチョに分類される男だ。

「おーい、ザール!」

「モントキン？　どうしたの？」

「どうしたのじゃねーよ！　ほら」

モントキンはザールに黒パンを投げつける。それとエールの入った革の水筒も一緒に。そして自分の食べる分の黒パンを取り出して横に並んで歩きながら食べ始めた。

もそもそと黒パンを齧りながら歩く二人。特に交わす言葉はない。食べ終わった後、モントキンがぼそっと言葉を溢した。

「俺たち、いつまでこんなこと続けてんのかな」

「さあ」

彼もまた、自分が行っている行為は良くないことだと自覚していた。しかし、他に生きていく術を知らないのだ。モントキンは残念ながらおつむが足りない部分がある。

それよりもこのまま抜け出せないという絶望が彼ら二人を覆っているのだ。力強く一歩目を踏み出すことができれば何かが変わるかもしれない。でも怖くて踏み出せないのだ。

結局、彼らは頭に言われた通りに村を漁る。それを見ているのは雲に遮られて朧げな光を放っている月だけであった。

王国歴551年9月21日

突貫工事ではあるが、なんとか皆が住むための仮小屋が完成した。何ていうことはない。ただの長方形の箱の形をした家である。あとはこの木板の壁に土を塗り土壁としていく予定だ。そうすることで少しは隙間風も防ぐことができるだろう。そしてこの長方形の豆腐のような家の上に二階、三階と作って城のようにしていく予定だ。

それからヴェロニカが行っていた周辺の地理の探索も終了した。全て地図に記載されている。この辺りは湖も近く、肥沃な土地のようだ。

そんな話をしていると、ラムゼイを訪ねて一人の男性がやってきた。また来ると言っていたペッピーかと思い、気を抜いたまま面会すると、そこにいたのは背筋がすっと通っている高身長で金髪碧眼のいわゆるイケメンの壮年であった。無精髭がなんとも似合う。

その壮年がラムゼイを見るや否や、進み出て跪く。正直、ラムゼイには何が起きているのか全く理解できていない。

「貴方がラムゼイ＝アレク＝バートレット様でしょうか」

「え、あ、はい」

イケメンに言い寄られて尻込みをするラムゼイ。彼が何故ここを訪ねて来たのかも定かではない。するとそのイケメンは意外な一言を放ったのであった。

「ドープからここにサンドラさまが居られると伺いまして。お嬢様は今どこに？」

どうやらダーエ家関係の人物のようであった。ラムゼイは偶々近くにいたヴェロニカにサンドラを呼んでくるようお願いする。

「ギルベルト！　ギルベルトじゃないの!?」

「お嬢様！　良くぞ御無事で!!」

訪ねてきた男性を見てすぐさまサンドラが駆け寄る。ラムゼイはその様子に少しだけジェラシーを感じていた。

「ええと、こちらの方はどなたで？」

「ごめんなさい。彼はギルベルト＝アーシュ。アーシュ子爵家の三男でダーエ家の従士だった者よ」

話を聞くとどうやらギルベルトはサンドラの護衛と傅役を兼ねた存在だったようだ。もちろん女児ということもあり主な世話や勉学に関しては女性が行っていたようだが、護衛となれば話は別だ。女性の護衛もいるにはいたが数が少なく、やはり男性に頼らざるを得ない部分はあった。そんな彼がドープからの情報を頼りにやって来たのだ。

「ラムゼイさま。重ね重ね御礼を申し上げます。お嬢様をお救いくださいまして本当に感謝の念もございません」

目に涙を溜めながらギルベルトが言う。サンドラがそんなギルベルトに感化されているだろうと思いきや、彼に対して痛烈な一言を放つ彼女。

「気持ち悪いわね。いつも通り喋りなさいな」

サンドラにそう言われたギルベルトは許可を求めるような眼でラムゼイを見つめる。ラムゼイが無言で一つ頷くとギルベルトはがっはっはと笑い始めた。

「いやぁ、悪いねぇ。ほら、俺も一応貴族の子だし、大人な立ち居振る舞いはできるんだが好かなくってね」

フランクに話し始めるギルベルト。どうやらこちらが素のようだ。そのギルベルトに対してサンドラがまたもや眼光鋭く質問を投げ掛ける。

「貴方、今までどこにいたのよ？」

「あの後、俺は親父に救い出されて自宅に軟禁されてたんだ」

どうやらダーエ侯爵と連座させられそうなところを父である当代のアーシュ子爵に横やりを入れて

もらい、なんとか一命を取り留めたようであった。

それからと言うもの、自身の無力さを嘆いて失意の状態にあったと言う。そんな最中、サンドラが奴隷商のもとにいるという情報を手にするも当主である父親の反対にあって挫折。

またもや失意の中にいたところ、ドープからサンドラが救い出されたという情報を耳にしていてもたってもいられず、馳せ参じたようだ。

「ということで、もう一度仕えさせてくれないか？　お嬢」

「私に言わないでよ。私はもうダーエ家の人間ではないわ。サンドラ＝アレク＝バートレットよ」

あくまでも決定権は主であるラムゼイにあるとサンドラは言っているだろう。しかし、ギルベルトが仕えたいのはあくまでもサンドラ、ひいてはダーエ家なのだ。

ダーエ家には返せないほどの恩があるギルベルト。従士たるものがそう簡単に主家を乗り換えて良いものか思案しているのだ。

サンドラがいるのだから良いじゃないかとも思うが、ギルベルトはそうもいかないようである。あくまでもダーエ家のサンドラに仕えていたいのだ。これは彼自身の気の持ちようの問題である。

「えーと、ギルベルト……さん？　ちょっと」

その心の機微に聡く反応したのがラムゼイである。本当にこういうところは上手いと舌を巻かざるを得ない。サンドラから離れて男二人で何やら密談をし始めた。

「そのお気持ち、よくわかります。それで、どうでしょう。ダーエ家を再建できるとあれば？」

「おいおい。これでも俺は一応貴族だぜ。そんな甘い言葉で惑わされたりしねーよ」

「まあまあ。何、簡単な話ですよ。サンドラが男の子を二人以上産む。そしてボクが偉くなる。これだけでダーエ家として士爵で分家することができるでしょう」

言うは易く行うは難しとは正にこのことだ。ラムゼイはたった一言で伝えているが、まず妊娠。そして出産のリスクを考えていない。医療も発達していないこの世界では出産も一大事である。

また、ラムゼイが偉くなる。分家できるほど偉くなるとなれば伯爵の位は欲しい。つまりあと二階級上げなければならないのだ。そして子爵と伯爵には大きな壁がある。上流貴族かどうかを分ける壁が。

その二つをクリアしないと分家を設立することはできない。しかし、ダーエ家を再興するにはそれに縋るしかないのも事実。

「俺に何をしろ、と」

「ボクたちはまだまだ小さくて弱い。旧ダーエ家に忠誠を誓っている者を集めてきて欲しい」

「今の約束は守ってくれるんだろうな」

「満たされれば必ず。あ、子供は授かりものですからね。無茶言わないでくださいよ」

「それくらいはわかってる」

少し考え込んだ後、ギルベルトはわかったと短く一言を発して再び旅に出る用意をする。彼はラムゼイの夢物語に乗る決断をしたのだ。

「お嬢。着いて早々ですが他の面子にも声を掛けてきます。じゃ」

ギルベルトはそれだけを言い残してこの場を後にしてしまった。こうして嵐のような男はラムゼイのもとを訪ねてすぐさま去って行ったのであった。

王国歴551年9月22日

バートレット領にまたしても人がやって来た。今度こそペッピーだろうと表へ出てみるラムゼイ。しかし、今回もまた見知らぬ顔の人物であった。

何やら既視感のあるその男が一通の書状をラムゼイに手渡す。封蝋はラムゼイの叔父にあたるギルモア＝バルフ士爵の紋章である。割って中を読み進める。

『ラムゼイへ
約束通り、良い奴を手配した。上手く使ってやってくれ。一応、お前の従兄弟だぞ。運動の類はからっきしだが識字に算術はばっちりだ。よろしく頼む。
ギルモア＝バルフ』

書状を読み終わってから目の前のニコニコしている男性に目をやる。既視感を感じていたのは叔父のギルモアに似ているからだろう。事実、彼と目の前の人物とは血が繋がっている。

「はじめまして、だよね。私はロットン＝バルフ。バルフ家の次男だよ。君とは従兄弟ってことになるのかな。よろしくね」

そう言って手を差し伸べるロットン。ラムゼイは呆然としながらもその差し出された手を握っていた。それから彼を急ごしらえの小屋へと案内する。

「荷物はそれだけ？」

「うん。特に必要なものもないしね。それに剣も弓もからっきしだし」

よくここまで辿り着けたなと思うラムゼイ。一人旅なんて盗賊からしてみたら良い的である。このラムゼイよりも少し年上の従兄弟は提げていた鞄を床に下ろすとラムゼイにこう告げた。

「さ、何からやる？」

何からも何もラムゼイはロットンが何をどこまでできるのか全く理解していない。何と言うか、よく言えばマイペース、悪く言えば空気の読めない男である。

「その前に何ができるの？」

「そうだね。代筆だったり計算だったりの事務仕事は一通りできるよ。それと貴族同士のマナーなんかも少しは。父が人務卿の部下だったしね。あ、周辺の領主には挨拶した？」

「あ、まだしてない」

「ダメだよー。まだ男爵なんだから周囲には気を使わないと。えーと北がグレイブ伯爵とネヴィル子爵。東がヴィスコンティ辺境伯。南がコッツ男爵とヴォイド士爵。西が王国直轄地、と」

「グレイブ伯爵には挨拶してきたよ」

「そうなの？　じゃあ残りの方々に取り急ぎ手紙を出しておかないとなぁ。ボクのほうでやってても？」

「お願いします」

ロットンは嬉々として作業に取り掛かった。どうやら彼は仕事に生きがいを見出すタイプの人間のようだ。楽しそうに次々と手紙を認めていく。

「それが終わったら少し相談に乗ってくれない？」

「どんな内容で？」

ロットンは手を止めて内容を尋ねる。ラムゼイは作ってもらったばかりの地図を広げ、ある一帯を指し示してこう告げた。

「うん。この辺一体を農業地にしようと思うんだけど、どれくらいの収穫が見込めるかなって。あと必要な人手も」

「この辺の土壌の質はどんな感じ？」

「普通より少し良い、かな？　農地として全く使われていなかったみたいだし」

「成程ね。縮尺は……これか。わかった。やっておくよ」

「うん、頼むね」

ラムゼイは残りをロットンに任せて小屋を出る。するとそこにはヴェロニカを始め、ダニーとグリフィスのバートレット三羽烏と妻のサンドラが待っていた。そのサンドラが口を開く。

「で、今来たのは誰？　どこかで見たような気がするけど……」

「ああ。ほら、王都でお世話になったギルモア＝バルフ士爵の次男のロットンだよ。なんか領を運営する手助けとして派遣してくれたらしい」

「あー。確かにそんな話していたわね」

「それで、アイツは強いのか？」

「いや、運動は全く駄目らしいよ。その分、事務仕事はできるみたい」

すぐに肉体言語に直結させるグリフィスはラムゼイの言葉を聞いて少し落胆したようだ。しかし、ラムゼイは有り難がっていた。

現状、内政はラムゼイが一手に引き受けている。少しばかりヴェロニカやダニーも手伝ってくれるが書類仕事まではできない。サンドラも文字は読めるし書くこともできる。そして計算もできるとあっては有力な人手であることは間違いないのだが、ラムゼイがそれを良しとはしなかったのだ。なんというか、妻を働かせることが彼の自尊心を傷つけるのだろう。つまり、ラムゼイは妻を養うことを甲斐性だと見なしているのだ。

「あのー、ラムゼイ君？」

ロットンの話をしていると、渦中の人である彼がラムゼイを訪ねて表へと出てきた。これに過敏に反応したのがヴェロニカである。

「ご主人様に向かってなんという口の利き方を！」

「落ち着いて、ヴェロニカ。まあ彼とは従兄弟の間柄だしフランクに接してもらって構わないよ。ダニーなんかいつだってタメ口呼び捨てなんだから。なんならヴェロニカだってそうしてくれても良いんだけど」

ラムゼイがそういうとヴェロニカはギロリとダニーを睨む。そしてダニーは呟く。おいおい、今度の矛先はこっちかよ、と。

「前々から思っていたのだけど、ダニーはご主人様に気やすく接し過ぎじゃないかしら。大体――」

「えーと、その話、長くなる？」

　このヴェロニカのお説教を止めたのは良くも悪くも空気の読めないロットンであった。彼自身も用があって表に出て来たのである。辺りが静まり返ったのを確認してから自身の用件を切り出した。

「さっき、手紙を出すって言ったけど周囲の貴族がどっちの派閥かわかる？　というかラムゼイ君はそもそもどっち？」

　これはハッきりさせないといけない問題であった。ラムゼイがどちらを支持しているのかは明確にする必要があるだろう。それがわからなければ家臣はどうすることもできない。

「ここで話す言葉はボクの本心だ。そして、今後はこの方針を念頭に入れて動いて欲しい」

　ラムゼイは周囲を見渡して誰もいないことを確認した。皆が固唾を呑んで見守る中、声静かにどうするのかを告げた。

「ボクは大公、王太子のどちらにも付かない。第三勢力をこの地で築き上げてみせる」

　これにはその場にいた誰もが驚いていた。てっきり大公派閥の人間だと思っていたからだ。この地に転封できたのも王太子派のボーデンを蹴落としたからである。だと言うのに大公派に与することはしないようであった。

「ただ、今すぐに第三勢力を築き上げるのは難しいのはわかってる。どちらかに与しないといけないことも。周囲の状況はどうなっているかわかる？」

「ええと、お待ちください」

　ヴェロニカがまとめた情報を読み上げる。

北のグレイブ伯爵が大公派でネヴィル子爵が王太子派。ここはこの二つがいがみ合っているようだ。ただ、現状、膠着状態が続いておりどちらも事を起こそうとは考えていない。

東にあるヴィスコンティ辺境伯は中立を保っているようである。というのも東から攻めてくるゴン族という遊牧民族の相手で手一杯なためだ。

南にあるコッツ男爵とヴォイド士爵は両方とも王太子派となっている。ネヴィル子爵とコッツ男爵は婚姻による親戚関係となっており、ヴォイド士爵はコッツ男爵の庇護下に入っている。

というのもグレイブ伯爵が大公派のため、ネヴィル子爵に助力するため王太子派というスタンスを取っているのだ。

「この場合、どっちに与するのが得だと思う？」

これは非常に難しく、かつ重要な決断である。この判断を間違えると、下手をすればお家が取り潰されてしまう危険性だってあるのだ。

「やはり大公派ではないでしょうか。王太子派が多い以上、反対側に与したほうが領地を広げる機会が多いかと」

「いやいや王太子派に乗り換えておこうぜ。やっぱ戦いは数だって」

この選択はどちらを選んでも茨の道である。ヴェロニカとダニーが言い争っている中、ロットンが飄々とラムゼイに言う。

「じゃあ、どっちの陣営に対しても友好的な手紙書いとくよ」

「ま、そうだね。よろしく頼むよ」

この時のラムゼイは自分の力を過信していた。というよりも楽観視していたのだ。

そして、このことが後に大きな問題になるとこの時は思いもしていなかったのであった。

王国歴551年9月25日

「あの！　ラムゼイさまはいらっしゃいますか⁉」

三度目の正直と言わんばかりにペッピーがラムゼイを訪ねてきた。ようやく村を取り纏めているおばばこと老婆との会合の用意が整ったのだ。

「で、いつに会えると？」

「今日この後すぐにです！」

ラムゼイは頭を抱えてしまった。流石に今日の今日というのは常識がなさ過ぎる。ただ、こうも思っていた。ボクを試しているのではないか、と。

「仕方ないか。準備するから待っていてよ」

試されているのであれば動かない手はない。癪に障るが信を得る良い機会だ。この無茶振りに対応するべくラムゼイはヴェロニカに出ることを告げる。

彼女の制止も聞かずにペッピーと共に外へと飛び出した。護衛を付けるべきだと口煩く主張するヴェロニカ。あくまでもラムゼイの身を案じてのことだったのだが、彼としては村人たちを刺激したくなかったのだ。

二人で走って村へと向かう。ラムゼイはアーチボルト翁にしごかれていたため体力は十分にある。ペッピーは村で走り回って遊んでいたために体力があるのだ。

「ペッピー、一つ勝負をしてみるかい？　どっちが村まで早く着けるか」

このラムゼイの言葉を受けてコクンと一つ頷くペッピー。お互いに見合わせた顔から視線をきり、前を向くとスピードを上げて駆け出し始めた。

そのお陰か村に到着したのはラムゼイたちの拠点を出て約二時間後であった。もちろん、ずっとトップスピードを維持できるわけもなく、途中でペースを落としたりへたり込んだりもしたが、二人揃って無事にゴール。

競争の結果は不毛だということで引き分けと相成った。村に到着するや否や、まずは二人とも倒れ込んで呼吸を整える。これから村の長に会うという領主の行う所業では到底なかった。

「ふぅ。じゃ、ペッピー。案内してよ」

「はい！」

少し休んで元気いっぱいとなったペッピーの後をついて進む。村人たちから奇異な目で見られるが敵意は感じられない。どうやらただの余所者、旅の者とでも思われているのだろう。

そんな目に晒されながら村の最奥にある大きなお屋敷へと向かって歩いていく。前まで進むとペッピーがドアを叩きながら大きな声で叫び始めた。

「おばば様！　連れてきましたよ!!　おばば様！」

ドンドンと扉を叩くペッピー。すると中から一人の男が扉を開け、そのままペッピーの頭に拳骨を思いっきり振り下ろした。

「五月蠅い！　で、誰を連れて来たって？」

「いたぁ！　だから、言われた通り赴任してきた領主様をお連れしたんですよ」

目に涙を溜めながらそう言うペッピー。そして、その言葉を聞いた男性はゆっくりとラムゼイに視線を移すと顔を青白くして屋敷の中へと入って行った。

中から何やら人の叫び声と屋敷の中を駆け巡る足音がラムゼイのもとまで響いてくる。そして、それが収まると扉が静かに開いた。

「お待たせして申し訳ございません。中へとどうぞ。ペッピー、お前はこっちに来い！」

ペッピーは男性に何処かへ連れて行かれた。その途端、何故だか急に寂しさがラムゼイを襲った。心細くなってしまったのだ。

しかし、前へと進まないという選択肢はない。意を決して屋敷の中へと足を踏み入れる。そのまま真っ直ぐと進んでいくと中には老婆がテーブルを挟んで向こう側に座っていた。

「突然に呼び出してすまなんだ。あの馬鹿には『今日この後すぐに』向かって都合の良い日にちを尋ねて来ておくれ、と伝えたんだがね」

はぁ、と大きく溜息を吐く老婆。どうやら今日来いという言葉はただの勘違いだったようだ。この老婆は非常識でもなければラムゼイを試していたわけでもなかった。

「いえ、私もこの問題は早く解決したいと考えておりましたから」

ラムゼイは老婆にそう伝えて許可を貰う前に席に着席する。これはラムゼイなりの対話の姿勢を表しているのであった。

「いやはや、とうとうこの領にダーエ家以外の領主が来るとはねぇ」

ラムゼイの前に一杯のカップが差し出される。老婆のお付きの女性が置いてくれたのだ。置かれたのはただの木をくりぬいただけの粗末なカップ。中には冷たい井戸水が並々と汲まれている。それを一口舐めてからラムゼイはこう告げた。

「それは、いまでもダーエ家には忠誠を誓っている、と？」

「そりゃあねぇ。ダーエ侯爵さまは良くしてくださったよ。ここが始まりの地だと言ってね」

老婆は遠い目をして昔を懐かしむ。そしてラムゼイは確信した。この領を治めることができる、と。問題はどう持って行くかである。

「実は、私がここに転封になったのはダーエ侯爵家に連なるからなんです」

「誰がだい？」

「私が」

老婆はジッとラムゼイを見る。ラムゼイは笑顔だ。数秒間、そのままだったのだが堪えきれなくなったのか老婆が大きな声を出して笑い始めた。

「イッヒッヒッヒ！　馬鹿言うんじゃないよ。あたしゃね、ダーエ家を三代見続けてきたんだ。あんたは連なってないね」

「いいえ、連なってます。何なら、賭けますか？」

「良いねぇ。何を賭けるって言うんだい？」

「そうですね。もし、私がダーエ家に連なる者だと証明できた場合、大人しく我々の傘下に下っていただけますか？」

「そりゃもちろんさ。元々はダーエ家が興してくれた村だ。元の鞘に早く戻りたいところだよ。ただ……」

「わかっています。証明できなかった場合ですよね」

ラムゼイは水を口に含んで喉を潤す。大丈夫だ。サンドラが実はダーエ家の人間でなかったら、と考えたがギルベルトがそれを払拭してくれた。気持ちを整えるために軽く息を吐く。

「村の自治を認めましょう。こちらからは一切手を出しません。もちろん、税も課さないと宣言しましょう」

「アンタはできる男だねぇ。嫌いじゃないよ。ま、だからといってのうのうと従ったりはしないけどね。今までに来た代官よりはいくらかマシだ」

そう言って老婆はカップに手を伸ばす。どうやらラムゼイは及第点を貰えたようであった。ここで気になっていたことを切り出すことにした。

「今までに来た代官はどうしたんです？」

「ん？　あまりにも酷なことを言うもんだから丁重にお帰りいただいたよ。所詮は主の領主と違い、文字通り代わりの代官だね」

そんな大人しく帰るものだろうか。この一言でも疑問が晴れないラムゼイは更に突っ込んだことを尋ねることにする。

「具体的には？」

「人頭税に地税、建物税に死亡税、何でもかんでも税をかけたんで軽くお仕置きをしたのさ」

「流石にそれは……王国も黙っていないんじゃないのでは？」

「何。監査にきた役人にいくらか握らせれば黙って帰ってくれるもんさ。イッヒッヒ」

流石は老婆。伊達に歳をとっているわけではない。世の中の渡り歩き方というものをしっかりと熟知している。油断していたら足元を掬われる危機感をラムゼイは感じた。

「では七日後、証明するために訪ねさせてもらうので村人全員を集めておいてください」

「もちろんじゃ。任せておけ」

「あ、そうだ。少し村の中を見て回っても？」

「構わんよ。ペッピーを呼びな」

老婆は後ろにいる世話役の女にそう声を掛ける。彼女は一礼してその場を後にした。ペッピーが来るまでラムゼイは老婆と雑談を交わすことにした。

「ちなみにダーエ家はこの村にどれほどの税を課していたのですか？」

「人頭税くらいさね。あとは作物の二割を納めるぐらいじゃ」

それはいくらなんでも低過ぎる。ラムゼイはこの発言も嘘であると当たりを付けていた。そしてどうせ見抜けないだろうと侮られているとも。

これには流石のラムゼイもカチンとくるものがあった。ただ、それをこの場で喚き散らしたりはしない。ラムゼイも領主の端くれである。

「おばば様！　呼びましたか？」

ラムゼイの胸中に暗雲が漂い始めたころ、頬に赤く紅葉の痕をつけたペッピーが屋敷の中へと入ってきた。どうやら言伝を間違えてしまったことをこってりと絞られたようだ。

「ああ、呼んだよ。悪いが坊ちゃんに村内を案内してやっておくれ」

「よろしく頼むよ、ペッピー。それと大丈夫？」

「うん。うちのとーちゃん、遠慮ってものを知らな過ぎるんだよ」

頬を撫でながらそう言うペッピー。しかし、その後すぐに切り替えてラムゼイを屋敷の外へと連れ出す。村は活気にあふれていた。

村の中を川が流れており水車が回っている。カンカンと甲高い音を響かせながら鉄を打ち、刈り取られた麦を人々が笑顔で運んでいる。実に幸せな村の光景だ。

「やっほ！　アルのおっちゃんにポムのおばちゃん！」

「お前は相変わらず元気だな、ペッピー。ん？　後ろの人は誰だい？」

ペッピーは人見知りせずにどんどん声を掛けていく。そして案の定、後ろにいるラムゼイを指摘された。ここで領主とバレるわけにはいかない。ラムゼイは必死な思いで前に出た。

「ああ、この人は領――」

「こんにちは！　ペッピーの友達のラムゼイです！　こんにちは！　えーっと、北のほうから旅をしてるんです」

なんだか無駄に挨拶をする人形みたいになってしまった。ただ誤魔化せれば良い。そしてラムゼイの人当たりの良い笑顔が功を奏したのか、この村人はラムゼイの言を信じてくれたようであった。

「ふーん、若いのに大変だな。お前さんもザールとモントキンと一緒か？」

「ザール？　モントキン？」

ラムゼイが頭の上に疑問符を浮かべているとペッピーが二人の説明を始めてくれた。といっても説明するほどの内容があるわけではないのだが。

「ザールとモントキンはこの村に寄ってる旅人です……だよ。ほら、ちょうどあそこに。おーい！ザールゥ‼」

ペッピーはラムゼイにわき腹を小突かれて敬語を止める。ここでは友達という設定なのだ。敬語を使う友達などどこにいようか。そしてそのペッピーはというとラムゼイのジト目にも負けずに件の二人をこちらに呼び寄せた。

「やあペッピー。どうした？」

最初に話しかけてきたのは身体の大きいモントキンからであった。ザールはそのモントキンの後ろに隠れながらラムゼイのことを注意深く見守っていた。

「これ、俺の友達のラムゼイ。こっち、旅人のモントキンと、その後ろのザール」

「ラムゼイです。よろしく」

ラムゼイは手を差し伸ばす。それをしっかりと握るモントキン。二人とも表情は至って穏やかだ。ザールは未だモントキンの後ろに隠れたままである。

「二人は何処を目指して旅を？」

「あー、傭兵みたいなもんだ。まあ、その、各地を転々と。そう言えば、この村に数日滞在するがラムゼイに会うのは初めてだな」

「え？　あ、うん、そうだね。まあ、小さな村ではないし家に籠って本を読んでたからね。傭兵ということはこの村に雇われて？」

「本!?　本なんてあるの？　お金持ちだなぁ……」

「いや、俺たちはこの村には雇われていない。高いぜ？　俺たちは」

お互いに腹を探りながら会話を続ける。ザールは一瞬、本に興味を示すがそれ以外はモントキンの後ろに隠れたままだ。

そして、両者ともボロが出ないうちに早くこの場を立ち去りたいと考えていた。そして都合良くペッピーを呼ぶ声が遠くから響く。モントキンが背中を押す。

「ほ、ほら。呼んでるぞ？　二人で行ってきたらどうだ？　二人でな」

「うん、そうだね。行こう、ペッピー」

ラムゼイは声のするほうへペッピーの背中を押しながら向かった。ペッピーも戸惑ってはいたがすぐに頭を切り替える。呼ばれるような悪いことをしたかな、と。

彼を呼んでいたのはチェダー村の神父のお爺さんであった。教会の形を見るにここは大教の教会のようだ。まあラムゼイ個人としてはどちらでも構わないのだが。

「ペッピー。良いところに来たの」

「来たも何も神父さまが呼んだんじゃないですか」

「そんなことはどうでも良いわい。ちょっと水を汲んできてはくれんかの？　腰が痛うて痛うて敵わんのじゃ」

「わかりました。ひとっ走りしてきます！」

ペッピーは大きな桶を肩に担ぐと井戸まで走って向かっていった。取り残されたのはラムゼイと神父さまだけである。

「あの、神父さまはこの村に来て何年くらいになるのですか？」

「そうじゃのう。かれこれ三十年くらいかの」

「それではつかぬことをお伺いするのですが、サンドラという少女にお心当たりは？」

「懐かしい響きじゃな。もちろん、ダーエ家のサンドラお嬢様であれば覚えておる。可憐な少女じゃった」

神父は老婆と同じく遠い目をし始めた。どうも歳を取ると古き良き昔というものを回顧してしまう。ラムゼイだって現代日本での出来事を回顧することは多々あるのだから。

「して、そのサンドラさまがどうしたと言うのじゃ？」

「いや、何でもありませんよ」

笑顔で神父の追及を躱す。これで村の人がサンドラを認識しているという裏付けが取れた。後の問題は一つ、落しどころをどこに持って行くかである。

「はぁはぁ。汲んで参りました！」

大きな桶一杯に水を汲んできたペッピー。何をやるにも全力の彼のもとにラムゼイは近づく。ペッピーもラムゼイの笑顔にイヤな予感が頭を過ぎった。

「ちょっとペッピー。お願いがあるんだ。というのもね――」

「へ？　そんなの無理ムリ無理ですよー！」

「領主の、ボクのせいにしちゃって良いから」

こうしてラムゼイは彼に一つ、無茶な頼みごとをして村を後にしたのであった。

王国歴551年10月3日

ラムゼイたちは皆を引き連れてチェダー村へと歩を進めている。皆というのは言葉の通り、ラムゼイを慕ってこの領まで付いてきてくれた皆である。

「やあ、おばば様。準備は良いですか？」

「勿論だよ。早く証拠を見せて儂たちを傅かせて欲しいもんだね」

村の入口で対峙する二人。老婆の後ろにはこの村の全員だと思われる人が集まっていた。対するラムゼイの後ろにも彼を慕ってくれている人が大勢いた。そして彼の横には大きな布に覆われた一人の女性。

「その前に確認なのですが、ボクがダーエ家に連なる人物であると証明できれば良いんですよね？」

「そうじゃ。証明できるものならば、な」

「それと、ダーエ家にはほとんど税をかけられていない。これも正しいですか？」

「まあ、正確には違うが似たようなもんじゃ」

ラムゼイは村人、そして領民がいる前で一つ一つを丁寧に確認していく。もし、ダーエ家に連なる人物であると証明できれば村はラムゼイの支配下に。

証明できなければチェダー村の自治を認めて一切手を出さない。これは間に神父を挟み、正式に天へと誓いを立てた。

これでお膳立てが整った。ラムゼイはペッピーを大きな声で呼び出す。するとペッピーは村の女数人と共に集団を離れてラムゼイのもとへと駆け寄ってきた。

「ラムゼイ、ほら、これに着替えて」

「うん」

ラムゼイはその場で衣服を脱ぎ出し渡された服に袖を通す。一方、共に来た女たちはラムゼイの横にいる覆われた女性の布を引っぺがすとそれを衝立の代わりにして中の女性を着替えさせる。

「へ？　いや、ちょっと！」

中から女性の声が聞こえてくるがお構いなしだ。ラムゼイも着替え終わるとペッピーに細部を整えてもらい完成だ。そして受け継がれた片刃の剣を帯剣する。

「一体何をやってるんだい！　それは……村の結婚装束じゃないか!?」

「そうです。これから結婚式をするのですよ。さあ、皆もっと近寄ってください!!」

ラムゼイは皆を集める。ペッピーは神父の足元に木で作った台を置き神父をその上に立たせた。神父もこれから何が起きるのかわかっていない。

「アンタ！　ふざけるのも大概に押し！　結婚式が何で証明になるというのさね‼　アンタらはどうせダーエ家とは関係ないのじゃろう！」

「あら。随分な言い草ね。おばば。それとも昔みたいに『ばーば』と呼んだほうが良いかしら」

ラムゼイの横に現れたのは美しい花嫁衣裳に身を包んだサンドラであった。白を基調とし、赤の豪華な刺繍がいくつも刻まれていた。

村の女たちの手によって薄く化粧もされている。彼女は素材が良いのであくまでも化粧は薄く、だ。そんなサンドラを見て『ばーば』と呼ばれた老婆はわなわなと震え始めた。

「あ、あ……」

「心配かけてごめんなさいね。でも、戻って来たわ。ただいま。ばーば」

「なんの、なんの！　よく、良くぞ御無事で！」

チェダー村の村人、それからラムゼイが連れて来た領民たちはポカンとして二人のやり取りを見守っている。老婆は大粒の涙を流しながらサンドラの手を握っていた。

「ホント。急なことするのね」

「良い機会だと思ってね」

村人の中でサンドラの正体に気が付いたのは老婆と神父など数名だけだ。そして老婆がお付きの女性に支えられて平静を取り戻したころ、ラムゼイはサンドラの前に跪いてこう宣言した。

「サンドラ。ボクは君を一生愛することをここに誓おう。そして、これから何があっても君を守ると。

だから……だから、ボクと結婚してくれないか？」

そう言って手を差し伸ばすラムゼイ。その手に白魚のような細く綺麗な手を重ねるサンドラ。彼女には逡巡の迷いもなかった。

「もちろんじゃない。私も貴方を愛し、何があっても支えていくことをここに誓いましょう」

ペッピーはその二人の宣言を聞き、涙を流している神父を小突く。彼もまさかサンドラと再び会えるとは思っておらず、感動の涙を流していたのだ。

しかし、彼も神父。それもベテランである。自身の成すべきことははっきりと理解していた。台の上から声高らかに宣言する。

「静粛に！　これより、新郎ラムゼイ＝アレク＝バートレットと新婦サンドラ＝フォン＝ダーエの結婚式を執り行う！」

神父がそう宣言するとラムゼイ側の領民たちは静かに跪き指を組んで目を閉じた。村人たちは大半が戸惑ったままである。

「何やってるんだい！　サンドラさまの結婚式だよ！　さっさと跪き!!」

いち早く状況を呑み込んだ老婆が村人たちを叱責する。老婆の怒号にやられたのか、はたまた神父の発する「ダーエ」という言葉に飲まれたのかはわからないが、村人たちも跪き始めた。

ラムゼイとサンドラは神父の前に進み出てその顔を見つめる。神父は破顔するのを堪え、涙を堪えて厳かに問いかけた。

「ごほん、新郎よ」

「はい」

「その健やかなる時も、病める時も、喜びの時も、悲しみの時も、富める時も、貧しい時も、これを愛し、これを敬い、これを慰め、これを助け、その命ある限り、真心を尽くすことを誓いますか」

「幸せな時も、困難な時も、富める時も、貧しき時も、病める時も、健やかなる時も、死がふたりを分かつまで愛し、慈しみ、貞節を守ることをここに誓います」

「よろしい。新婦よ」

「はい」

「その健やかなる時も、病める時も、喜びの時も、悲しみの時も、富める時も、貧しい時も、これを愛し、これを敬い、これを慰め、これを助け、その命ある限り、真心を尽くすことを誓いますか」

サンドラは一つ呼吸を置く。そしてしっかりと力強い声で短く宣言した。

「はい、誓います」

それを聞いた神父はゆっくりと表情を崩して大きく、そして静かに頷くと一言。よろしいと呟いた。

それから息を大きく吸い込み大きな声で宣言した。

「ここに一組の夫婦が誕生したことを神の名に於いて宣言する！」

「いえーい！　ひゅーひゅー!!」

その瞬間、ラムゼイ側の人たちから大きな歓声が上がった。その先駆けは当然ダニーだ。その歓声は段々と村人たちにも伝播しそれは一つとなる。

「それでは誓いの口づけを」

神父はそう宣言する。ラムゼイはサンドラの肩に手を置き、だんだんと二人の距離を縮めていった。そしてその距離が零に等しくなったとき、今日一番の歓声がこの村を包んだのであった。

サンドラ＝フォン＝ダーエがこの村に戻ってきたという情報は瞬く間に村を駆け巡った。そう、またこの村の統治者がダーエに連なる者になったのだ。

「えーと、まだ証明しなきゃダメです？　ボクで駄目なら子供を……」

「何言ってるんだい。儂の負けじゃ」

村中がお祭り騒ぎとなっている中、ラムゼイとサンドラは老婆の住むお屋敷で足を休めていた。人は準備のために出払っており、いるのは三人だけである。老婆は実の孫のようにサンドラを可愛がっていた。もうこの世に悔いはないだろう。もちろん、まだ死ぬつもりはないが。

「これで儂も安心して逝けるというもんじゃ」

「何言ってるの。まだまだ働いてもらわないと困るわ。それと、税。もっとあるでしょ」

どうやらサンドラもそこが引っ掛かっていたようであった。ギルベルトに確認すればすぐにわかるのだが、今となっては老婆も隠し通したりしないだろう。

「税は作物の四割。それから人頭税と地税として金銭の支払いか夫役のどちらかじゃ。死亡税や水車税の類がなかったのは本当じゃぞ」

これであれば妥当な税というものだろう。しかし、目の前の老婆が嘘を吐いていたのは事実である。これに対してラムゼイは領主として厳しい判断をしなければならない。

「嘘を吐いていた罰として税は作物の四割から五割に変更させてもらいます。良いですね？」

「ま、それくらいは仕方ないじゃろうて」

「じゃあ、これから宜しくということで」

ラムゼイの言葉に老婆は深く頷く。そしてそれを待っていたかのように呆けたふりをしながら厄介な相談をラムゼイに持ち掛けた。

「おお、おお！　そう言えば困ったことがあるのじゃ」

転んでもただでは起きない、ただならない老婆である。そしてこの厄介事にラムゼイは頭を悩ませることになるのだ。全く休まるときがない。

「近くのラグ村が賊に襲撃されて壊滅状態なのじゃ。そこで、この賊をなんとかできんもんかのう」

確かに老婆の危惧は尤もな話だろう。何せ隣町が襲われたのだ。その隣町であるラグ村はここ、チェダー村よりも小さく百人規模の村だったようだ。ラグ村よりも三倍以上の大きさがあるチェダー村であればそうそう襲われることはないだろうが警戒して損なことはない。

「この辺りの地図はありますか？」

「ちょっと待っておれ」

老婆は奥の部屋に籠るとガサゴソと音を立てて部屋を漁る。どうやら上手く見つけられていないようだ。暫くして埃に塗れた老婆が奥から一枚の羊皮紙を持って戻ってきた。

「これじゃ」

「ありがとうございます」

ラムゼイは人を呼んで地図を模写させる。そして拠点に戻ってから自身で制作した地図と照らし合わせるのだ。それから襲撃にあった村の位置も教えてもらう。

「ここところ。それからここじゃ」

ラムゼイが何をしているのかというと襲撃があった村の位置から盗賊の拠点を割り出そうとしているのである。これで大まかな位置を掴むことができるはずだ。

「百人規模の村を潰せるとなると、賊の規模はどれくらいだろう？」

「村の様子はもぬけの殻。生きてるものは何一つおらなんだ」

先の戦でラムゼイ自身も村を襲撃した経験がある。そこで百人規模の村を襲撃するのであれば最低でも五十人は欲しいのではと考えていた。

また、誰一人いなかったと言うことは賊に連れ去られたということだろう。その観点からも人手が要ることが予想される。となると賊の数は七十名前後だろうとラムゼイは当たりを付けることにした。

そうなってくると圧倒的に数が足りない。ラムゼイたちが今動かせる兵力はたったの三〇名だ。頑張ってこの数なのだ。となると早急に人手を増やす必要がある。しかし、兵だけを増やしてしまっては自給率のバランスが崩れてしまう。

折角のお祭り——それもラムゼイのサンドラのための——だというのに、この賊の対処に頭を悩ませたお陰でラムゼイは全く楽しむことができなかったのであった。

王国歴551年10月10日

ラムゼイはバートレット家の名だたる面々を集めていた。武将の三人にロットンとアシュレイである。ラムゼイはアシュレイにバートレット家の財務の管理を任せていた。

当初、本人は不服の面持ちであったがどうやら段々と楽しさを見出していったようだ。何より他人の金で商いができることがいたく堪らないらしい。この顔ぶれを前にラムゼイが言葉を発する。

「道の整備の状況は?」

そう。ラムゼイはあの結婚式の直後から道の整備を命じていたのだ。何をするにもまずは道だ。これで村まで走って一時間で到着できる想定である。

「それから各領に派遣した人員はどうなっている?」

ラムゼイは周辺の領――王国の直轄地も含めて――に人を派遣していた。名目は賊討伐の助力と賊の居場所を特定するために地図を共有させて欲しいという内容である。

「助力に関してはどこも。地図に関しては直轄地の代官のみ共有させてくれました」

ロットンが報告する。これも芳しくない返事が返ってくることは想定されていた。今までに襲われた村があるのはどれも王国の直轄地である。

代官が勝手に兵力の増強などをできないことを知っているとするのであれば賊を侮ることはできない。いや、ただ単純に代官が無能なだけなのかもしれないが。

「となると、やはり独力で対応しないとダメか。まずは軍備増強だね」

今回の使者――何度も言うがラムゼイは協力を取り付けられるとは微塵も思っていない――これはあくまでポーズだ。周囲の領主に対し、あくまで賊討伐のために兵力を増強する、という。

できれば前バートレット領で行っていたように兵農分離して兵士を精鋭に育てたいところである。しかし、今はそんな時間もお金も余裕がない。

「じゃあ隊を三つに分ける。グリフィスは戦えそうな男手を集めて鍛えて。この拠点とチェダー村の二つから人を集めて」

「お、俺に向いてる仕事だな。承知しやした」

「それからダニー」

「あいあい」

「ダニーはチェダー村を強化して。防衛しやすいように」

「人手は？」

「グリフィスと相談して。グリフィスのほうも体力強化の一環として組み込んで面倒見てあげて」

二人は肯定の意を示すため、コクンと一つ頷いた。そして残るはヴェロニカである。もちろん彼女にも重要な役割が残されている。

「ヴェロニカは村の見張りを。襲われないことに越したことはないけど、万が一襲われた時、初動が大事になってくるからね」

「心得ました」

「じゃあ三人はそのように！　頼むよ！」

三人は口々に返事をすると方々へと散っていった。さて、問題は残されたほうである。ロットンとアシュレイ。つまり政治と金である。

「まずは今後の方針だけど自給率をあげることと、お金稼ぎだ。今、残りのお金はどれくらい？」

「5840ルーベラだ」

想像していたよりも少ない。それもかなり。ラムゼイはこれを全てライ麦に変えたいと思っている。まずは食べ物だ。腹が減っては何とやらである。

それにいざとなればウイスキーにして売り捌けば良い。湖が使えるようになった以上、水運でヘンドリーのもとまで優に運ぶことができる。

「全額使ったらライ麦はどれくらい手に入る？」

「ここから最寄りの商いの街はヘンドリーのとこのドルトムだろ？　んー。大樽で二十は行けるんじゃないかな」

大樽で二十。つまり一万キロである。ただ、これで越冬し、次の実りまで待たなければならないことを考えると一人当たり百キロは必要だろう。

「今の食料の残りは？」

「ライ麦が大樽で十五樽。豆が大樽で二樽。ニンニクが大樽で一樽。玉ねぎも大樽で一樽。後はときどき卵が獲れるくらいだな。最近は魚が主食らしいから、これでも減りが遅いほうだぞ」

余裕はある。それであれば無理に麦を買う必要もないが、そこは加工して売り捌く方法もある。確保しておいて損はないだろう。

オズマに猟をお願いしたいところだが、それよりも村人たちの強化が先決だ。ああ、それに荷を運んでもらう人手も用意しなければならない。

「じゃあ、まずはそのお金でライ麦と奴隷を買ってきて。健康で若い男女。奴隷商ならヘンドリーが知ってるから」

「あいよ。ラムゼイもとうとう奴隷に手を出すかぁ」

「うん。背に腹は代えられない。領を大きく、強くするためには人手は必要なんだ。それにサンドラも奴隷だよ」

ラムゼイはアシュレイに追加の食料と人手を要請する。奴隷を買うのは初めてではないのだが、やはり嫌な感覚がするのは否めない。

アシュレイとて馬鹿ではない。商人の端くれである。今、このバートレット領に追加でどれほどの食糧が必要なのかわからない男ではなかった。

「じゃあ、俺は手配してくるよ」

アシュレイもこの場を去る。残されたのはラムゼイとロットンだけだ。まずはラムゼイが切り出す。何ていうことはない。現状の確認だ。

「チェダー村からはどれだけの税が取れる？」

「そうですなぁ。麦が大樽で三十樽。野菜が諸々含めて大樽で二十樽というところでしょう」

悪くない数字である。これも五公五民に引き上げさせた結果と言うものだろう。一割違うということは大樽で六樽も変わってくるのだ。侮れない。

「それから村を作りたい。どの辺りに作るのが最適だと思う？」

「んー。そうだねぇ。地図を見る限りこの拠点の南、チェダー村の東に作るのが良いんじゃないかな？」

　つまり、チェダー村と拠点、それから新しい村で二等辺三角形を作るよう村を配置すると言うのだ。そして、現状だとそれが限界だろう。無理をすればチェダー村と新しい村の中間やや南に村を作ることも可能ではあるが、他領と近くなり過ぎるので推奨はされない。

「ま、それが妥当だよね。じゃあ越冬したらそこに村を作ろう。名前はゴーダ村とかで良いかな？」

　その後、ラムゼイは領民たちと話し合いながら誰が村長にふさわしいのかを選ぶのであった。

王国暦551年10月17日

「おう、戻ったか」

　盗賊団の頭であるダンタプが特徴的な胴間声で戻ってきたザールとモントキンに声を掛ける。彼の足元には力なく横たわっている憔悴した女性がいた。それを無視して話を進めるダンタプ。

「で、どうだった？」

　ダンタプに促されポツポツと報告を開始するザール。モントキンは残念ながらこういった報告などの頭を使う労働では力になることができない。支離滅裂になってしまうのだ。

「成程な。順当に攻めるんならロート村辺りか」

　ロート村。ザールの報告でもあった通り人口は百五十人程度の村である。狙う条件としては申し分ない。ただ、問題があるとするならば少し遠いというところだろうか。

この盗賊団。根城にしている山というのがバートレット領、グレイブ領、王国直轄地に跨るサレール山の中腹なのだ。それも運の悪いことに南側の。

「決めた。次の狙いはチェダー村だ。ここも領主不在だしちょうど良いだろ」

「ですが村の規模が……ごふっ」

口を挟んできたザールを睨みつけ、そして蹴飛ばすダンタプ。彼は自分の意見を否定されるのが大嫌いなのだ。それも下っ端に。そして自分の意見が誤りではないと確信を持っている男であった。

「村の規模が大きめなのはわかってんだよ！　でもなぁ、冬を越すためにある程度大きな村を落とさなきゃなんねぇんだ！　領主と結託されてからじゃ遅ぇんだよ！」

その間もダンタプの足は止まらない。ザールは必至に頭を守っている。それを恐ろし気に見ている憔悴した女性と無表情なモントキン。

そしてダンタプの意見の一部は的を射ている。これから冬を越えるとなると相応の食糧を備蓄しないといけない。そして最近、この盗賊団の快進撃を聞いてか加わりたいと願うものが後を絶たないのだ。お陰で盗賊団の人数が五十人から七十人に膨れ上がっている。このまま推移するとどんどん膨れ上がり三桁は今年中に超えるだろう。

「それに、チェダー村には金持ちが多いらしいじゃねえか。なんでも一般の家に『本』があるんだろ？」

普通、あのような田舎村に本などあるわけがない。あるとするならばよほど裕福な家ということになる。辺境ということは輸送費だって馬鹿にならないのだ。

ただ一つ、誤算があるとすれば既に村と領主とが結託しているという点だろう。それも領主が主導権を握ることに村人たちが全会一致している。

「う、うぅ……」

「はぁはぁ。おい、明日、村を襲いに出るぞ。モントキン、こいつら片付けとけ！」

「へ、へい！」

怒りが収まらないまま、乱暴な口調でモントキンに指示するダンタプ。彼の後姿が見えなくなってからザールを抱え上げて彼の寝床にゆっくりと下ろす。

「大丈夫か？」

「ぐずっ。もういやだ、こんな生活」

「なあ、抜け出しちまおうよ。二人で。な？」

「抜け出すったってどこに行くんだよ！」

不貞腐れて向こうを向くザール。目から溢れる涙は止まらない。

「ほら、チェダー村。あそこに行こうぜ。そして二人して傭兵として雇ってもらうんだ」

「そんな村行ったって、明日の夜には全て燃やされてるよ！　それでどうするのさ！」

「そりゃあ村の人に盗賊が来るってことを伝えて――」

「どうやって伝えるの？　ボクたち盗賊ですけど盗賊が来ますよーって？」

それにどうせ村人たちも防げないよ。そう言って不貞寝を決め込むザール。

モントキンは仕方なくザールを放っておいて、言われた通りに憔悴している女性を彼女の寝床にそっと横たえた。

　そのまま夜風を浴びるために外へと向かうモントキン。中からは男たちの屈強な雄叫びが響いてきた。おそらくダンタプが明日に村を襲うことを告げたのだろう。

「もう、どうすりゃ良いんだよ」

　モントキンはその屈強な体に似合わず弱々しげな声を出して空を見上げた。今日は雲がかかっており月も星も見えない。それが一層、モントキンの心を不安にさせるのであった。

王国歴551年10月18日

「野郎ども。準備は良いか？」

「へっへっへ。もちろん！」

　遠巻きに村を眺めている一団がそこにはいた。その数、およそ七〇名である。思い思いの武器を取り、静かに村へと忍び寄っていた。

「それじゃあ突撃ぃ！」

　頭であるダンタプが号令を下すと雄叫びを上げて突撃していく盗賊たち。月も星も隠れており、辺りにある明かりといえば村で焚いてある火のみである。

　異変にいち早く気が付いたのは村の櫓に登って見張りをしていたジョニーであった。大声で「敵襲！」と叫びながら半鐘を鳴らす。

「訓練を思い出して落ち着いて行動なさい！」

この村の人口は約三〇〇人。およそ半分が男であり、実際に槍働きできるのはさらに半分の七〇人くらいだろう。それであれば数の上では互角である。

しかし、互角では心許ない。一つ間違えれば負けに繋がりかねないからだ。そして盗賊団は攻撃する時間帯を自由に選べるというメリットを持っている。

深夜に襲おうが早朝に襲おうがそれは盗賊団の自由だ。そして日にちも自由である。来るか来ないかわからない。そして精神は疲弊し続けてしまうのだ。

「どんどん放て！」

「うおっ！なんだぁ！？」

ヴェロニカは櫓の上にいるジョニーたちに矢を放つよう命じる。それが面白いように当たるのだ。

というのも、実はこの村は堀に囲まれているのだ。言うなれば環濠集落である。

ダニーがラムゼイに言われて行った村の防備の拡充だが、それは堀を張り巡らせることと柵を立てることであった。これで盗賊たちは堀に降りてからよじ登って柵を越えなければならない。

そこをジョニーたちに狙い撃たれているのだ。そう。襲撃側が時間帯を選べるのであれば防衛側は陣地を強固にすることができる。

あとはどちらのメリットが勝るか、そして屈強な兵はどちらかだろう。純粋に考えれば場慣れしている盗賊団のほうが有利だが、村人たちは背水の陣である。

負けたら愛する家族が乱暴されてしまうのだ。窮鼠猫を噛む。まさにこれが言い得て妙だろう。村人たちは柵の隙間から思い切り槍を突き出していた。

◈

「ラムゼイ！　おい、ラムゼイ！」

激しく身体を揺すられる。流石の衝撃にラムゼイも何が起きたのかと慌てて飛び起きた。辺りからグリフィスの声も響いてくる。

「おい、チェダー村が襲われたってよ！　俺たちも援護に向かうからな！」

ダニーはラムゼイを起こすとそれだけを伝えて自身も兵を率いてグリフィスの後に続く。ラムゼイはそんなダニーに一つのお願いをした。

「捕らえられそうな奴は捕らえて！　無理なら殺しても良いから！　とにかく自身の身の安全第一に!!」

「あいよー！」

ダニーとグリフィスは兵を率いて駆けていく。その数は六〇。これが到着すれば確実に村人側の勝利のはずだ。ダニーは走りながらグリフィスに声を掛けた。

「なあ、グリフィス」

「なんだ？」

「裏、取ってみるか？」

「ほう、面白いな」

二人は走りながら目を合わせるといやらしい笑みを浮かべたのであった。

戦況は段々と村人たちへと傾いていった。やはり大きいのは指揮官の差である。恐怖で縛り上げていたダンタプに対し、信頼で動かすヴェロニカ。そこには大きな士気の差があった。

「頭ぁ。いったん引き上げましょうや。これじゃあ俺ら皆殺しだ――――」

「うるせぇ！　俺はまだ負けちゃいねぇ！　いいからなぶり殺して来い！　……そうだ。火だ！　おい、村に火をつけろ!!」

なりふり構わなくなったダンタプ。火を点けてしまっては食糧も何も手に入ったものではない。しかし、彼の誇りだけは守ることができる。いや、彼の誇りしか守ることができない。

「火だけはダメ！　ジョニー！　そいつらを優先に狙って!!」

「は、はいっ！」

火を点けようとする盗賊を見て嫌な思い出が頭を過ぎる。そう、ボーデン男爵領の領都を火攻めにした自分のことを。そして、その身に感じたのだ。火の恐ろしさを。

襲撃を防ぐことができたとしても村を火の海に変えてしまっては何の意味もない。ヴェロニカとしては一刻も早くダニーたちが到着してくれるのを願っていた。

「うぉぉぉぉぉぉっ!!」

そんな中、ヴェロニカたちの前方、つまり盗賊団の後ろから鬨の声が大きく上がる。どうやらダニーとグリフィスはヴェロニカと合流するのではなく盗賊団の背後を取ることを選んだのだ。

この機を逃すヴェロニカではない。盗賊たちが後ろに気を取られた一瞬を狙って全軍に突撃の号令をかけた。どうやらここで勝負を決める気だ。

「おらおら！　なんだぁ、歯ごたえのある奴はいねぇのか！」

自慢の槍を振り回して縦横無尽の活躍をするグリフィス。ダニーはその後ろから兵を捌いていた。というのも、ラムゼイの言伝通りに賊を捕らえるためである。

「グリフィスの周りの奴ら、こっちに引っ張ってきて止血して捕縛。あ、左翼に十人ばかし突撃して。ちょっとヴェロニカたちが押されてるから。倒さなくて良いぞー。逃さず包囲し続けろー」

この規模、つまり小規模の戦であれば三人に敵うのはエリート騎士くらいだろう。それほどまでに彼らの連携は痒い所に手が届く、阿吽の呼吸であった。

「ダメだ、逃げろぉ！　うわぁぁぁっ！」

前後から挟まれ戦線が崩壊し、逃げ出していく盗賊団。もう士気は最低だ。しかし、それをさせないのがバートレット軍である。

逃げ出そうとする盗賊をジョニーたち櫓の弓兵が積極的に狙っているのだ。一直線に走り逃げるため、狙いが付けやすい。

「こりゃもうこっちの勝ちだな。な、グリフィス」

ダニーがグリフィスのほうを見る。すると彼は巨躯の男と一騎打ちを行っているではないか。その巨躯の男こそ盗賊団の頭であるダンタプその人であった。

「この、俺が、負ける、わけ、ねぇだろうが、よっ!!」

重たそうな斧を軽々と振り回すダンタプ。しかし、グリフィスはそれとはまともに打ち合おうとはせず、身体を捻って避けていく。そして大振りした後に正確な一突き。利き手の肩を思い切り貫かれてしまったダンタプは斧をその場に落してしまった。それを見て笑みを浮かべるグリフィス。

「ま、こんなもんか。お前、雑魚だな」

「ふ……ふざけんなぁ!!」

「戦場で冷静さを欠いたら負けだぜ」

反対の手で斧を掴むとそのままグリフィスに襲い掛かるダンタプ。グリフィスは槍のリーチの差を生かして襲い掛かるダンタプの喉を的確に突き刺した。

それを見て投降する者、逃げ出す者など様々だがバートレット軍の三羽烏が全員を捕縛していく。

こうして何とか村を守り切ったのであった。

王国歴551年10月19日

夜も明けきらぬうちに三人と合流するラムゼイ。そこには老婆の姿もあった。生き残った盗賊たちは縛られ、武装した村人たちに囲まれている。息絶えた盗賊たちは身包みを剥がされてから山のように積まれ燃やされている。そのまま放置したら疫病が蔓延するだけである。

「三人とも、被害は?」

ラムゼイは到着するや否や被害の報告を求める。老婆の傍らには泣き崩れる女性の姿があった。そのことからも無害だったとは考えにくい。

「……死亡が五名。重傷が七名。軽傷が十名だ」

「五名か。多いね」

実際には少ないほうだろう。向こうは撤退の二文字を捨てて死に物狂いで襲い掛かってきたのだから。しかし、遺族がいる手前、そう言うことは憚られる。そもそも、本来であれば一人でも犠牲を出してはいけないのだ。もちろんラムゼイとて理想論とわかっている。しかし、昔の偉い人も言っていたように、これからは戦う前に勝たなければならないのだ。

生き残った盗賊団を見渡す。すると、そこには見知った顔が二つ、いつものように大きなほうの後ろに小さなほうが隠れる形で並んでいた。

「で、こいつらはどうするんだ？」

「ん？　ああ、そうだね。まあ定番といえば定番だけど奴隷商に売り飛ばしてしまおう。こいつらに情けは無用だ。それとそこの二人を連れてきて」

「何するつもりだ？」

「盗賊団の寝床に案内してもらおうかと。あ、尋問するだけだから誰もついてこなくて良いよ」

そう告げたラムゼイの顔こそ笑っていたが、目が笑っていなかった。なんというか怒りに燃えた目をしていたのである。

先の見知った顔の二人というのはザールとモントキンである。ラムゼイはこの二人を指名して彼らを連れて老婆の家へと入った。二人はばつの悪そうな顔だ。

「まさか二人が盗賊団の人物だったとはね。この村にいたのも偵察のため?」

ラムゼイは湧き上がる怒りを抑えながら冷たい視線で二人を見下し、そう告げる。すると突然ザールが笑い始めた。瞳孔が大きく開いている。

「ほらもうこんなもんだよ! 人生なんてさぁ! 捨てられて! 働かされて! 捕まって! 殺されるんだからさぁ!」

それから大粒の涙を流し始めた。彼も溜まっているものがあったのだろう。それに釣られて泣き出すモントキン。顔をぐしゃぐしゃにしながらラムゼイに話しかけた。

「なあ、ラムゼイよぉ。俺はどうなっても良いからこいつだけは、ザールだけは助けてやってくれよ」

手が縛られているため、顔を拭うこともできず涙やら鼻水やら全てを垂れ流しにしながらそう懇願するモントキン。ただ、ラムゼイとしてもはいそうですかと二つ返事で回答するわけにはいかない。

すると屋敷の扉が勢い良く開かれた。やって来たのはペッピーである。息を切らしている様子から、急いでこの場にやって来たことがわかる。

「ラムゼイ! あの、この二人を許してやってくれよ!」

ペッピーは二人の正体を知っていたのだ。どうやらザールもモントキンもペッピーには自分の正体を明かし、逃げることを薦めていたらしい。もちろん、ペッピーはそれを老婆に伝えたが受け入れられることはなかった。今から村を捨てるということは死ぬこととほぼ同義である。

話し合いは平行線の末、結果いまに至るというわけである。ペッピーとしては自分たちを逃がそうと動いてくれた二人を助けたいのだ。

「それで？　誰が得をするの？　誰が納得するの？」

「お前は領主だから弱い者の立場っていうのがわかんないんだ！」

「何言ってんの!?　弱い者、襲撃の被害者の立場に立った結果だろ!?　それの何が間違いだって言うんだよ！」

ラムゼイとペッピーの二人は激しい口論を交わす。それを見て呆気に取られている縛られた二人。二人とも疲れてきたのか、肩で息をして呼吸が荒くなっている。

ここで大人な対応をしたのはラムゼイだ。このままでは埒が明かないので間を空けて平静を取り戻す。そしてペッピーにある条件を突き付けた。

「そこまでいうのならば、わかった。解放しよう」

「ホントか!?」

「ただし、条件がある。今回の襲撃の被害家族、それも全家庭から解放しても良いという許可を貰って来い。そしたら解放してやる。解放を求めるならそれは絶対だ」

ラムゼイは厳しい目つきでペッピーを見つめる。ラムゼイは領主だ。まずは領民の支持を得なければならない。いつまでもサンドラに、ダーエの名前に甘えているわけにはいかないのだ。

「わかった」

「じゃあ、ボクたちは盗賊の根城に向かうことにする。それまでに許可を得られなければ……わかるね？」

静かに頷くペッピー。泣いても笑ってもこの結果が全てだ。ラムゼイは民意に従うと心に固く誓ったのであった。

それからラムゼイは盗賊の根城の場所を聞き出して老婆の屋敷を後にした。ペッピーも二人に「大丈夫だから」と声を掛けてから二人の前を後にするのであった。

ラムゼイはダニーを引き連れて教えてもらった盗賊の根城へ足を踏み入れていた。グリフィスは村の警備、ヴェロニカはサンドラの警備にあたっている。

「どうするんだ？　あの二人」

「えー。その話、する？」

ラムゼイとしては気が重い話である。彼とて助けられるのであれば助けてあげたい。ペッピーがそこまで言うのであれば悪い奴ではないのだろう。以前に話した感じでも、なんとなくわかる。

「わかんない」

「お前もさ、領主として振る舞わなければならないから大変なのはわかるが、もう少し肩の力を抜いても良いんじゃねぇか？　知らんけど」

「全く。好き勝手言ってくれるよね」

「言うだけはタダだからな。お、ここじゃねぇか？」

ダニーが発見した洞窟に入っていく。外は昼を過ぎて日が降りてきた時間だ。ちょうど西日が洞窟の中に差し込んでいるがそれでも奥までは見通すことができない。

松明を片手に奥へと進んでいく。まずは大きな広間に出くわした。おそらく、ここで食事や集会などを開いているのだろう。そしてその奥が食糧庫だ。麦や豆の他、ちゃっかりエールやワイン樽なんかも置かれている。けしからん。すべて没収である。

兵士にそれらを運び出すよう指示を出し、さらに奥へと進む。そこからは道が二股に分かれていた。もちろん両方とも行くがどちらから行くか。

「二手に分かれるか？」

「馬鹿。もし賊が潜んでいたらボクは死ぬよ？」

留守を預かる賊がいてもおかしくはない。そしてラムゼイは訓練しているものの実践慣れしていないのだ。となると全員でどちらかに進むしかない。

「いくよ？　せーの」

ラムゼイの掛け声に合わせて二人はどちらかの穴を指差す。偶然にも二人の意見は右で一致していた。しかし、ここである懸念が生じる。

「もし、右に進んで左から残党が出てきた場合、どうする？」

「確かに。どうしよう？」

考えた結果、食糧庫にある樽や箱を使ってバリケードを築き、穴を塞いでしまうことにした。これで心置きなく右側に進むことができる。まあ、結果として賊は潜んでいなかったのだが。

右側に進むとそこには憔悴しきった女性が数人、力なく横たわっていた。このままだと確実に死んでしまう、そんな女性たちだ。

「おい、ラムゼイ！」

「うん。彼女たちをすぐに村に運んで！」

今、手元にある布で彼女たちを覆う。そしてダニーを中心とした兵士たちで彼女たちをチェダー村まで運び出す。それまでラムゼイは待機だ。本来ならば待機だ。だが、ラムゼイは我慢しきれなかったのだ。残った数名と右側の探索を終了させた後、左側の通路を進むために荷物をどかしていく。

こちらにも賊は潜んでいないのだが、それを知らないラムゼイ。高鳴る胸を抑えながら慎重に、慎重に前へと進んでいく。

「あの」

「わっ！　なんだよ。驚かさないでよ」

「いや、そんなつもりはなかったのですが……」

ラムゼイに声を掛けたのは兵士の一人である、いつものジョニー。なんというか間の悪い男である。それでもジョニーはなんだか憎めないのだ。

「で、何？」

「いや、なんでダニー隊長と一緒に戻らなかったんですか？」

「だってほら、ボクが戻っちゃうと、終わっちゃうじゃないか」

「何がです？」

「ペッピーの遺族説得がだよ！　みなまで言わせないでよ、恥ずかしい」

ラムゼイが一緒に戻らず、ここに残ることを選んだのはペッピーの、ザールとモントキンのためであった。できることなら二人を救いたいとも思っているラムゼイ。甘い男である。

「ただ、待っているのも暇だから先に進むよ」

「それで襲われたらどうするんですかぁ」

「その時は、ほら。兵士なんだから全力でボクを守ってよジョニー」

「そんなぁ」

そんなやり取りをしたにもかかわらず、果敢に先頭を歩くラムゼイ。彼の心臓は飛び出んばかりに激しく脈打っている。

「おっと！」

何かがラムゼイの足に当たった。危うく躓くところであった。何が当たったのかは暗くてよく見えない。そこに松明を近づける。それは、人間の頭蓋であった。

「「うひぃぃぃぃっ!!」」

ラムゼイとジョニーは一緒になって悲鳴を上げる。いくら賊を殺してようと怖いものは怖い。生きてる人間のほうが怖いなんていう言葉もあるが、そいつをこの場にぶち込んでやりたい気分だ。

「どうします？　まだ進むんですか？」

「もももちろんじゃないか。ささ、行くぞ」

震える足に拳で喝を入れて先へと進むラムゼイとそれを追うジョニー。肩甲骨やら肋骨などがころころと足元を転がっていく。骨を踏んだ感触が足の裏へと伝わり、それが恐怖となる。

それでも歩みを止めない。すると、今度は何かに躓いて転倒してしまったラムゼイ。松明が奥へと転がっていく。

「いてててて。ジョニー。松明を拾って！　火事になるといけないから」

「う、うっす！」

慌てて松明を拾いに行くジョニー。そのジョニーのほうから大きな叫び声が届いた。洞窟内に響かんばかりの悲鳴だ。ラムゼイは覚悟を決める。

「ラムゼイさま！　見てくださいコレ！」

そう言ってジョニーが持ってきたのは目が眩まんばかりのルーベラ硬貨であった。盗賊団は村から奪ったお金を使わずに貯め込んでいたのだ。いや、使えずに、というほうが正しいのかもしれない。

「紛らわしい声を上げないでよ」

どうやらジョニーの上げた悲鳴は嬉しい悲鳴のほうであったようだ。ラムゼイの身体から一気に力が抜けていくのであった。

◇

「お願いします！　あの二人だけは許してやってください！」

ペッピーは村中を走り回っていた。理由はもちろん二人を解放するためである。ペッピーは以前、二人の身の上を聞いたことがあった。

二人とも物心が付いた頃には既にダンタプのもとで奴隷のように働かされていたらしい。ダンタプとしても働かないものに食わせる飯はない。なので二人は死に物狂いで働いた。

自分が生きるために人を殺す。モントキンにはそれができた。

しかし、ザールはそれができなかったのだ。誰にでも人を殺せるわけではない。その覚悟がない人だって大勢いるのだ。

穀潰しのレッテルを貼られたザールは盗賊団の身の回りの世話やダンタプのストレス解消としてこき使われる羽目に。

それからというもの、彼の目立たなさに目を付けたダンタプによって村への偵察として送り込まれるようになっていった。それが上手く行った結果、盗賊団はどんどんと幅を広げ始めた。そして、荷馬車などの商隊を襲うに止まらず、村を襲い始めたのであった。

ザールもモントキンも盗賊団から何度逃げ出したいと思ったことか。ただ、逃げ出す先がないのだ。彼らの世界は盗賊団とその周辺でしか構成されていない。

そんな話を聞かされていたペッピー。初めて聞いた時は涙が止まらなかったくらいだ。だから、何としてでも二人を助けてあげたい。

「大体ね！　なんでアンタは彼らが盗賊だってわかってて匿っていたのさ！　お陰でうちの旦那が……旦那がぁぁ」

目の前で泣き崩れる寡婦。これにはペッピーもいたたまれない。別にペッピーは匿っていたわけではないのだが、目の前の寡婦にとってそのような些細なことはどうでも良いのだろう。

大事なのはペッピーが盗賊団の一部と仲良くしていたということである。しかし、それだけであれば村のほとんどがそうだ。問題なのは盗賊と知っていて接していたのかどうかだ。

ペッピーは知っていた。そして情に流されてしまった。そしてややこしい問題となっている。有体に言ってしまえばそれだけのことなのだ。

ペッピーが二人を救うことを諦めればそれで終わる話なのだ。しかし、諦めきれないのがペッピーなのだ。しつこく説得に当たる。

「あの二人はやれって言われて仕方なくやっていたんです！　本当です、信じてください！」

そして言う。彼らを恨んでも旦那さんは帰って来ませんよ、と。これは相手を慮らない、神経を逆なでする言葉だ。しかし、それがわからないのがペッピーでもある。

ペッピー、ジョニー、ロットンの三人は恐ろしく勘が鈍いか間が悪い。これぱっかりは直そうにもそう簡単に直らない、悲しい性なのである。

「好きにしな！」

寡婦は泣きながら乱暴に家の戸を閉め、大声で泣き始めてしまった。その声は外まで漏れ聞こえている。流石のペッピーもこれは心に来るものがあった。

このような対応が何度も続くと心に芽が生じてくる。本当に自分のやっている行いは正しいのか、と。声を掛ける人全員に「何を言ってるんだ？」と言われ続けると自分が何をやっているのかわからなくなるのだ。

次の家を訪ねようとして、ふと、立ち止まる。

重軽症者からは二人に対しての赦免許可を貰うことができた。しかし、遺族たちは取り付く島もない。それでも必死に頭を下げて回るペッピー。村の住民たちはそれを家の中から静かに見守っているだけであった。

そうこうしているうちに日が傾き暗闇が迫ってくる。ペッピーの心にも焦りが迫る。物事というのは無情なものだ。暗闇の到来とともにラムゼイが村へと戻って来てしまったのだ。

「ペッピー。探す手間が省けて良かった。答えを聞かせてもらおうか」

その言葉を聞かされて唾を飲む。喉がゴクリと大きく動くのが自分でもわかった。どうする。嘘を吐くべきか。もしかすると遺族たちが心変わりするかもしれない。しかし、リスクは大きいぞ。

ペッピーの頭の中を様々な考えがぐるんぐるんと回転する。目の前にいるラムゼイは待ってくれない。待ってと告げれば説得できていないと宣言しているも同じだ。

「できなかった。でも――」

懇願しようとするペッピーの眼前に手の平を突き付けるラムゼイ。そして静かに一言。彼も捻り出すような声で告げる。

「約束は、絶対だ」

この場でこれ以上、話し合われることはなかった。

ザールとモントキンは拘束されて村の長である老婆の屋敷に閉じ込められていた。遠くから聞こえてくるのはペッピーと女性が揉めている声だけである。

「次は、金持ちの家の子に生まれたい」

「だなぁ。何不自由なく暮らして許嫁なんて用意されてな」

そんな未来に想像を膨らませていると段々と日が落ち、辺りは真っ暗になってしまった。そして近づいてくる足音。

扉を開けて入ってきたのは、もちろんラムゼイとその仲間たちであった。たった三文字。『行くよ』と告げられ縛られたまま歩かされる。

印象的なのは傍らで泣いているペッピーだ。顔をぐしゃぐしゃにし、鼻水まで垂らしながら泣いている。ペッピーは彼らにとって初めてできた友達だ。

そして悟る。ああ、自分たちは殺されるのだ、と。そんな友達を見ているとなんだか自分たちも泣けてきてしまった。あれだけ覚悟を決めていたのにポロポロと大粒の涙が頬を伝う。

確かに二人はそれだけのことをしでかしたのだ。実際に自身が手を掛けたかどうかではない。盗賊団という悪に所属している以上、逃れられない運命なのだ。

そんな二人を引き連れて拠点へと戻るラムゼイ一行。一度拠点へと戻り、ラムゼイが色々と準備を整える。この時、二人は気が気ではなかった。そして何をしたのかというと、二人を船へと乗せたのだ。

ザールは顔から血の気が引いていった。そして思う。湖に沈められるのだ、と。湖に沈められるのが発見されにくい殺害方法だと盗賊団の仲間から聞いた記憶があった。

乗り込んだ船は小さい。漁に使う、四、五人乗るといっぱいになってしまうような船である。周りはダニーしかいない。そこでラムゼイは二人に対してある提案を切り出すことにした。

「二人はどうしたい？」

二人の目を見ず遠くを見ながらそう語りかけるラムゼイ。これは彼なりのある種の照れ隠しである。正直、問われている内容が全く頭に入ってきていなかった。

「殺されたい？　もうこの世界に未練なんかないか」

「……まだ生きてたい。嫌なこと沢山あったけど、またペッピーと話したい」

意外にも最初に答えたのはザールであった。これはラムゼイも驚きであった。それに追従する形でモントキンも同様の意見を告げる。

「それなら、生まれ変わってみるかい？　その機会は与えられるよ。掴むかどうかは君たち次第だ」

今度はじっと二人の目を見る。ザールは意図を理解しかねて逡巡していたが、生き残るためには選択肢はないと思い、深く、強く頷いた。

「わかった。やる。やるよ」

「うん。じゃあ君たちにはこれから王都に行ってある人物のもとを訪ねてもらいたい。そしてその人の言うことをよく聞くように。事実上、王都への追放だ」

そう言って縄を切り、一通の書状と袋を渡す。袋の中には水筒と黒パン、それに少しばかりの路銀が入っていた。それをモントキンが担ぐ。

「その人物というのが『荒ぶる金獅子亭』の店主。その人に手紙を渡すように。覚えた？」

「お、覚えた」

「じゃあ、全部服脱いで。それから名前も捨てて。ザールはダールに。モントキンは……ロンドキンで良いか」

二人は後ろのダニーに無理やり服を脱がされ、そして用意されていた服と護身用の剣を渡される。蛇の道は蛇と言うし、盗賊に襲われることはないだろうが念のため。

「それじゃ、行っておいで。その……すぐには無理だろうけど、いつかは帰っておいで。待ってる」

準備をしていると対岸へと到着した。ここから北西に進んでいくと王都だ。二人は岸に降り立つ。

そして振り向いてダールとなったザールがこう言った。

「ねえ、このお金を持って逃げるとは思わないの？」

「思わないかな。もし、逃げられたらボクの見る目がなかったというだけのことだしね。ただ、再び盗賊になったら今度は容赦しないよ」

厳しい目つきで二人に釘を刺す。もうここからは二人を信じるしかないのだ。もし騙され再び村を襲い始めたら領民からの信頼は地に落ちるだろう。それだけラムゼイにとってもリスキーな行為なのだ。

ただ、そのリスクを承知の上で二人を抱え込むラムゼイ。そのリスクを負ってでも自分たちの陣営を強くしないと列強に飲み込まれてしまうのだ。もうダリルやイグニスの操り人形に戻りたくはない。

王都のドープのもとに送り込んで手駒として活用する。領民にはバレる確率が低く、ラムゼイの手駒も増える。ダールたちもラムゼイに恩義を感じてそう簡単には裏切らないだろうという算段だ。

それに盗賊団を抜け出したくても抜け出せなかった部分に裏切る可能性の低さを見出していた。余程、イレギュラーなことが起きない限り手を噛まれる心配はないはずである。

「そう。……ありがとう。必ず生まれ変わって帰ってくるよ」

「その時には見た目も変えてくれると助かるよ。ボコボコに殴られて顔が変形するくらいにね」

「それは……嫌だなぁ。熱《ほとぼ》りが冷めるまで、許可が降りるまでは王都のなんとかさんのもとにいるよ。それじゃ」

こうして、彼らはいつか再会することを約束して別れたラムゼイ。その後ろ姿をダニーたちとずっと眺めていた。そんなラムゼイに声を掛けるダニー。

「ラムゼイ」

「何も言わないで。わかってる。この処置が甘いってことも」

「……別に俺は何も。お前が領主だ。お前の思うようにやれば良いさ」

本当はきつく諫めようとしたダニー。領主としては悪手である。ただラムゼイ自身が彼の予想よりも傷心しているので何も言うことができなかった。そのラムゼイが予想外なことを尋ねてきた。

「……この」

「ん？」

「この甘い判断に対するボクへの処罰はどんなものが相当だい？」

「……お咎めなし、だ」

「え？」

「お咎めなし。そのほうがお前には堪えるだろ」

そもそも領主は自分で行った行為の責任を自分でとるしかない。自分自身への処罰なんて自己満足にしか過ぎないのだ。あとは自分の力で名誉を挽回するなり汚名を返上するなりしろということをダニーは伝えたかったのである。

「うん。ありがとダニー」

「そう思うなら最初からするなよな。ま、気持ちはわかるが。あとはあいつらがなんかの役に立てば良いがな」

ぐーっと伸びをするダニー。二人は久しぶりに主従ではなく悪友に戻れた気がしていた。

王国歴551年10月21日

ラムゼイはこの地に来てからようやく落ち着いた一時を過ごしていた。チェダー村との問題も解決し、盗賊団も壊滅させた。その財宝もごっそり持って帰ったし、王都にも被害のあった領にも連絡は入れた。これから春になるまではまったりとした時間が流れるはずである。

ザールとモントキンは文字通り死んでもらうことにした。そしてダールとロンドキンとして生き返ってもらうことにした。代わりに山ほどある盗賊の死体を埋葬して彼らにはドープの部下として働いてもらうことに。つまり、王都へ送り込むことにしたのだ。

この代わりの死体を埋葬する手は使い古された手ではあるが、それ故に有効的な手法だ。これで村人たちもザールとモントキンは死んだと捉えただろう。

問題は、このことをペッピーに言うべきかどうかだ。彼は表情が豊かで嘘を隠し通すのが上手ではないだろう。だが、ザールとモント……ダールとロンドキンの例にもあるように約束は守る男でもあ

る。

　ここ数日のペッピーは酷く沈んでいるようであった。先の事件のお陰で村人からも冷たくあしらわれており、村では徐々に孤立しつつあるようであった。

　非情になりきれないラムゼイはコタを伴ってそんなペッピーを釣りに誘った。場所はもちろんショーム湖である。二人は釣り用の小さな二人乗りの船に乗り込んだ。

「ペッピー。舟を漕いでよ」

「うん」

　相変わらずペッピーの表情は暗い。そして空気が重い。このままペッピーはオールを手に船を漕ぎ始めた。そして湖畔から充分に離れたところでラムゼイは切り出す。湖の上であれば盗聴される心配がないからだ。

　湖は静かだ。波もたっていない。二人が投げ込んだ針が波紋を生む。

「ペッピー。お前には言わなければならないことがある」

「何？」

「ザールとモントキンは生きてる」

「みゃぅ」

　そう告げるとペッピーは舟を漕ぐ手を止めた。ラムゼイが言った言葉を上手く理解できていないようだ。馬鹿正直に信じるところは美徳でもあり間抜けでもある。

　コタが眠たそうにラムゼイの膝の上で顔を洗う。まがりなりにも猫だ。間違って落ちたりはしないだろう。そのコタを撫でながらラムゼイは続けて述べた。

「あの処刑は嘘だよ。首も散々痛めつけて原型を留めさせなかったからね。髪型だけは似せたけど」

ラムゼイはただザールとモントキンの服を全て奪い、死体に着せた後に散々痛めつけたのだ。文字通り死体に鞭を打ったわけである。

「じゃ、じゃあ、二人は今どこに？」

「王都の知り合いのもとに送った。もう直ぐ到着する頃だろうさ。誰にもばらさないでよ？　もしばらしたら……わかるよね」

首が取れそうになるほど頷くペッピー。ようやく彼の顔に表情が戻ってきたのだ。その場で飛び跳ねそうになるのを制止する。正直、ラムゼイは村人にバレても問題はない。保険は色々とかけてある。

「良いから魚釣って。じゃないと晩ご飯なくなっちゃう」

「はい！」

今日一番の良い返事が出た瞬間であった。

二人は無言で釣り糸を垂らす。どうやら今日も釣果は芳しくないようだ。

それでも何故か、船の上には満足気の二人がいたのであった。

《了》

あとがき

この度はバートレット英雄譚の二巻目をお買い求めいただき、誠にありがとうございます。二巻目を出すことが出来て、非常に嬉しく思っております。

二巻ではラムゼイを取り巻く環境が色々と変化いたしました。変化に順応することの難しさを痛感させられた思い出がございます。

そんな中でもめげずに頑張るラムゼイの様な人間になれたらな、と私も思う次第でございます。

さて、話は変わりましてこちらのバートレット英雄譚ですが、コミカライズも始まっております。三國大和先生にはご苦労をかけっぱなしで申し訳ないです。非常に面白く仕上がっておりますので、是非ともお買い求めいただきたいです！

本作を完成させるにあたり、様々な人のお力を頂戴しました。桧野ひなこ先生にはまたしても素晴らしい挿絵とキャラクターデザインを頂戴することができました。ヘンドリーが大好きです。ありがとうございます。

編集のH氏にも色々とご迷惑をおかけして申し訳なく思っています。これからもお力添えをいただければ幸いです。

毎度のことながら妻にも協力してもらいました。行き詰まった時、可愛い愛猫たちに何度、助けられたことか。

そして何と言っても読者の皆様の応援があったからこそ、出版まで漕ぎ着けることができたと思っております。この場をお借りして謝辞を。ありがとうございます。

できることなら、皆様と三巻でお会いすることができれば幸いです。正直、二巻目までは前振りの様なところがありました。三巻目から物語が大きく動くと思っております。

本作の売り上げが伸びて三巻目が出版できることを心から願っております。それでは三巻目でお会いしましょう。

上谷岩清

バートレット英雄譚 2
〜スローライフしたいのにできない弱小貴族奮闘記〜

発　行
2021年4月15日　初版第一刷発行

著　者
上谷岩清

発行人
長谷川　洋

発行・発売
株式会社一二三書房
〒101-0003　東京都千代田区一ツ橋2-4-3 光文恒産ビル
03-3265-1881

デザイン
okubo

印　刷
中央精版印刷株式会社

作品の感想、ファンレターをお待ちしております。

〒101-0003　東京都千代田区一ツ橋2-4-3 光文恒産ビル
株式会社一二三書房
上谷岩清 先生／桧野ひなこ 先生

Printed in japan, ISBN 978-4-89199-710-6

※本書は小説投稿サイト「小説家になろう」（http://syosetu.com/）に
掲載された作品を加筆修正し書籍化したものです。